Andreas Schlüter
Verliebt, na und wie!

Andreas Schlüter

Verliebt, na und wie!

Erzählt von Alex

Altberliner
Berlin · München

*Verliebt, vergnügt und um Erfahrung reicher sind
Kathrin und Alex durch ihre erste Liebe.
Alex ist neu in Kathrin's Klasse, aber schon nach
einer Woche lädt sie ihn zu ihrer Geburtstagsfete ein.
Doch Alex ist hin und weg von Monika –
Einer Einbahnstraße mit Schleuderrisiko.*

*Nach einigen Wirren aber wissen Kathrin und Alex,
Liebe hat nichts zu tun mit Malaria, sie ist kein Traum,
nicht ewig, nicht tragisch, sondern schön und immer wieder anders –
und, wer sich zum ersten Mal verliebt
hat viele Fragen: Wie küssen sich zwei?
Wann gehen sie miteinander?
Wer ist die oder der Richtige für das magische Erste Mal?*

*Zart, erotisch und offen erzählt Andreas Schlüter
über Lust und Angst, Enttäuschung und Freude
rund ums Verlieben.*

Inhalt

Die neue Klasse 7

Ein Fete 12

Was für ein Abend 25

Noch eine Fete 34

Ecstasy! 46

Was ist Liebe? 53

Ecstasy II 65

Hilfe! 81

Hautnahe Kunst! 93

Der Überfall 112

Gute Freunde! 119

© Altberliner Verlag, Berlin · München 1998
2. Auflage 1999
Nach der neuen Rechtschreibung
Alle Rechte vorbehalten
Titelillustration von Karoline Kehr
Druck & Buchbindearbeiten: Clausen & Bosse, Leck
Printed in Germany 1998
ISBN 3-357-00833-5
Altberliner im Internet: http://www.altberliner.de

Die neue Klasse

Ich gebe zu, ich habe mächtig Bammel. Ist ja auch schließlich mein erster Tag in der neuen Klasse. Ich hatte deshalb ja auch lange überlegt, ob ich trotz des Umzugs meiner Eltern weiterhin in meine alte Schule in Eimsbüttel gehen sollte. Genau genommen war ich sogar fest entschlossen, bis ich dann probehalber an einem Nachmittag den Weg von unserem neuen Haus zu meiner alten Schule gefahren bin: Es hatte fünfzig Minuten gedauert – von Tür zu Tür. Fünfzig Minuten! Das hätte bedeutet, jeden Morgen spätestens um sieben aus dem Haus zu gehen, um einigermaßen pünktlich in der Schule anzukommen. Und da uns der Spanisch-Kurs noch regelmäßig mit einer Frühstunde pro Woche beglückte, hätte ich einfach zu früh aufstehen müssen. Da könnte ich ja gleich Bäcker werden. A.O.M. sage ich da nur: Aktion Ohne Mich!

Also habe ich schließlich einem Schulwechsel zugestimmt, und da stehe ich nun in der neuen Klasse wie einer, dem man eine Stinkbombe in der Hosentasche zerdrückt hat. Als hätte ich ansteckenden Hautausschlag oder offene Beulenpest oder so was, jedenfalls wie in Quarantäne. Mitten im Raum und doch mutterseelenallein. Nicht einer begrüßt mich, fragt nach oder nimmt mich sonst irgendwie zur Kenntnis. Oberätzend.

Noch ätzender aber ist, als sich dann endlich jemand um mich kümmert. Das ist nämlich der Lehrer. *Witter* heißt er, aber nicht mit Doppel-*d* wie das Sternzeichen, sondern mit zweifachem *t* wie ein halbes Gewitter.

»So, das ist also Alex«, brüllt der gleich durch den Saal, dass ich befürchte, mir fallen die Ohren ab. Ist das hier eine Schule für Gehörlose, oder was? Weshalb schreit der meinen Namen so durch die

Gegend, als müsste man ihn am anderen Ende der Stadt auch noch hören?

Na, zum Glück dauert die Zeremonie meiner Vorstellung nicht so lange, wie ich dachte. In der vorletzten Reihe hinten links ist noch Platz und ich setze mich neben einen, der Marvin heißt. Der scheint auch ganz okay zu sein. Jedenfalls spricht er sofort mit mir, jetzt, da ich neben ihm sitze, und stellt mir erst mal die ganze Clique vor. Hinter mir sitzen nämlich, wie Marvin erzählt, *Pieper* und *Pauli*. Ich muss echt lachen. Hat man je so blöde Namen gehört? Das behalte ich natürlich lieber für mich und frage behutsam nach, ob das ihre richtigen Namen sind. Sind es selbstverständlich nicht. Also *Pieper* heißt so wegen seines Scall-Empfängers, der versehentlich zwei- oder dreimal im Deutschunterricht gepiept hat. Die Lehrerin mit dem klangvollen Namen Saalfeld-Meisenkamp – und deshalb *Saalmeise* genannt – hat Roland daraufhin in *Pieper* umgetauft. Das fanden alle oberwitzig. Alle, außer Roland natürlich. Trotzdem nennen ihn alle seitdem *Pieper*, da kann er gar nichts machen.

Pieper streckt mir die Hand entgegen: »Hi!«, sagt er nur.

Ich erwidere seinen Händedruck und antworte: »Nett, dich kennen zu lernen, Roland.«

Rumms, das hat gesessen!

Für einen Moment herrscht totale Stille. Marvins Augen verwandeln sich in Schlitze, Roland grinst mich breit und zufrieden an und Pauli macht dicke Backen.

»Gibt's ein Problem?«, schiebe ich schnell nach. Ich kenne das vom Fußball. Man muss gleich in der ersten Minute deutlich machen, wer der Chef auf dem Platz ist, sonst geht man unter.

Es scheint so, dass Roland schon seit Ewigkeiten nicht mehr bei seinem richtigen Namen genannt wurde.

Marvin blickt zu Pauli, der weiß aber offenbar auch nicht, was er sagen soll und zuckt nur dämlich mit den Schultern.

Ehrlich, was soll die Scheiße, jemandem einen Spitznamen zu verpassen, den er bekloppt findet und den auch noch eine Lehrerin erfunden hat?

Niemand sagt mehr etwas dazu.

Stattdessen stellt Pauli sich nun einfach vor: »Mich nennen alle *Pauli*, weil ich St. Pauli-Fan bin.« Stolz schiebt er seinen dicken Wanst hervor und präsentiert einen Totenkopf auf seinem Pullover, der durch Paulis Körpermaße mächtig dicke Backen bekommen hat. Ich muss ziemlich gegrinst haben über den dickwangigen Totenkopf. Jedenfalls missdeutet Pauli dies und strahlt mich an. »Ich hab keine Probleme mit meinem Namen«, fügt er noch mit einem Seitenblick auf Roland an.

Das war's dann erst mal mit der Konversation.

Denn erstens brüllt wieder der Witter wie ein Geisteskranker zu uns herüber, dass wir uns in der Pause weiter unterhalten sollen, und zweitens schaut mich eines der Mädchen aus der dritten Reihe rechts an. Es war nur ein flüchtiger Blick, beinahe zufällig, ja, ich bin mir sogar fast sicher, dass sie gar nicht mich gemeint hat. Dann aber stößt mich Marvin von der Seite an, grinst breit wie ein Honigkuchenpferd und flüstert: »Das ist Monika! Mach dir keine Hoffnungen!«

Was soll denn der Spruch? Keine Hoffnungen! Was denn für Hoffnungen? Habe ich etwa irgendwas gesagt? Klebt mir vielleicht ein Schild auf der Stirn: *Einsamer Boy sucht süßes Girl* oder so etwas?

Ich gehöre nicht zu den viel beschriebenen Teenies, die sich Woche für Woche wie die ausgehungerten Tiere über das Liebeshoroskop der *Bravo* hermachen. Auch interessieren mich die Fotostorys herzlich wenig. Ich lese die *Bravo-Sport*, den *Kicker*, die *Computer-Bild* und Comics, kiloweise Comics! Denn eines Tages, das ist so klar wie Omas Fenster, werde ich selbst ein berühmter Comic-Zeichner sein (das weiß natürlich noch niemand außer mir!).

Trotzdem lässt mich dieser Blick nicht mehr los.

Wenn ich Marvins Spruch auch saublöd finde, so beweist das doch, dass sie tatsächlich mich gemeint hat. Ich tue also so, als würde ich mich endlich mal dafür interessieren, was Herr Witter so während seines Englischunterrichts mitzuteilen hat, stütze gelangweilt den Kopf in die Hände (was den Vorteil hat, dass ich meine Augen vor den Sitznachbarn abschirmen kann) – und schiele hinüber zu Monika!

Und tatsächlich: Sie schaut noch einmal! Ganz langsam wendet sie ihren Kopf nach hinten, schaut auf ihre Schulter und fummelt sich irgendeinen Fussel von ihrem blitzsauberen, strahlend weißen, Top, welches vorne im Vergleich zu ihren Mitschülerinnen schon mächtige Ausformungen aufweist. Sie besitzt eine schöne, dunkel gebräunte Haut, was darauf schließen lässt, dass sie entweder in den Pfingstferien im Urlaub gewesen ist oder regelmäßig ein Sonnenstudio besucht, denn Ende Mai ist in Hamburg noch niemand so braun! Ihre pechschwarzen, welligen Haare fallen ihr locker auf die Schultern, ihre Augen und Lippen sind fein und gekonnt geschminkt.

Am liebsten würde ich sie sofort zeichnen. Aber erstens kann ich mich beherrschen, hier vor den Augen der anderen Jungs ein Mädchen aus der Klasse zu zeichnen. Und zweitens bin ich zwar davon überzeugt, Talent zu besitzen, aber diese perfekte Frau würde ich ohnehin nur verhunzen.

Monika hat nun den unsichtbaren Fussel auf ihrer Schulter gefunden, lässt ihren Kopf wieder nach vorne wandern, aber nicht ohne mir einen schnellen, doch sehr intensiven Blick herüberzuschicken. Sie lächelt dabei! Ich habe es ganz genau gesehen.

Sie hat mich angelächelt!

Himmel, was für ein Lächeln!

»Was ist?« Mich trifft ein heftiger Hieb in die Seite! Ich zucke erschrocken zusammen.

»Spielst du Fußball?«, fragt Marvin.

»FC Eimsbüttel!«, antworte ich, wage noch einen schnellen Blick hinüber zu Monika, die aber schon wieder nach vorn zur Tafel schaut (und trotzdem habe ich das Gefühl, dass sie mich nach wie vor im Blick hat). »Erste B-Jugend. Noch zwei Spiele und wir sind in der Leistungsklasse!«

Ich habe mich zwar entschlossen die Schule zu wechseln, aber den Fußballverein – das kommt gar nicht in die Tüte; zumal die Farmsener Vereine schlechter sind als wir.

Wenn mir der HSV oder St. Pauli ein Angebot gemacht hätte, wäre das etwas anderes gewesen, aber so. Im Gegensatz zu zwei anderen aus meiner Mannschaft wurde ich noch nicht einmal zu einem Auswahl-Training eingeladen. Ich habe mich längst damit abgefunden, dass meine Zukunft nicht darin besteht, Fußball-Millionär zu werden.

»Was spielst du?!«, fragt Pauli sofort nach.

Als ich ihm antworte, dass ich Libero sei, hellen sich drei Gesichter auf wie die aufgehende Sonne.

»Genau der fehlt noch in der Klassenmannschaft!«, strahlt Pauli.

Ich schaue ihn an. Der will mich doch veräppeln. Dieses grinsende Gurkenfass will mir doch nicht etwa weismachen, dass er in der Klassenmannschaft spielt.

Pauli liest mir die Frage von der Nasenspitze ab: »Wir sind nur

dreizehn Jungs in der Klasse«, antwortet er vergnügt. »Vier interessieren sich nicht für Fußball. Da habe sogar ich einen Stammplatz!«
»Und nicht den schlechtesten!«, ergänzt Roland. »Gegen Pauli ist Jürgen Kohler sanft wie ein Wattebausch. Der haut alles weg, was im gegnerischen Sturm noch zuckt.«

Dann läutet es endlich zur Pause und ich absolviere mein erstes kleines Testspiel auf dem Schulhof mit einem Tennisball. Meine Mannschaft gewinnt vier zu drei, wobei ich immerhin sogar ein Tor schieße. Damit ist mein erster Schultag in der neuen Klasse erheblich besser gelaufen als befürchtet: Immerhin habe ich schon einen Platz in der Klassenmannschaft!

Eine Fete

Ich gebe zu, ich war noch nicht auf sehr vielen Feten. Kleinere Geburtstagsfeste meiner Freunde in Eimsbüttel, das ja. Aber dann gingen wir meist mit einer Hand voll Jungs ins Kino, ins Schwimmbad oder auch schon mal ins Fußballstadion. Aber auf so richtigen Feten war ich eigentlich selten. Und ehrlich gesagt, die ich mitgemacht hatte, fand ich auch ziemlich langweilig. Das liegt sicher auch daran, dass Tanzen nicht gerade zu meinen Lieblingsbeschäftigungen gehört. Was aber macht man auf einer Fete, wenn man nicht tanzt? Unterhalten kann man sich kaum wegen der lauten Musik. Und wenn man schon drei Tüten Erdnuss-Flips in sich reingeschüttet hat, macht das Knabbern auch keinen Spaß mehr. Und dann? Genau: Langeweile!

Deshalb bin ich auch nicht gleich vor Freude an die Decke gesprungen, als ich plötzlich von einem Mädchen meiner neuen Klasse zu einer Geburtstagsfete eingeladen wurde. Obwohl das natürlich sehr nett ist, dass ich – kaum ein paar Tage in der Klasse – schon zu einer privaten Fete eingeladen werde. Vermutlich war das aber nur ein geheimer Tip eines Lehrers; nach dem Motto: *Kümmert euch doch ein bisschen um den Neuen, damit er neue Freunde kennen lernt. Ladet ihn doch ruhig mal ein, wenn ihr eine Party macht ...* Vielleicht ist Kathrin so eine, die voll auf ihre Lehrer hört. Was weiß ich. Jedenfalls überlege ich schon seit zwei Tagen, ob ich überhaupt hingehen soll. Meine Eltern meinen, ja. Vielleicht würde ich dort ein paar neue Freunde kennen lernen. Genau wie ich's mir gedacht hatte. Lehrer und Eltern stecken doch immer unter einer Decke.

Heute Morgen allerdings haben mir Roland, Pauli und Marvin versichert, sie würden auch dort sein. Das ist schon ein gewichtiges Argument. Es scheint nämlich so, dass die drei wirklich meine Freunde werden könnten. Also zumindest Roland.

Und Roland sorgt auf Kathrins Fete sogar für die Musik und er hat mich gefragt, ob ich nicht mit ihm gemeinsam schon früher hingehen will, um die ganze Musik-Technik aufzubauen. Na ja, ich kann es mir ja noch mal überlegen.

»K 3!«, sage ich, denn ich spiele mit Roland gerade Schiffe versenken. Eigentlich haben wir ja jetzt Chemie. Ich meine, an uns soll es nicht liegen. Wir sind alle bereit und sitzen auch brav und ruhig im Chemie-Raum. Aber Herr Niemann, unser Chemie-Lehrer, fummelt schon seit einer Viertelstunde vorn am Pult an einer Apparatur herum, die nicht so funktioniert, wie er es will. Irgendein Schlauch ist porös, meint er, die Feder einer Klammer zu schlapp und der Regler des Bunsenbrenners defekt. Das hätte er ja auch alles vor unserer Unterrichtsstunde ausprobieren können, aber nein, lieber wurstelt er da mitten im Unterricht stundenlang an den Geräten herum. Wir beschäftigen uns derweil mit wichtigeren Dingen. Manche stöbern in der neuesten *Bravo*, nutzen die Gelegenheit doch noch schnell die Mathe-Hausaufgaben für die nächste Stunde anzufertigen, oder spielen – wie Roland und ich – Schiffe versenken.

»Scheiße! Treffer!«, gibt Roland bekannt.

Aus seiner Miene und seinem Ausruf der Enttäuschung erkenne ich, dass ich einen größeren Fisch an der Angel habe. Vielleicht sogar sein Vier-Kreuze-Schlachtschiff.

»K4!«, taste ich mich weiter vor.

»Treffer!«, stellt Roland düster fest.

In der Tat ein Treffer! Denn in dem Augenblick trifft mich etwas am Hinterkopf. Ich drehe mich um und sehe wie ein zusammengefaltetes Papier zu Boden segelt.

Von einem Absender ist nichts zu erkennen. So sehr ich mich in der Klasse auch umsehe, niemand macht den Eindruck, als hätte er gerade etwas geworfen. Ist ja klar. Darin sind die alle geübt, sonst würde man ja alle naselang vom Lehrer erwischt werden. Ich gebe die Suche also auf und bücke mich nach dem Papier, auf dem ganz deutlich mein Name geschrieben ist. Die Schrift verrät mir zumindest auf den ersten Blick, dass der Brief von einem Mädchen kommt. So geschnörkelt schreibt kein Junge! So etwas erkenne ich sofort.

Ehrlich gesagt, es erstaunt mich ziemlich, dass ich einen Brief von einem Mädchen bekomme. Nicht, dass ich noch nie Kontakt zu einem Mädchen gehabt hätte, aber schon in der ersten Woche eine Einladung zu einem Mädchengeburtstag und zwei Tage später einen Brief von einem Mädchen, das ist doch etwas ungewöhnlich.

Als ich ihn öffne, stockt mir der Atem. In dem Brief steht:

Kommst du morgen auch zur Party?
Würde mich freuen!
MS

MS? Das ist doch ...

»Können wir nun weiterspielen?«, mosert Roland. Ich ignoriere seine Frage. Stattdessen stelle ich ihm eine Frage: »Wie heißt Monika eigentlich mit Nachnamen?«

Roland grinst mich viel sagend an. »Schell!«, antwortet er. »Weshalb? Geht dir die Schöne nicht aus dem Kopf?«

MS! Monika Schell!

»Ich habe einen Brief von ihr bekommen!«, kläre ich Roland auf. Ich bin schon ein wenig stolz darauf. Dieser Brief ist tatsächlich von Monika. Von der schönen Monika, hinter der – wie ich mittlerweile mitbekommen habe – alle Jungs her sind, bei der aber keiner eine Chance hat. Sie würde sich ausschließlich mit Millionärssöhnchen einlassen, heißt es. Ich bin aber kein Millionär und darüber dürfte es eigentlich auch keine Missverständnisse geben. Millionäre gehen nicht in Farmsen zur Schule! Das ist so sicher wie man keinen Sozi-Empfänger im Golfclub trifft. Und trotzdem hat Monika mir einen Brief geschrieben und gefragt, ob ich zur Party komme.

»Wow!«, macht Roland anerkennend. »Bist du sicher, dass der Brief von Monika ist? Was schreibt sie denn?«

»Schon mal was von Postgeheimnis gehört?«, blocke ich die neugierige Nase ab, stopfe den Brief in meine Tasche und sage zu Roland: »K2!«

Roland stutzt, begreift dann, was ich meine, schaut auf seinen Zettel und antwortet: »Treffer!«

»Sag mal«, komme ich zum Thema zurück, das mich in diesem

Augenblick viel mehr beschäftigt als das blöde Spiel: »Wer kommt eigentlich so alles zur Party?«

Roland schaut mich verständnislos an. »Weißt du doch«, beginnt er an meiner Frage vorbeizureden, »ich, Pauli, Marvin.«

Das Schöne an Roland ist, dass er schnell begreift. Ich brauche nur kurz die Augen gen Himmel zu richten und Roland weiß Bescheid: »Ach«, schmunzelt er. »Ja, soweit ich gehört habe, kommt Monika auch. Sie hat Udo zugesagt, mit ihm zur Party zu gehen.«

»Mit Udo?«, schießt es aus mir heraus. Wieso fragt Monika mich, ob ich zur Party gehe, wenn sie schon mit Udo verabredet ist?

Natürlich lasse ich mir nichts von meinen Gedanken anmerken. Roland beantwortet mir meine Frage trotzdem. »Das ist aber geheim«, vertraut Roland mir an. »Kathrin kann Monika nämlich nicht ausstehen. Da braucht sie quasi eine Eintrittskarte. Aber Udo bildet sich ein, er hätte Chancen bei Monika!«

Ich muss einen Augenblick ausgesehen haben, wie ein Fußball ohne Luft. Ich begreife nicht, weshalb Monika überhaupt zu Kathrins Party gehen will. Nie im Leben würde ich zu jemandens Fete gehen, der mich nicht ausstehen kann ...

»Was ist?«, fragt Roland.

»Hä?«

»Du bist dran!«

»Ach so!«

... Es sei denn, Monika hat einen guten Grund zur Party zu wollen. Einen ganz speziellen Grund! Plötzlich wird mir heiß und kalt zugleich. Ich fühle mit einem Mal den kleinen Brief in meiner Hosentasche und mir läuft eine Gänsehaut den Rücken herunter. Sollte ich der Grund sein, weshalb Monika zur Party will?

»Und?«, drängelt Roland.

»K5!«, antworte ich ohne nachzudenken.

»Treffer und versenkt!«, stellt Roland deprimiert fest.

Eigentlich wollte ich Roland ja zu Hause abholen um mit ihm gemeinsam zu Kathrin zu gehen. Aber ausgerechnet heute kam Oma zu Besuch. Da musste ich noch zu Kaffee und Kuchen bleiben. Na ja, und da ich es zu Roland ohnehin nicht mehr rechtzeitig geschafft hätte, konnte ich ebenso gut auch noch schnell Fußball im Fernsehen anschauen. Natürlich nicht bis zu Ende, aber fünf Spiele habe ich immerhin noch mitbekommen.

Nun stehe ich vor Kathrins Tür. Komisch, irgendwie ist mir mulmig zu Mute. Ob das daran liegt, dass Monika kommen wird? Gestern beim Einschlafen habe ich sogar von ihr geträumt. Na ja, beinahe. Ich hatte ja noch nicht richtig geschlafen, ich hab also mehr an sie gedacht. Dabei habe ich noch gar nicht groß mit ihr geredet. Eigentlich nur auf den Brief hin. Mir war das Risiko zu groß, ihr zurückzuschreiben. Nicht auszudenken, wenn der Brief abgefangen und in falsche Hände geraten wäre. So ahnt nur Roland etwas davon. Davon? Wieso davon? Wovon? Es ist doch gar nichts. Oder? Ich weiß nicht. Jedenfalls habe ich in der kleinen Pause nach dem Chemieunterricht allen Mut zusammengenommen und bin direkt auf sie zu. Also, natürlich nicht direkt. Klaro, dass ich erst mal eine günstige Gelegenheit abgepasst habe. Roland, Marvin und Pauli waren schon vorgegangen, weil ich vorgetäuscht hatte, im Chemie-Raum etwas vergessen zu haben. Ich ging also zurück, denn ich wusste, Monika war noch nicht herausgekommen. Und tatsächlich. Als ich den Chemie-Raum betrat, stand Monika allein vorn am Pult und redete mit Herrn Niemann. Ulkig, nicht wahr? Denn der Chemieunterricht hatte nicht mehr stattgefunden. Herrn Niemann war es nicht gelungen, die Apparatur rechtzeitig aufzubauen. Eine Frage zum Unterricht konnte Monika also nicht haben.

Jetzt waren nur noch wir drei im Chemie-Raum: Herr Niemann, Monika und ich.

Als Monika mich kommen sah, drehte sie ganz leicht den Kopf, zuckte einmal kurz mit den Mundwinkeln, dass es wie ein Lächeln aussah, wandte sich wieder zum Lehrer und sagte laut:»Na, dann vielen Dank, Herr Niemann!«

Ich stürzte zu meinem Platz, bückte mich, sah in die leere Ablage des Tisches, brüllte laut:»Ah, da ist es ja!«, und tat so, als ob ich etwas aus der Ablage nehmen würde.

Herr Niemann verabschiedete sich und verschwand mit den Utensilien seines missglückten Aufbaus im Nebenraum.

Ich erhob mich aus der gebückten Haltung und atmete tief durch. Da stand sie. In voller Schönheit, mit welligen schwarzen Haaren, schlanker Figur, üppigen Brüsten in knallengen Jeans mit einem weißen Top, dunklen Mandelaugen und einem Lächeln, bei dem man einfach dahinschmilzt.

»Und?«, fragte sie.

Ich verstand nicht.

»Kommst du?«, setzte sie mit ihrer samtenen Stimme nach.

»Wohin?«, fragte ich noch, als es mir im selben Augenblick einfiel.

»Ach, zur Fete. Äh ... tja ...«

Ich weiß nicht, warum ich plötzlich so herumgestottert habe. Ich brachte es einfach nicht fertig, mit einem einfachen JA, NATÜRLICH KOMME ICH zu antworten, stattdessen setzte ich zu einer langen Erklärung an und dann geschah es: Ich kiekste wieder! In nur einem einzigen Satz wechselte meine Stimme über drei Oktaven, ohne dass ich etwas dagegen unternehmen konnte. Es war zum Verzweifeln!

Am liebsten hätte ich mir jedes Stimmband einzeln herausgerissen und wäre darauf herumgetrampelt. Seit zwei Monaten meldete sich dieser gottverdammte Stimmbruch immer genau im falschen Moment! Ich hätte schreien können vor Wut, aber vermutlich wäre dieser Wutschrei auch nur wieder in einem albernen Kiekser verendet!

Monika kicherte, sagte noch: »Dann sehen wir uns also morgen!« Sie zwinkerte mir noch kurz zu, wandte sich um, verließ den Chemie-Raum und ich stand da und fühlte mich wie der letzte Hornochse.

Ich schätze, fünfundzwanzigmal war diese Szene gestern Abend vor dem Einschlafen in meinem Kopf abgelaufen. Wahrscheinlich ist dies der Grund, weshalb ich jetzt unschlüssig vor Kathrins Haus stehe und vor Aufregung zittere.

Was ist, wenn heute meine Stimme wieder im entscheidendem Moment versagt? *Die Angst des Torwarts vor dem Elfmeter, das erste Rennen eines Formel I – Fahrers nach einem Unfall, Prüfungs- und Höhenangst, Panik vor Spinnen oder vor engen Räumen*, wirklich alles haben Wissenschaftler schon unter die Lupe genommen und untersucht. Hat sich eigentlich je mal einer Gedanken gemacht über die Angst, vor einem schönen Mädchen in der falschen Tonlage zu sprechen, weil man sich gerade mitten im Stimmbruch befindet?

Ich klingle an Kathrins Tür und höre auch gleich schon etwas. Also, Schluss mit den düsteren Gedanken. Ein Zurück gibt es nicht mehr. Gleich wird die Tür geöffnet und ich befinde mich auf der Fete, zu der auch Monika kommen wird.

Die Tür wird geöffnet. Kathrin steht vor mir.

Ich räuspere mich. »Hi!«, sage ich, quäle mir ein Lächeln heraus, will gerade einen Schritt vor, da knallt die Tür vor meiner Nase zu.

Was war das denn?

Ich bin doch eingeladen, oder nicht? Natürlich! Schriftlich sogar. Eine verschnörkelte Glitzer-Postkarte mit Briefmarke und allem Drum und Dran lag zu Hause im Briefkasten, eindeutig an mich adressiert. Ich bin hier doch richtig! Das war doch Kathrin!

Gerade will ich noch einmal klingeln, da höre ich von innen Kathrin schreien wie eine Furie. »Katja!«, brüllt sie.

Was ist denn hier los? Nur weil ich zu spät bin. Hat Roland ihr denn nicht gesagt, dass ich meine Oma zu Besuch hatte? Außerdem: So schwer wird es ja wohl nicht sein, die Musikanlage einzurichten. Immerhin haben wir noch eine halbe Stunde Zeit.

Komisch?!

Einen Augenblick zögere ich, ob ich wirklich noch mal klingeln soll. Wenn die so sauer auf mich ist ...

Schließlich klingle ich doch. Es dauert eine Weile, bis die Tür sich öffnet. Gott sei Dank: Diesmal ist es Roland!

»Was ist denn hier los?«, frage ich ihn sofort.

Roland aber zuckt nur mit den Schultern. »Keine Ahnung!«, antwortet er. »Kathrin hat irgendwas mit ihren Haaren oder so. Jedenfalls steckt sie gerade im Badezimmer. Komm rein.«

Ich folge seiner Aufforderung.

In einem großen Zimmer, von dem ich annehme, dass es sonst das Wohnzimmer von Kathrins Eltern ist, ist schon alles so weit hergerichtet für eine Fete. Das Zimmer ist leer bis auf ein Sofa, das in die Ecke gerückt wurde und einigen Bücherborden, die mit den Schulgardinen verkleidet sind, die Roland und Marvin besorgt haben. In dem Zimmer ist ein Teppich ausgelegt, aber man sieht deutlich, dass der hier eigentlich nicht hingehört, denn an den Rändern lugt ein sauberer Velours-Teppich hervor.

»Hier, ist echt eine geile Anlage!«, weiht mich Roland ein. »Hast du CDs mitgebracht?«

Ich nicke, nehme meinen Rucksack vom Rücken und krame fünf CDs heraus. Ich besitze insgesamt nur 11 Stück, sechs davon sind Soundtracks, die mir für die Fete nicht passend erschienen. Aber die fünf sind dafür Sampler mit den größten Hits der vergangenen drei Jahre. Da ist für jede Fete was dabei.

Das ist auch Rolands Meinung. »Super!«, lautet sein Urteil, nachdem er die Scheiben durchgesehen hat.

»Ist soweit auch schon alles fertig, bis auf das hier!«, sagt Roland und kramt eine Lichtorgel aus einer zerknautschten Reisetasche. »Alt, aber gut!«, fügt er an. »Hat mein älterer Bruder mir vermacht.«

Es handelt sich um eine selbst gebaute Lichtleiste mit fünf bunten Strahlern. Daran wird eben diese Lichtorgel angeschlossen, die wiederum an den Lautsprecherausgang des Verstärkers gekoppelt wird. »Wirklich ein altes Modell«, stelle ich fest. Die neueren nämlich geben Licht nach internen Frequenzen, diese hier ist noch abhängig von der Lautstärke. Aber besser als nichts. Ich halte die Lichtleiste in der Hand und überlege, wo man sie wohl am besten plazieren könnte, als Katja hereingerauscht kommt.

»Alarmstufe rot!«, flüstert sie, als stünden Kathrins Eltern hinter der Tür und würden lauschen. »Wenn heute Abend nicht eine große Katastrophe passieren soll, dann müssen wir dieses Teil hier in wenigen Minuten trocken kriegen!«

Sie hält uns nassen, weißen Stoff entgegen.

»Kathrins Bluse!«, klärt Katja uns auf.

Roland und ich sehen uns fragend an. Zumindest Roland sieht

aus, als hielte Katja kleine, grüne Marsmännchen auf der Hand. Vermutlich mache ich gerade keinen besseren Eindruck.

Katja stöhnt laut auf und erklärt, dass die gesamte Laune unserer gemeinsamen Gastgeberin an diesem Abend davon abhängen wird, ob sie rechtzeitig diese Bluse wird tragen können oder nicht.

Roland zuckt hilflos mit den Schultern. »Leg sie doch in den Backofen«, schlägt er vor.

»Ich leg dich gleich in den Backofen, du Schnarchnase!«, warnt Katja ihn. »Dann ist der Stoff sofort hinüber und damit unsere Party. Also, ich erwarte Vorschläge!«

Roland kratzt sich ratlos am Kopf und zieht es vor zu schweigen. Das löst zwar das Problem nicht, aber erspart ihm weiteren Ärger.

Ich verstehe zwar nach wie vor nicht, worin das Problem liegt. Wenn eine Bluse noch nass ist, dann zieht man eben eine andere an. Fertig. Aber ich sehe eine Chance, mich mit Kathrin wieder gutzustellen. Denn so ganz sicher bin ich mir nicht, ob ihr eigenartiges Verhalten an der Haustür nicht doch mit mir zusammenhing.

»Gibt es hier ein Bügeleisen?«, frage ich Katja.

Jetzt ist sie es, die guckt wie ein Autobus.

Ich warte auf eine Antwort, aber Katja hat es vor Staunen die Sprache verschlagen.

»Soll ich die Frage leichter formulieren?«, setze ich nach.

Dingdong! Katja ist wieder im Leben. »Ein Bügeleisen?«, haucht sie.

Katja schaut mich an, ich schaue Katja an und nichts passiert. Vermutlich wäre das noch Stunden so gegangen, wenn nicht Roland seine Chance gesehen hätte, dem Backofen zu entkommen. »Am besten, wir suchen!«, schlägt er vor und stürzt auch sofort tatenfroh in die Küche.

Er hat das Glück des mutigen Entdeckers. Sein erster Blick fällt in die Besenkammer und tatsächlich: Dort steht auch ein Bügeleisen.

»Jetzt brauche ich noch eine dicke Decke und räumt den Küchentisch frei«, dirigiere ich die anderen wie es diese Hebammen in Spielfilmen immer tun, wenn sie vor einer Geburt heißes Wasser einfordern, ohne in der gesamten Geschichte des Films jemals erklärt zu haben, wozu sie dieses benötigen.

Mein Tonfall aber muss den der Hebammen ungefähr getroffen haben. Denn sofort sprintet Katja los um eine Wolldecke zu besorgen und Roland räumt den Küchentisch ab, während ich das Bügeleisen auf schwach 30 Grad einstelle.

Schließlich liegt alles bereit. Ich bügle vorsichtig, fast ohne den Stoff zu berühren, die Bluse trocken und glatt – genauso wie es mir der Zeugwart unseres Fußballvereins mal gezeigt hat, um die teuren Kunststoff-Trikots von Inter Mailand, FC Barcelona oder der brasilianischen Nationalmannschaft zu schonen, die wir beim Training häufiger tragen.

»Woher kannst du bügeln?«, fragt mich Katja.

»Kannst du es nicht?«, antworte ich und Katja schweigt betreten. Sie kann es offenbar nicht!

»Dann guck gut zu. Deine Blusen halten dann länger. Altes Motto von mir: Gib deine wichtigsten Kleidungsstücke niemals in die Hände deiner Eltern!«

Katja grinst mich breit an. »Weise gesprochen!«, gibt sie anerkennend zu. »Und wie lange brauchst du für deine Zauberei?«

Fünf Minuten, zeige ich an und Katja ist nicht nur zufrieden, sondern ihr fällt offenbar eine riesengroße Last von den Schultern.

Mir aber lässt die eine noch immer offene Frage keine Ruhe: »Weshalb ist diese Bluse denn so wichtig?«

Plötzlich schaut mich Katja einen Moment lang sehr eindringlich an, fast so, als hätte sie mir die Frage schon dreimal erklärt. Dann sagt sie nur: »Wenn du heute Abend schön aufpasst, dann wirst du es erfahren!«

Roland und ich haben das perfekte Timing. Soeben haben wir eine Test-CD aufgelegt, beide Kanäle gecheckt und auch die Lichtorgel funktioniert.

»Geiler Sound, gutes Licht. Perfekt!«, freut sich Roland.

In dem Augenblick klingelt es schon an der Haustür.

Roland hält seine rechte Hand hoch, ich schlage ein. Da stürmen auch schon die ersten Leute rein. Unsere halbe Klasse erscheint in einem Pulk und ganz hinten: SIE! Monika!

Es ist gar keine Frage, ihr erster Blick fällt auf mich. Als sie sieht, dass ich schon da bin, zieht sich ein zufriedenes Lächeln über ihr Gesicht.

Ich lächle zurück. Hoffe ich jedenfalls. Vielleicht habe ich auch nur blöde gegrinst. Woher soll ich das wissen? Ich finde es immer wieder erstaunlich, wie die Schauspieler so was hinkriegen. Woher wissen die, ob sie herzlich lachen, verführerisch schmunzeln oder blöde grinsen, wenn sie sich nicht in einem Spiegel sehen können? Ich jedenfalls weiß nur, dass ich meinen Mund verziehe und es ein Lächeln werden soll.

Zum Glück scheint Monika es richtig zu verstehen. Sie zwinkert mir zu und – Himmel! – kommt direkt auf mich zu!

Ich bete, dass ich jetzt keinen Fehler mache, keinen Scheiß erzähle, nicht anfange zu stammeln und vor allem, dass ich – *bitte, lieber Herrgott, erfülle mir diese eine Bitte* – nicht wieder kiekse, wenn ich den Mund aufmache!

Was für ein Abend!

»Hi!«, haucht Monika mir entgegen, wobei sie sich ganz leicht mit dem Oberschenkel gegen den Tisch lehnt, auf dem Roland und ich einen zusätzlichen CD-Player, ein Tapedeck und unsere CDs und Kassetten aufgebaut haben. »Du machst hier heute Abend die Musik?«
Ich zucke hilflos mit den Schultern. »Hm!«, bringe ich gerade noch heraus. Ich habe einen Kloß im Hals, dicker als der Mount Everest. Aber ein Räuspern würde verraten, wie verlegen ich bin. Schnell greife ich zum Cola-Glas und trinke einen tiefen Schluck.
»Legst du etwas für mich auf?«, bittet sie mich.
Wie soll ich ihr etwas abschlagen? Ich nicke artig.
»*Remember the Time*«, lautet ihr Wunsch.
Ich warte noch etwas, doch den Interpreten nennt sie nicht, sondern schaut mich herausfordernd an.
Glücklicherweise befindet sich dieser Titel auf einem meiner Sampler. Das Stück ist von *Nana*. Und so viele CDs habe ich ja nun wirklich nicht, dass ich die einzelnen Titel darauf nicht kennen würde.
»Kein Problem!«, grinse ich sie also an, worauf ich ein weiteres niedliches Lächeln ernte.
»Magst du das Stück auch so gern wie ich?«, fragt mich Monika.
Offen gestanden, es gehört nicht gerade zu meinen Lieblingstiteln. Auch deshalb nicht, weil *Nana* – als er noch ein unbekannter Jugendlicher in Hamburg-Steilshoop war, einer türkischen Frau mit einem Baseballschläger den Arm zertrümmert hat, dafür später als berühmter Sänger sogar verurteilt worden war, aber nie in den Knast musste. Aber das wäre das Letzte, was ich Monika in diesem Moment auf die Nase binden würde. Vermutlich wäre die Unterhaltung dann sofort beendet. Soweit ich Mädchen kennen gelernt habe, verstehen

die bei den meisten Dingen keinen Spaß und dulden keine Kompromisse: Ihre Lieblingsschaupieler muss man lieben, ihre Lieblingsmusik mögen, ihre Lieblingsstars vergöttern, sonst hat man von vornherein auf der ganzen Linie vergeigt.

Also schwindle ich ein bisschen: »Klar. Kommt echt gut, das Stück!«

»So?«, hakt Monika nach. »Was gefällt dir daran denn besonders?«

Ach du Scheiße! Was soll man auf eine solche Frage antworten? Vielleicht: Na ja, besonders der fünfte und neunte Takt, und darin wiederum jeweils die zweite und vierte Note, oder wie? Ein Musikstück ist doch etwas Ganzes; wie ein Gemälde! Was gefällt Ihnen an dem Gemälde am besten – die Ecke unten links oder eher die Farben im oberen Drittel? Ein Kunstwerk zerlegen wie ein Rind in Kotelett und Filet?! So etwas Dämliches! Gerade will ich etwas in dieser Richtung erklären, da kommt sie mir zuvor: »Ich finde den Refrain am besten. Findest du nicht?«

Dabei lächelt sie mich an, senkt ihren Blick und schaut mich mit ihren wunderschönen Augen schräg von unten an. Ich bin wie gebannt von diesem Blick.

»Öhm«, stottere ich. »Ja! Finde ich auch.«

»Und?«, umsäuselt mich die nächste Frage.

Dabei rückt sie mit dem Oberkörper ein ganzes Stück näher an mich heran. Ich atme tief ein und hoffe sehr, sie merkt es nicht, aber dieser Duft! Noch nie habe ich bemerkt, dass Mädchen so riechen können!

Wenn zu Hause meine Mutter ihr Parfum aufträgt oder mein Vater sich mal wieder literweise mit Aftershave überschüttet, dann habe ich immer nur den Eindruck, man könne das Bad die nächsten vierundzwanzig Stunden nicht mehr ohne Atemschutzmaske betreten. Aber dies hier ist etwas völlig anderes. Es ist ein Duft aus einer anderen Welt, ein Duft, der einen in eine Traumwelt reisen lässt – wie ein gut gemachter Werbespot. An eine einsame Insel muss ich denken, an glasklares Wasser, feinsandigen Strand und dort nur SIE mit diesem Duft und ich!

»Legst du's nun auf?«, setzt Monika nach und reißt mich zurück in die Realität.

Wortlos fummle ich die richtige CD heraus, pule die CD-Box auf, hole die Scheibe heraus und lege sie in den Player. Ich stelle die richtige Position ein und drücke auf Pause, um sofort mit Ende des laufenden Titels mit diesem beginnen zu können.

»Was ist?« Sowohl in Monikas Blick als auch in ihrem Tonfall liegt etwas leicht Vorwurfsvolles.

»Was ist was?«, will ich wissen.

»Mach an!«, fordert Monika mich auf.

Ich verstehe nicht recht, was sie will. »Das andere Stück läuft doch noch!«, gebe ich zu bedenken und komme mir dabei etwas blöd vor, weil ja jeder hört, dass es noch nicht zu Ende ist. Die Ersten tanzen sogar schon und das will als D.J. etwas heißen, wenn man die Leute schon beim ersten Stück zum Tanzen bekommt.

»Aber ich habe es mir doch gewünscht«, setzt Monika fort, als hätte ich ein großes Versprechen gebrochen.

»Aber ...«, will ich entgegnen und zeige noch zaghaft mit einer Hand auf die Tanzfläche.

»Also, dass irgendwann im Laufe des Abends auch Nana gespielt wird«, mokiert sich Monika, »das war mir schon klar. Dafür hätte ich es mir nicht zu wünschen brauchen. Mir war aber gerade jetzt nach diesem Lied und ich dachte, du hättest das verstanden.«

Ich begreife gar nicht, was da gerade abläuft: Was um alles in der

Welt ist so problematisch daran, wenn sie noch zwei Minuten wartet, bis das laufende Stück vorüber ist, ehe das nächste einsetzt?

Ich kann nur mit den Schultern zucken.

Monika setzt noch einmal nach: »Nicht einmal mir zuliebe?«

Was soll's? Die anderen werden auch nicht davon sterben, wenn ein Musikstück mittendrin abgebrochen wird. Das machen die im Radio schließlich auch ständig. Ohne mir Weiteres dabei zu denken, drücke ich also die Stop-Taste von Player 1 und starte Player 2.

Kaum ertönen die ersten Bässe von Nanas *Remember the Time*, stürmt Roland wie ein Irrer auf mich ein.

»Was soll das?«, blafft er mich an. »Das Stück hätte noch fast zwei Minuten laufen müssen!« Um die Richtigkeit seiner Aussage zu beweisen, zeigt er auf die Anzeige des CD-Players, die die Zeit jedes Titels rückwärts bis Null zählt.

»Ist ja gut!«, versuche ich zu beschwichtigen. »Musst dir nicht gleich ins Hemd machen. Es war ein spezieller Wunsch!«

Roland schaut sofort zu Monika, während die sich gekonnt wegdreht, als hätte sie mit der ganzen Sache nichts zu tun.

»Von der da?«, fragt Roland scharf.

»Was heißt das?«, will ich wissen. »Ja, es war Monikas Wunsch, na und?«

Rolands Blick verfinstert sich innerhalb von Sekunden und ich frage mich wirklich, in was für einen Film ich hier geraten bin.

»Die feine Dame sollte ruhig mal lernen, dass nicht immer alles nach ihrer Nase geht!«, giftet Roland und für einen Moment bin ich mir unsicher, ob er damit nun Monika oder mich anfeinden will oder uns beide. Ich merke, dass ich hier zwischen zwei Fronten gerate. Plötzlich spüre ich, wie mir von hinten eine Hand auf die Schulter tippt. Ich drehe mich um und ... sehe Kathrin in die Augen.

»Warum dreht ihr denn die Musik mittendrin ab?«, meckert sie jetzt auch noch rum.
»Himmel!«, schreie ich. »Pisst euch doch bloß nicht gleich in die Hose. Läuft hier ein D.J.-Wettbewerb oder seid ihr alle durchgeknallt? Ich wollte Monika doch nur mal einen Gefallen tun!«
»Monika?«, kreischt Kathrin plötzlich hysterisch los.
»Ja, Monika! Ich verstehe nicht, weshalb ihr alle immer auf Monika herumhackt!«, verteidige ich mich und merke, dass ich lauter geredet habe, als ich eigentlich wollte.
»Du nimmst sie noch in Schutz?«, blökt mich Kathrin gereizt an. »Was hat die hier eigentlich zu suchen?«
Wütend wendet Kathrin sich zu Monika und schreit sie an: »Wer hat dich denn eingeladen? Verschwinde gefälligst!«
»Du schmeißt mich raus?«, wundert sich Monika. Erst mit dieser Frage hat sie sich wieder dem Geschehen zugewendet. Zuvor stand sie da wie unbeteiligt.
»Allerdings!«, bestätigt Katrin triumphierend. »Und zwar hochkantig. Zieh Leine!«
Es wäre mit einer Stoppuhr kaum zu messen gewesen, wie kurz Monika zu mir herüberschaute. Es war weniger als ein Augenblick, nur der Bruchteil eines Moments, aber ihr Blick traf mich trotzdem mitten ins Herz und ich wusste, jetzt muss ich mich entscheiden.
»Dann gehe ich auch!«, verkünde ich klar und deutlich.
Meine Worte verfehlen ihre Wirkung nicht.
Roland versucht sofort einzulenken: »Ach, kommt, das hat Kathrin doch nicht so gemeint.«
Ich wechsle den Blick zu Kathrin, die mich anschaut, als sei ich ein Serienmörder oder so etwas. Ich erkenne auch deutlich Tränen in ihren Augen. Weshalb ist sie bloß so wütend?

»Sag das noch mal!«, droht sie leise.

Ich beschließe, jetzt hart zu bleiben. Das, was Kathrin hier treibt, ist völlig ungerecht. Monika hat ihr nichts getan, sich nicht einmal danebenbenommen. Okay, sie war nicht eingeladen, aber das sind viele andere hier vermutlich auch nicht, sondern einfach von irgendjemandem mitgenommen worden. Es gibt keinen Grund, Monika vor die Tür zu setzen.

»Wenn du Monika rausschmeißt, dann gehe ich auch!«, wiederhole ich und bemühe mich um einen sehr bestimmten Tonfall.

»Du steckst mit ihr unter einer Decke, du mieser Typ!«, faucht Kathrin mir entgegen.

Die Tante hat doch echt ein Rad ab.

»Du leidest wohl unter Verfolgungswahn!«, kontere ich. »Was kann denn Monika dafür, dass du neidisch auf sie bist?«

Mist! Das war mir nur so herausgerutscht. Kaum ausgesprochen, hätte ich mir am liebsten sofort auf die Zunge gebissen. Aber es ist nicht mehr rückgängig zu machen.

Kathrin sticht auch sofort nach: »Neidisch? Worauf denn?«

Da haben wir es! Es ist in der Klasse allgemein bekannt, dass Monika ziemlich schlecht in der Schule ist. Das habe sogar ich schon mitbekommen. Weder Kathrin noch Monika kenne ich so gut, dass ich irgendeinen Vergleich anstellen könnte – außer einem.

»Na ...?«, wartet Kathrin ungeduldig.

Sie will es unbedingt hören. Okay, sie hat es so gewollt. »Dass sie zehnmal besser aussieht als du!«, schleudere ich Kathrin entgegen.

»Du mieses Arschloch!«, kreischt Kathrin.

Meine linke Wange fängt plötzlich an zu glühen.

Ich glaube, ich spinne: Kathrin hat mir eine geknallt!

Ich habe es gar nicht mitbekommen, aber es muss wohl so gewesen sein. Erst jetzt wird mir bewusst, dass ich mit meiner linken Hand die Wange reibe, während Kathrin schon verschwunden ist. Hinausgelaufen.

Wie die Feuerwehr kommt Katja angesaust: »Was ist denn hier los? Was habt ihr mit Kathrin gemacht?«

Heute ist irgendwie nicht mein Tag. Katjas vorwurfsvoller Blick geht nämlich zielstrebig sowohl an Roland als auch an Monika vorbei und trifft wieder genau mich. Ich habe die Schnauze voll. »Nichts haben wir gemacht!«, blaffe ich Katja an. »Wir gehen jetzt bloß!«

»Wer *wir*?«, will Katja wissen.

»Alex und ich!«, antwortet Monika plötzlich, hakt sich bei mir ein und zieht mich hinaus.

»Ach du Scheiße!«, höre ich Katja im Hintergrund noch sagen. Im nächsten Moment aber stehe ich schon mit Monika draußen vor der Tür.

Die frische Luft tut mir gut. Solche Auseinandersetzungen schlagen mir immer ziemlich auf den Magen. Monika nimmt die Sache eher gelassen. »War sowieso 'ne öde Fete!«, behauptet sie.

Ich zucke nur mit den Schultern. Schließlich hatte die Feier noch nicht mal richtig angefangen.

»Ich weiß jedenfalls etwas Besseres!«, gibt Monika bekannt. »Ich weiß, wo heute Abend ein irrer Event läuft!«

»Was läuft da?«, frage ich verwundert.

Monika schwingt ihren Blick gen Himmel. »Ne Party, Mann!«, stöhnt sie.

Die einzigen Partys, von denen ich gehört habe, sind die im Haus der Jugend, aber die finden nur alle vierzehn Tage statt. Soweit ich weiß, ist heute keine.

Monika sieht mich an, als wäre ich gerade vor einen Autobus gerannt. »Ich meine eine Party in Hammerbrook. In einem alten Fabrikgebäude. Jedenfalls geht's da geil ab. Ich wollte später sowieso noch dorthin!«

Später? In Hammerbrook? Ich verstehe nur noch Bahnhof. Schließlich bin ich erst vierzehn Jahre alt und habe zu irgendwelchen großen Partys vermutlich gar keinen Zutritt, wende ich ein.

Monika wiegt den Kopf leicht zur Seite. »Willst du mir etwa erzählen«, fragt sie ungläubig, »du bist noch nie bei einem richtigen Event gewesen?«

Mal ehrlich: Was soll man auf so eine Frage antworten? Natürlich bin ich noch nie bei einem *richtigen Event* gewesen. Ich bin erst vierzehn! Trotzdem ist mir diese Tatsache plötzlich oberpeinlich. »Du denn?«, stottere ich unbeholfen zurück.

»Mein Gott, wie niedlich!«, lacht Monika und ich kriege sofort eine knallrote Birne.

Doch dann streichelt sie mir zart über die Wange. Was für ein Gefühl! Die Einzige, die mir bisher über die Wange gestreichelt hat, ist meine Mutter. Das kann ich aber nicht ab. Fast ein volles Jahr lang musste ich regelmäßig meinen Kopf wegziehen, bis sie geschnallt hat, dass ich diese Berührung nicht ausstehen kann. Aber jetzt, bei Monika fühlt sich das ganz anders an. Ich wünschte, ihre Hand würde meine Wange nie mehr verlassen, von mir aus in meinem Gesicht kleben bleiben – oder zumindest sich so langsam in Zeitlupe bewegen, dass ich dieses Gefühl ganz lange auskosten kann. Aber so schnell wie Monikas Hand in meinem Gesicht gelandet war, so schnell ist sie auch schon wieder verschwunden. Es kommt mir beinahe kürzer vor als die dämliche Ohrfeige von Kathrin, diese dumme Nuss.

»Hi, da drinnen schon was los?«, fragt plötzlich jemand in die schönste Berührung, seit es Mädchen gibt.

Monika und ich drehen uns um und sehen auf – Marvin!

»Hm«, druckse ich rum.

Marvin kennt mich noch nicht gut, aber schon gut genug um sofort zu spüren, dass irgendetwas nicht in Ordnung ist.

»Wir haben ein bisschen Ärger gehabt da drinnen und sind gerade gegangen«, erkläre ich Marvin so knapp es irgend geht.

Marvin sagt nichts. Er schaut mich nur an, wechselt den Blick zu Monika und sieht dann wieder mich an. Ich kann Marvins Fragen auf seinem Gesicht ablesen:

Ärger?, lautet die erste.

Wir?, die zweite.

Monika scheint Marvins Gesichtsausdruck ebenso interpretiert zu haben. Jedenfalls antwortet sie: »Es ist wegen uns, weißt du?« Währenddessen kehrt ihre Hand an meine Wange zurück. Gerade wollte ich noch fragen, was das heißen soll: wegen *uns*, doch jetzt schweige ich und genieße das Streicheln ihrer zarten Hand. Und bevor Marvin nachsetzen kann, holt Monika weiter aus: »Das hat Kathrin irgendwie nicht verkraftet!«

»Ach so«, bemerkt Marvin nur knapp. »Na dann!«, dreht sich um und geht auf Kathrins Haus zu.

Ich sehe ihm nach, denke aber an Monikas Worte: Wegen uns! Wegen *uns*? Was meint sie damit? Gehen wir jetzt miteinander? Oder bilde ich mir das nur ein?

Mir wird heiß und kalt.

Was bedeutet es eigentlich, miteinander zu gehen? Beginnt das schon beim Streicheln über die Wange, oder muss man sich vorher mindestens einmal geküsst haben, oder zweimal – oder ein Dutzend Mal? Im Bett muss man wohl nicht miteinander gewesen sein? Aber was dann? Wann beginnt Freundschaft, ab wann ist es Liebe? Muss es überhaupt Liebe sein, um miteinander zu gehen? Ich habe keine Ahnung. Mir wird schwindelig im Kopf.

»Also kommst du nun mit?«, reißt Monika mich aus meinen Gedanken.

»Klar!«, antworte ich und habe nicht den blassesten Schimmer, was ich damit entschieden habe.

Noch eine Fete!

Als wir aus der S-Bahn aussteigen, ist mir wirklich mulmig zu Mute. Dabei ist mir diese Gegend nicht einmal unbekannt. Denn gleich rechts um die Ecke der S-Bahnstation befindet sich eine große Skater-Halle mit Halfpipe und allem, was das Herz begehrt. Drei- oder viermal war ich schon dort. Aber tagsüber. Ansonsten gibt es in dieser Gegend nämlich nur Autohändler, Tankstellen und Fabrikgebäude. Mit anderen Worten: Abends und nachts ist hier – außer dem Autoverkehr zur nahe gelegenen Autobahn - nichts los. Eine Gegend, in der wirklich niemand freiwillig allein im Dunkeln durchmarschiert.

Das Angstgefühl gibt sich nicht einmal, als wir endlich ankommen.

»Da sind wir!«, freut sich Monika und ich weiß nicht recht, ob sie mich veralbern will. Wir stehen vor der dunklen Toreinfahrt eines alten verfallenen Fabrikgebäudes aus rotem Backstein. Hier kann man Gruselfilme drehen oder Leichen verschwinden lassen – aber doch keine Partys feiern!

Monika geht eine kleine, wackelige, verdreckte Treppe hoch und verschwindet im Hausflur. Um nichts auf der Welt darf ich Monika jetzt aus den Augen verlieren. Es wäre das Letzte, hier jetzt allein stehen zu bleiben! Also husche ich ihr schnell hinterher.

Drinnen sieht es noch schlimmer aus, als ich es von außen befürchtet habe. Der ehemals weiße Putz blättert von den Wänden, die zum großen Teil mit Schimmelpilz übersät sind. Ein paar alte Wäschewagen stehen in dem schmutzigen, spärlich beleuchteten Gang im Weg herum. Monika wieselt um die nächste Ecke, wir gehen an einer Reihe von defekten Toiletten vorbei, die früher wohl mal für die Arbeiter vorgesehen waren, als es in diesen Räumen noch Firmen gegeben hatte.

Und dann steigt Monika eine Treppe hinunter. Ein feuchter modriger Geruch strömt mir entgegen. Es gibt kein Licht. Ich will mich am Treppengeländer festhalten, greife aber in etwas ekelhaft Schleimiges. Schnell ziehe ich die Hand zurück und fluche laut.

Monika bleibt stehen und schüttelt verständnislos den Kopf. »Hier oben kannst du doch nichts anfassen!«, belehrt sie mich.

»Hier oben?«, entfährt es mir. »Soll das heißen, es geht noch weiter hinunter?«

»Kannst ja hier bleiben, Angsthase!«, lacht Monika und hüpft gleich drei Stufen weiter hinab.

Ich folge ihr natürlich. Mir schießt der Gedanke an meine Eltern durch den Kopf. Die sind logischerweise noch immer in dem Glauben, ich wäre bei Kathrin zu einer netten Kindergeburtstagsfeier. Wenn man hier verschütt geht, wird man mit Sicherheit frühestens zwanzig Jahre später als Skelett gefunden. Erst aufgrund einer DNS-Analyse wird dann vielleicht festgestellt, dass es sich um den damals vierzehnjährigen, vermissten Alex Richter gehandelt hat.

Ach, ich habe zu viele Krimis gesehen. Und jetzt höre ich auch schon das Wummern lauter Bässe. Wir toben durch eine alte, halb ausgehängte, rostige Eisentür – und ich kann kaum noch Atmen. Die Lautstärke der Musik reißt mich förmlich um, die Bässe knallen in meine Ohren, als wollten sie meinen Kopf zerreißen. Fünfhundert, tausend oder noch mehr verschwitzte Körper springen auf und ab, verrenken sich, tanzen wie in Trance. Stroboskope blitzen durch die Halle, von der weder zu den Seiten noch nach hinten ein Ende zu sehen ist. Grelle Laserstrahlen jagen durch die Halle, wie ich das nur aus dem Cinemaxx-Kino kenne. Dazu blinken und blitzen noch etliche farbige Strahler über die Tanzfläche, die den ganzen Raum einnimmt. Aus allen Ecken und Enden quillt weißer Rauch aus Nebelmaschinen über den Boden und ich wundere mich, dass ich vor lauter Qualm aus den Maschinen und der Tausenden von Zigaretten überhaupt noch etwas sehen kann.

»Komm!«, lacht Monika, packt mich an der Hand, zieht mich drei Meter vor, womit wir mitten auf der Tanzfläche stehen, und beginnt auch schon, ihren Körper im Rhythmus des Bass-Wummerns zu bewegen.

»Du musst mitmachen, den Bass spüren. Dann hörst du ihn nicht mehr!«, schreit mir Monika entgegen.

Ich seufze tief und beginne mich zaghaft zu bewegen. Beim Tanzen allerdings gehen mir noch viel zu viele Fragen durch den Kopf. Mich überkommt das Gefühl, an diesem Abend mehr zu erleben als in den vierzehn Jahren meines bisherigen Lebens zusammengenommen. Noch immer ist die Frage ungeklärt, ob Monika und ich nun zusammen sind oder nicht. Während der S-Bahn-Fahrt habe ich mich auch nicht getraut, danach zu fragen. Denn für Monika scheint dies wie selbstverständlich entschieden zu sein. Ich weiß nur leider nicht wie. Bevor ich also überhaupt eine Möglichkeit hatte die Frage zu klären, stehe ich mitten auf einer Party, so groß wie ich sie noch nie gesehen habe, bin überzeugt, der Jüngste unter den tausend Leuten zu sein, habe ein schlechtes Gewissen, weil niemand weiß, dass ich hier bin, und soll einen Tanz tanzen, der bei den anderen aussieht, als würden sie einem geisterhaften Ritual beiwohnen und nicht mehr recht bei Sinnen sein.

Den ersten Tanz überstehe ich weitgehend unbeschadet. Obwohl es pickepackevoll ist, stößt mich niemand an. Ich komme mir vor wie eine Glasvitrine im Museum, um die alle ehrfurchtsvoll herumgehen und sich nicht wagen sie anzutasten. Denn alle anderen verhalten sich untereinander völlig anders. Sie reiben ihre Körper aneinander, umarmen sich, gehen wieder auseinander, scheinen sich teilweise sogar zu streicheln, lachen sich an, tanzen einige Takte gemeinsam, um sich dann wieder in sich selbst zu verlieren.

Die tausend Leute scheinen wie eine einzige große Familie zu sein, zu der nur ich nicht dazugehöre. Aber Monika ist mittendrin. Ich schaue zu, wie sie ihren wunderschönen Körper geschmeidig im Bass-Rhythmus wiegt, beobachte allerdings auch widerwillig, dass sie sich von anderen Typen anfassen lässt, aber ebenso wie alle anderen immer nur für ein paar Bewegungssequenzen. Dann verlassen sie sich wieder und Monika landet wieder allein auf der Tanzfläche und nimmt Körperkontakt mit anderen Menschen auf. Ja, nicht nur mit Jungs, sondern auch mit Mädchen. Es scheint gar keinen Unterschied zu machen.

Ich weiß nicht, was in mir vorgegangen ist, aber plötzlich spüre ich ein riesiges Verlangen dazuzugehören. Ich möchte nicht mittendrin abseits stehen mit meinen zaghaften, steifen Bewegungen, während alle anderen sich in der Musik und in sich selbst verlieren.

Ich weiß nur nicht, wie die das alle machen.

Hilfe suchend rücke ich näher an Monika heran, die das sogar sofort bemerkt, lächelnd auf mich zukommt und mich fest umarmt.

Ich glaube, ich sterbe!

Ihr heißer Atem kitzelt an meinem Hals, ich kann ihre Brüste an meinem Körper spüren, fühle den klebrigen Schweiß ihrer nackten Arme, rieche ihr Parfum, aber auch sie selbst, verliere mich in ihren Berührungen, ihrem ureigenen, himmlischen Duft, hebe vorsichtig meine Arme, um sie sanft um ihren Körper zu schlingen. Nur leicht korrigiere ich die Haltung meines Kopfes, damit mir ihre Haare nicht in der Nase kribbeln, achte aber darauf, die Distanz zu ihr nicht zu groß werden zu lassen.

»Schließ deine Augen!«, flüstert sie mir ins Ohr.

Und ihre Stimme hört sich nicht nur warm und weich an, sondern sie krabbelt auch fühlbar angenehm in meinem Ohr.

Ich habe die Augen längst geschlossen, sage aber nichts.

Meine Hände berühren sanft Monikas Rücken und Monika beginnt sich erst leicht, dann immer heftiger im Rhythmus der Musik zu bewegen, wobei sie meinen Körper mitzieht. Immer leichter werden meine Bewegungen, immer spielender und fließender gelingt es mir, Monikas Vorgaben zu folgen, mich einzulassen und mitzugehen, wohin sie mich führt.

Weshalb können die anderen in der Klasse Monika nicht leiden? Warum wird so schlecht über sie geredet? Warum sind alle so neidisch auf sie und bringen ihr so viel Hass entgegen? Was hat sie den anderen getan? Als gefühllos und berechnend wird sie dargestellt. Für mich ist sie das gefühlvollste und himmlischste Geschöpf, das mir je begegnet ist.

Allmählich finde ich mich auch in den Rhythmus ein. Ich tanze!

Ich Alex, der Nichttänzer, tanze! Ich löse mich von Monika (oder sie sich von mir?) und tanze und tanze und tanze!

Als ich aber für einen kurzen Moment die Augen öffne, ist Monika gar nicht mehr da! Wohin mag sie gegangen sein? Vielleicht nur aufs Klo? Aber weshalb hat sie dann nicht Bescheid gesagt? Oder hat sie das vielleicht sogar getan, nur ich habe es nicht mitbekommen? Ich vermisse sie, trotzdem geht es mir gut. Ich habe das Gefühl, dass sie jeden Moment wieder auftaucht. Nichts mehr ist da von der anfänglichen Angst, ich könnte hier plötzlich allein stehen in dieser fremden Welt. Ich tanze weiter, lasse mich langsam, aber zielsicher wieder hineinfallen in den Rhythmus des hämmernden Techno-Basses. Ich fühle mich nicht mehr fremd, bewege mich selbstbewusster, andere lächeln mir zu. Ich lächle zurück, schließe die Augen und die Musik hat mich wieder. Für einen Moment. Denn plötzlich zwickt mich etwas in die Seite. Ich zucke zusammen, drehe mich um. Da steht sie wieder vor mir: Monika!

Ich werfe meine Arme um sie, drücke sie, ohne das Tanzen aufzugeben.

»Bist du gut drauf?«, fragt sie und ich nicke begeistert.

»Ich bin super gut drauf!«, versichere ich ihr. »Nur ein wenig erschöpft. Ich könnte eine kleine Pause brauchen.«

Ich bin ein durchtrainierter Sportler, habe zweimal Training pro Woche, einmal ein Spiel und dann noch der Sportunterricht und die vielen Fußballspiele in der Freizeit nachmittags auf dem Sportplatz. Wirklich, so ein paar Tänze kratzen echt nicht an meiner Kondition. Aber ich habe das Bedürfnis, einen aufregenden Augenblick allein mit Monika zu verbringen, zumindest gemeinsam mit ihr einen etwas ruhigeren Ort aufzusuchen, mich mit ihr zu unterhalten, mehr von ihr zu erfahren – und vielleicht auch einmal zu klären, ob wir jetzt ein Paar sind oder nicht, weil mir das immer noch unklar ist. Das alles hätte ich ihr natürlich sagen können, wenn ich nicht zu feige dafür gewesen wäre. So war mir leider keine andere Ausrede eingefallen, als von Erschöpfung zu reden. Ich habe das mal in einer Fernsehsendung gesehen.

»Erschöpft?«, amüsiert sich Monika. »Jetzt schon?« Sie greift meine Hand, zieht mich von der Tanzfläche herunter, von der ich immer noch nicht weiß, wo sie eigentlich anfängt und wo sie aufhört, und ruft mir zu: »Komm mit!«

Wir drängeln uns fest Händchen haltend durch die wabernde Masse, vorbei an den Klos, die hier unten in einem besseren Zustand zu sein scheinen als oben im Hausflur und gelangen schließlich an eine Tür, die Monika so behutsam öffnet, als handele es sich um das Schlafzimmer ihrer kleineren Geschwister, die um diese Zeit nicht geweckt werden dürfen.

»Das ist der Chillout-Raum«, flüstert sie mir zu und zieht mich durch die Tür hindurch.

Wir kommen in einen Raum, der voll gestellt ist mit alten Sperrmüll-Sofas, Sesseln und Matratzen. Nur drei Leute sind in diesem Raum. Zwei von ihnen liegen eng aneinander geschmiegt wie neugeborene Hündchen im Körbchen auf einer Matratze. Der Dritte liegt quer über einem Sessel und schläft.

»Um diese Zeit ist hier noch nicht so viel los«, klärt Monika mich auf, während mein Herz einen Hüpfsprung macht vor Freude und Aufregung. Nie hätte ich das vorzuschlagen oder zu träumen gewagt, aber Monika, die schönste Frau der ganzen Schule, hat mich in einen Kuschelraum geführt!

»Die meisten sind noch lange gut drauf ...«, erzählt Monika mir weiter. Allerdings höre ich nur noch mit halbem Ohr hin. Mein Herz schlägt bis zum Hals in der Erwartung, gleich Arm in Arm mit Monika hier in irgendeiner Ecke zu liegen, »... weil sie gerade erst ihre Pillen eingeworfen haben. Erst ab vier oder fünf Uhr morgens wird es hier voll.«

Ich verstehe nicht ganz, wovon Monika spricht. Es ist mir eigentlich auch egal. Ich bin voll und ganz mit dem Gedanken beschäftigt, dass sie und ich uns jetzt eine dieser Matratzen aussuchen und dann – ja, und dann? Himmel, ich bin noch nie mit einem Mädchen intim gewesen. Ich habe noch nicht einmal geküsst. Monika dagegen scheint schon etliche Erfahrungen zu haben. Hoffentlich lacht sie mich nicht aus. Aber ich denke, sie ahnt, dass ich ein Anfänger bin. Schließlich hat jeder Mensch irgendwann in seinem Leben damit mal angefangen. Und es scheint ja so, als ob alle Menschen dieses Planeten es dann auch geschnallt haben, wie das in der Praxis alles so funktioniert. Ich kann mir nicht vorstellen, dass ich der einzige Depp unter Milliarden sein werde, der es nicht lernt.

»Hey, ich habe dich was gefragt!«, stößt Monika mich an.

»Hä?«, mache ich. Sie hat mich was gefragt? Ich habe gar nichts gehört.

»Willst du eine?«, wiederholt Monika, streckt mir ihre Hand entgegen und ich erkenne in ihrer Handfläche eine kleine weiße Tablette.

»Danke!«, wehre ich schmunzelnd ab, weil ich glaube, Monika hält mich noch immer für erschöpft und ausgelaugt. »Das ist sehr nett von dir. Aber es geht schon wieder. Ich habe keine Kopfschmerzen.«

Monika kann sich ein hochmütiges Grinsen nicht verkneifen. »Das ist auch kein Aspirin«, sagt sie mit sichtbarer Belustigung. »Ich bin schließlich nicht deine Krankenschwester.«

Ich lache fröhlich zurück, fühle mich aber mit einem Mal sehr unsicher. »Was ist es dann?«

»Ecstasy!«, antwortet Monika mit einer Selbstverständlichkeit, als böte sie mir einen Apfel an.

»EX-TÄH-SIE?«, wiederhole ich fassungslos und bin dann auch noch dämlich genug, ganz naiv nachzufragen: »Ist das nicht eine Droge?«

Monika blickt schon wieder zum Himmel. »Nee!«, gibt sie schnippisch zurück. »Das ist ein Heilkraut gegen Gicht und Rheuma.«

Mir ist überhaupt nicht danach, über Monikas Witz zu lachen. ECSTASY!, jagt es mir durchs Gehirn. Designer-Droge. Party-Droge. Ich bin zwar nicht gerade der obercoole Typ, der sich auf jeder Party auskennt, aber ich bin einer der wenigen in meiner Schulklasse, der Zeitungen liest. Und über Ecstasy habe ich schon eine Menge gelesen. Es soll gefährlicher sein als Heroin! Unberechenbar, weil die Dinger ganz leicht in jedem Hobby-Keller zusammenzumixen sind und deshalb niemand weiß, was sich eigentlich tatsächlich alles in so einer Pille befindet.

Das alles plappere ich herunter, während Monika mir immer noch die weiße Pille entgegenstreckt.

»Meinst du, ich schlucke jeden Scheiß?«, fragt sie empört zurück. »Ich habe eine seriöse Quelle. Absolut verlässlich.«

»Woher willst du das wissen?«, hake ich nach.

Monika zuckt gleichgültig mit den Schultern. »Weil ich die jede Woche nehme!«

Ich kann es nicht glauben. Monika, kaum ein Dreivierteljahr älter als ich, schluckt regelmäßig diese Dinger, die die Zeitungen für den reinsten Horror halten. Es ist wirklich nicht so, dass ich nun aus einer besonders heiligen Familie komme. Auf so mancher Geburtstagsfeier meiner Eltern – mein Vater ist Programmierer in einer Computerfirma und meine Mutter Grafikerin in einer Werbeagentur – geht der Joint rum, so wie andere ein feines Glas Wein trinken. Ein irres Bild, wie sie dann dasitzen, in weißem Hemd und Bundfaltenhose die Männer, schwarze Strumpfhosen, schwarze Miniröcke und teure Blusen die Frauen, und das handgeschnitzte Schillum herumgehen lassen wie ein paar Hippies aus einem schlechten SAT.1-Film. Leider muss ich dann meistens bei meinen Großeltern übernachten, aber zweimal habe ich es mitbekommen.

Ich bekomme also nicht gleich panische Angst, wenn jemand in meiner Umgebung Drogen aus der Tasche zieht, aber ECSTASY!

Selbst meine Eltern bekommen Panik in den Augen, wenn sie davon hören. Und ein guter Freund meiner Mutter, der Drogenberater in einer sozialen Einrichtung ist, hat mich mehr als einmal gewarnt: *Lass die Finger von den Designer-Drogen!*

»Warum soll ich das nehmen?«, frage ich Monika, die ihre Hand mittlerweile während meines langen Schweigens zurückgezogen hat, mich aber fragend ansieht.

Monika schaut mir in die Augen, als müsste sie mir die ganze Entstehung des Lebens seit dem Urknall erläutern.

»Warum reicht es uns nicht, zu essen und zu schlafen wie die Tiere?«, antwortet sie. »Und vielleicht noch ein bisschen Fortpflanzung. Warum brauchen wir Musik und Tanz, Liebe und Sex, Mode und schicke Restaurants, Kino und Urlaub? Weil der Mensch Spaß braucht! Ich jedenfalls!«

»Und zum Spaß braucht man Drogen?«, wende ich ein. »Ich selbst habe auch Spaß, aber ich habe noch nicht einmal eine Zigarette ausprobiert. Weil ich Sportler bin!«

»Ha!«, schreit es aus Monika heraus.

Der Schlafende auf dem Sofa räkelt sich etwas, woraufhin Monika ihre Stimme etwas dämpft. »*Keine Macht den Drogen*, oder wie?«

Ich nicke energisch. »Ja, genau!«

»Toll!« Provozierend klatscht Monika Beifall. »Hast du dir mal eine Pressekonferenz deiner Super-Fußballer angesehen?«

»Natürlich!« Ich nicke verblüfft. Was hat das damit zu tun?

»Auf dem T-Shirt tragen sie *Keine Macht den Drogen* und auf dem Kopf ein Cappy ihres Hauptsponsors: *Becks Bier, Jack Daniels Whiskey, Jägermeister Schnaps*. Ich lache mich tot! Und danach kommen die Nachrichten, die zeigen dann die Politiker live vom Münchner Oktoberfest, während sie mit einem Liter Bier in der Hand und 'ner dicken Zigarre im fetten Gesicht rumsülzen, die Freigabe von Haschisch komme nicht in Frage! Kaum haben sie den Satz ausgesprochen, werfen sie sich eine Herztablette hinterher ohne ihren Arzt oder Apotheker zu fragen. Glaubst du echt den ganzen Scheiß?«

»Nein! Natürlich nicht!«, stottere ich. Mir ist auch klar, dass die Politiker eine widerliche Doppelmoral besitzen, dass die ganze Werbebranche so gewissenlos ist, dass sie heute eine Anti-Drogenkampagne entwirft und morgen für Heroin wirbt, wenn es die Pharmaindustrie bezahlt. Ich weiß sogar, dass dies schon einmal der Fall war. Schließlich ist Heroin vom Bayer-Konzern erfunden und über viele Jahre als Hustenmittel öffentlich verkauft worden.

Und doch scheint mir Monikas Erklärung irgendwie zu einfach. »Du hast ja Recht!«, räume ich ein. »Und trotzdem. Können wir nicht auch so Spaß haben, ohne uns zuzudröhnen?«

»Zudröhnen?«, widerspricht Monika heftig. »Ich habe nicht vorgeschlagen, uns zu besaufen, wie es vielleicht meine Eltern bei einer Feier tun würden. Mir geht es um intensive Gefühle!«

»Zum Beispiel?«, hake ich nach.

Monika schaut mir einen Augenblick nachdenklich in die Augen. Ihr Blick wird plötzlich unglaublich sanft. Mir scheint, sie fragt sich, ob sie mir etwas anvertrauen soll. Jedenfalls fühle ich mich ihr plötzlich sehr nahe.

Monika tut das, was ich mir die ganze Zeit gewünscht habe. Sie setzt sich auf ein Sofa und zieht mich dicht zu sich heran. Aber es ist anders, als ich es mir noch zehn Minuten zuvor vorgestellt und erhofft hatte. Wir liegen uns nicht in den Armen, knutschen und schmusen nicht.

Monika nimmt meine Hand, streichelt sie zart und sagt: »Alex, hast du dich mal gefragt, weshalb ich zu Kathrins Fete gekommen bin?«

Ja, und ob ich mich das gefragt habe. Aber ich zucke nur mit den Schultern.

»Ich wollte dich näher kennen lernen«, gibt Monika freimütig zu.

Ich spüre, wie mein Herz plötzlich doppelt so schnell schlägt wie noch eine Sekunde zuvor.

»Für alle anderen aus der Klasse bin ich eine eingebildete, berechnende Schlange. Nur weil mich mal einer mit dem Porsche von der Schule abgeholt hat. Seitdem zerreißen sich diese Arschlöcher das Maul über mich. Alle. Ausnahmslos.«

Sie macht eine Pause, schaut mich wieder eindringlich an.

»Nur du nicht, weil du neu bist. Ich wollte, dass du mich kennen lernst, bevor die anderen dich voll gesülzt haben mit ihrem Urteil über mich.«

Ich nicke. Das kann ich gut verstehen. Mir war nicht klar, dass Monika, die so schön ist, dass alle Jungs der Schule sie umschwirren wie die Bienen den Nektar, dermaßen isoliert ist.

»Und hier«, ergänzt Monika und blickt sich in dem kahlen Rückzugsraum mit den Müll-Sofas um. »Hier ist meine Welt, hier habe ich Freunde, kann ich meine Gefühle austoben, kann ich fun haben und die Arschlöcher vergessen.«

Ich weiß nicht, was ich sagen soll. Ich möchte ihr Nähe geben und weiß nicht, wie ich es anstellen soll. Vorsichtig lege ich meinen Arm um Monikas Schulter. Sie lässt es sich gefallen.

»Hier spüre ich mich«, erklärt sie mir weiter. »Beim Tanz fühle ich meinen Körper, lasse meine Probleme draußen vor der Tür, habe fun, verliere mich in der wunderschönen Welt von Fantasie und Gefühl, von Sehnsüchten und Leben! Verstehst du das?«

»Ja, ein bisschen«, stimme ich ihr zu. »Ein bisschen ging es mir vorhin beim Tanzen auch so.«

Monika lächelt mich an. »Siehst du! Und hiermit ...« Sie öffnet wieder die Hand und zeigt mir die weiße Ecstasy-Pille. »... geht es noch mehr als ein bisschen. Du musst nichts nehmen, wenn du nicht willst. Ich möchte nur wissen, ob ich sie alleine schlucken oder mit dir teilen soll.«

Ecstasy!

In mir steigt eine Wärme auf, die ich zuvor noch nie gespürt habe. Mit einem Male fühle ich mich stark, fröhlich, ausgelassen. Ich könnte die Welt umarmen – aber Monika reicht mir. Ich glaube, ich lache mit geschlossenen Augen vor mich hin, aber es ist mir egal, ob mich jemand sieht. Ich fühle mich wie neugeboren. Ich fühle mich, wie ich mich noch nie gefühlt habe.

»Komm, lass uns tanzen!«, flüstert mir Monika ins Ohr. Ich bin sofort einverstanden. Nur ein, zwei Schritte, da stehe ich schon wieder dort, wo ich hingehöre: Mit Monika zwischen den Tanzenden! *Ich fühle mich einfach wohl, aufgehoben zwischen den Tanzenden. Sie sind nicht mehr eine Masse, die schiebt und drängt. Mehr und mehr nehme ich einzelne Gesichter wahr, die mir entgegenstrahlen. Ich fange Blicke auf und erwidere sie, kurze Augenkontakte signalisieren Einverständnis. Von Müdigkeit keine Spur. Ich tanze leicht. Aber plötzlich tanze ich nicht mehr zur Musik, sondern die Musik tanzt mich! Sie geht durch mich hindurch, mein Herz schlägt in ihrem Rhythmus, mein Atem folgt dem Bass, die Arme und Beine fühlen sich leicht an, bewegen sich von selbst und so frei, dass ich selbst überrascht bin. Ich bin in der Musik, tanze auf den Noten, kann die Töne mit meinen Bewegungen selber erzeugen und setzen. Und ich kann die Augen wieder öffnen und zurückgelangen**- zu ihr. Zu Monika. Ich fühle mich vertraut mit ihr. Wortlos und doch in tiefstem Einverständnis. Hier gehören wir her, zusammen, vereint im Tanz, zusammengeschweißt in unseren Gefühlen. Ich bin ich – so, wie ich immer sein wollte. Ganz bei mir. So ist das Leben! Nichts Fremdes ist mehr da, das von außen kommt. Niemand, der mich komisch anschaut, keiner, der etwas erwartet, sondern alles kommt von innen, das gute Gefühl. Ein kurzes Augenzwinkern von Monika zeigt mir, dass sie in diesem Augenblick ebenso fühlt. Ich schließe wieder die Augen und fließe fort, hinein in die Musik, und ich weiß, dass sie mir folgt. Monika hatte Recht. Diese halbe Pille ist der nackte Wahnsinn. Ich will, dass es nie mehr aufhört!*

Und lange, lange hört es auch nicht auf. Ich weiß nicht wie lange.

*Amendt, G. / Walder, P.: *Ecstasy & Co*, rowohlt Verlag, 1997

Doch plötzlich muss ich aufs Klo. Außerdem fühle ich mich recht erschöpft. Seltsam. Ich denke, dieses Ecstasy gibt einem Power, verscheucht die Müdigkeit. Aber kaum eine Stunde getanzt, bin ich völlig ausgelaugt. Im grellen Neonlicht der heruntergekommenen Klos schaue ich auf meine Armbanduhr.

Das darf doch wohl nicht wahr sein!

Ich klopfe auf die Uhr, weil ich es nicht fassen kann, was mir die digitale Anzeige da weismachen will. Und doch ist es wahr: Es ist fünf Uhr morgens. Ach du Scheiße! Ein einziger Gedanke rast mir durchs Hirn: Meine Eltern!

Wahrscheinlich schluchzt meine Mutter gerade das Hemd irgendeines Kommissars voll, der schon seit Stunden in unserem Wohnzimmer rumlungert und bereits drei Hundertschaften als Suchtrupp für ihren vermissten Sohn ausgeschickt hat. Ich muss sofort telefonieren!

Aber wo? Ich rase zur Ausgangstür des Klos. Während ich die Tür aufreiße, fällt mein Blick in eine Spiegelscherbe, die noch schief an der Wand hängt. Abrupt bleibe ich stehen.

Oh Gott, wie sehe ich denn aus?

Völlig verschwitzt und abgekämpft, riesige Pupillen und zuckender Kiefer. Zombie lässt grüßen. Mühsam halte ich mich an dem dreckigen Waschbecken fest, muss erst mal tief Luft holen. Verdammte Scheiße, wie mache ich das meinen Eltern klar?

»Ey, Alter, brauchste neuen Stoff?«

Ich drehe mich gar nicht richtig um, sondern schaue nur aus den Augenwinkeln zur Seite. »Was?«, frage ich.

»Eins a Ecstasy. Zwölf Mark die Pille. Erstklassiges Zeug. Kannst du dich drauf verlassen!«, preist mir ein Hungerhaken in weißem Muskelshirt seine Drogen an wie ein Bananenverkäufer auf dem Fischmarkt.

Ich klatsche mir eine Ladung kaltes Wasser ins Gesicht. Mir fällt auf, dass sich in dem Waschbecken unter mir vermutlich hundertmal mehr Schadstoffe befinden als in der Droge, die neben mir angeboten wird.

»Gib mal zwei!«, fordert ein schwarzhaariges Mädchen mit Augen, als löffele sie die Ecstasy-Pillen morgens schüsselweise zum Frühstück so wie ich meine Cornflakes. Fröhlich wedelt sie mit 'nem Fünfzig-Mark-Schein. Der Deal geht über die Bühne, so unkompliziert wie ich mir am Kiosk hin und wieder ein paar Lakritzschnecken leiste. Wenigstens hat sich die Aufmerksamkeit des Hungerhakens von mir auf jemand anderen verlagert. Ich nehme noch eine Handdusche voll Wasser, dann stürze ich nach draußen.

Wo ist eigentlich Monika? Ich habe sie seit Stunden nicht gesehen - oder seit fünf Minuten? War sie schon weg, als ich aufs Klo gegangen bin? Wann habe ich sie eigentlich das letzte Mal bewusst wahrgenommen?

Das Publikum hat sich merklich ausgedünnt. Die ganze Party ist sehr übersichtlich geworden. Ein rothaariges Mädchen, das mir schon während des Tanzens zweimal zugezwinkert hat, kommt, einen Jungen im Arm und einen im Schlepptau, auf mich zugelaufen. »Hi, gehst du auch noch mit?«

»Wohin?«, frage ich und meine die Frage wirklich so, wie ich sie gestellt habe. Es ist fünf Uhr morgens. Wohin soll man da schon gehen außer nach Hause ins Bett, und zwar auf dem schnellstem Wege?

»Wir kennen einen Club, in dem beginnt in einer Stunde die Afterhour!«, freut sich die Rothaarige.

Ich glaub, ich bin im Film. »Um sechs Uhr morgens?«, entfährt es mir. Die spinnen doch!

Aber davon vollkommen unbeeindruckt, strahlt die Rothaarige mir entgegen. »Ich weiß, das ist ein bisschen früh. Normalerweise geht es dort auch erst um neun Uhr los. Aber heute eben eher! Kommst du?«

Da ich ohnehin nicht mehr das beste Zeitgefühl besitze, vergewissere ich mich vorsichtshalber noch mal, dass es doch jetzt fünf Uhr morgens ist und wir auch über die Fete immer von morgens gesprochen haben, richtig?

»Ja!«, kichert die Rothaarige los. »Was denn sonst? Du bist ja echt ein lustiger Vogel!« Damit dreht sie sich um, zieht die beiden Typen hinter sich her, die kein Wort gesprochen haben, und tänzelt Richtung Ausgang.

»Warte mal!«, schreie ich ihr hinterher.

Die Rothaarige stoppt. Die beiden Jungs laufen weiter, bremsen erst drei Meter später. Sie dreht sich um und schaut mich belustigt an: »Was is?«

Ich frage sie, ob sie Monika gesehen hat. Sie weiß natürlich nicht, wer Monika ist, und ich versuche es ihr zu erklären, ohne die Worte *das hübscheste Mädchen dieser Party* zu benutzen, was mir gar nicht so leicht fällt, aber die Auseinandersetzung mit Kathrin war mir eine Lehre.

Die Rothaarige aber flötet mir wie selbstverständlich entgegen: »Ach, diese Schönheitskönigin? Die ist schon da!«

»Wo?«

»Na, in dem Club, zu dem du ja nicht mitkommen willst!«, klärt die Rothaarige mich auf und verschwindet endgültig.

Ich stehe da und sehe bestimmt gerade so aus wie die römischen Legionäre im Comic, wenn sie plötzlich einen Gallier entdeckt haben.

»Seit wann?«, blubbert es mir über die Lippen. Aber die Rothaarige und die beiden Jungs sind schon draußen.

Irgendwie hatte ich mir eine Liebesbeziehung anders vorgestellt. Ich weiß nicht, was ich davon halten soll. Es war ein total schöner Abend mit Monika. Ich habe Dinge erlebt und gefühlt, von denen ich vor zwölf Stunden noch nicht einmal ahnte, dass sie überhaupt existieren. Wir haben uns berührt, ich habe sie gespürt und den schönsten Geruch, seit es Mädchen gibt, in mich aufgesogen. Ich bin mit ihr in eine wunderschöne Traumwelt verreist.

Aber irgendwie müssen wir uns während dieser Reise dann verlaufen haben.

Jedenfalls stehe ich jetzt allein hier, Monika ist fort und ich habe noch immer das Problem am Hals, dass ich meinen Eltern diesen ganzen Abend erklären muss.

Es war meine erste Liebesnacht. So empfinde ich es jedenfalls. Ich glaube nicht, dass man erst von einer Liebesnacht sprechen kann, wenn man miteinander im Bett war. Das war ich zwar noch nie, aber diese Nacht hier war so schön. Ich erkläre sie einfach zu meiner ersten Liebesnacht.

Aber die schönste Liebesnacht kann sich gehackt legen, wenn man sie seinen besorgten Eltern erklären muss!

Oh Mann, was sage ich denen bloß?

Vielleicht: Hey, hallo Mutti, keine Panik, ich war bloß am anderen Ende der Stadt auf 'nem Dancefloor, hab mich in ein superschönes Mädchen verliebt, das ein Jahr älter ist als ich, aber gut drei Jahre älter wirkt, mit ihr gemeinsam Ecstasy geschluckt, sieben Stunden nonstop getanzt wie in Trance, aber sonst ist alles easy, komme gleich nach Hause?

Vermutlich würde meine Mutter drei Minuten lang überlegen, ob sie mich in eine Klapsmühle stecken oder sich selbst einliefern lassen soll. Sie ist fair, diese Abwägung würde sie immerhin noch treffen, aber dann würde voraussichtlich doch ich in einer Klapsmühle landen. Oder auf dem Sofa im Wohnzimmer zur offenen Aussprache mit meinen Eltern – was fast genauso schlimm ist.

Mein Vater sagt immer, ich könne machen, was ich will – solange ich hinterher dafür geradestehen kann.

Dem stimme ich selbstverständlich auch immer zu – in der Theorie. Aber jetzt?

Ich bin aber auch zu blöd. Natürlich hätte ich vorher versuchen können, alles mit Roland abzuklären, damit der im Zweifelsfalle bezeugt, dass ich bei ihm übernachte. Aber erstens bin ich mir noch unsicher, ob Roland schon so ein dicker Freund ist, und zweitens ist es jetzt ohnehin zu spät. Das heißt ...

Genial! Meine Eltern kennen doch Roland noch gar nicht! Zumindest nicht seinen Nachnamen und eine Telefonnummer besitzen sie auch nicht! Mit anderen Worten: Ich kann behaupten bei Roland zu sein!

Aber das bedeutet wiederum, dass ich mich mindestens noch vier Stunden herumdrücken muss. Niemand kommt morgens um sechs nach Hause, wenn er bei einem Schulfreund übernachtet hat.

Mist, und dabei bin ich total erschöpft und hundemüde.

Ich Hornochse hätte doch mit der Rothaarigen mitgehen sollen. Dann hätte ich Monika wieder getroffen, hätte eine Ablenkung von meiner Müdigkeit, stünde hier nicht allein am Ende der Welt herum, würde nicht so frieren und hätte sogar mal schüchtern nachfragen können, weshalb Monika ohne mich abgehauen ist.

Mann, was für eine Nacht!

Was ist Liebe?

Meine Eltern haben mir total die Hölle heiß gemacht. Ich könnte doch in meinem Alter nicht die ganze Nacht fortbleiben, müsste Bescheid sagen, wenn ich bei jemand anderem übernachte, wenigstens mal anrufen und so weiter.

Ich habe, so gut es geht, versucht, die ganze Standpauke schweigend über mich ergehen zu lassen. Wer schweigt, provoziert die wenigsten Nachfragen und riskiert keine Debatten, die sich ins Unendliche hinziehen. Ich kann ja verstehen, dass sie sich Sorgen um mich gemacht haben. Andererseits konnte ich ihnen natürlich auch nicht erzählen, weshalb ich mich nicht gemeldet hatte. So war das Gewitter nach einer Viertelstunde, die allerdings nie zu enden schien, überstanden und verebbte sowohl mit einer Entschuldigung meinerseits als auch mit der Beteuerung, dass so etwas nie, nie, nie, niemals nie wieder vorkommen werde.

Dabei habe ich wirklich noch totales Schwein gehabt. Denn in der Tat waren meine Eltern die ganze Nacht wach und haben schließlich morgens um drei Uhr die Polizei verständigt. Nur dem glücklichen Umstand, dass sie die Nachnamen und Adressen meiner Mitschüler nicht kennen und deshalb die Polizei erst mal bis zum Morgen abwarten wollte, habe ich es letztlich zu verdanken, dass der ganze Schwindel nicht aufgeflogen ist – und meinem genialen Einfall, mich morgens um acht telefonisch zu melden und zu behaupten, ich sei bei Roland.

Viel schlimmer ist, dass ich auch nicht von allen Mitschülern die Nachnamen und Adressen kenne. Zum Beispiel die von Monika. Ich habe zwar den Nachnamen, aber entweder heißen ihre Eltern anders oder die haben eine Geheimnummer oder sie sind in Wahrheit

Geheimagenten, auf jeden Fall steht sie nicht im Telefonbuch. Es macht mich verrückt. Ich muss sie unbedingt sprechen, will wissen, weshalb sie so mir nichts dir nichts abgehauen ist, was nun ist zwischen uns – und überhaupt. Schon den ganzen Tag hoffe ich, dass sie mich anruft, aber nichts. Das dämliche Telefon schweigt sich aus. Das kann doch nur bedeuten, dass auch sie meine Nummer nicht hat.

Was soll ich tun? Roland anrufen und nach Monikas Nummer fragen? Oh Mann, dann geht sofort in der ganzen Klasse rum, dass ich etwas mit ihr habe. Und dabei ist noch nicht mal gesichert, ob Roland ihre Nummer hat. Aber eine andere Chance sehe ich auch nicht. Soll ich? Oder Marvin oder Pauli fragen? Nee, wenn schon, dann Roland. Wenn ich nur wüsste, inwieweit ich mich auf ihn verlassen kann, ob er auch das Maul hält. Andererseits haben die meisten ja mitbekommen, wie Kathrin und ich Zoff auf der Fete hatten und ich mit Monika abgezogen bin. Aber sicher hat niemand erwartet, dass Monika und ich noch den Rest der Nacht miteinander verbracht haben.

Monika, die Unnahbare! Monika, bei der kein Junge aus der Klasse eine Chance hat. Dass ich nicht lache. Die haben sich nur nie mit ihr beschäftigt. Einmal ein schnelles Urteil gefasst, sie in eine Rolle hineingepresst und seitdem bewegt sich da nichts mehr. Scheiß drauf. Ich tu's. Ich rufe jetzt Roland an und frage nach.

Wie ich es befürchtet habe: Roland kennt natürlich nur ihren Nachnamen genau wie ich, aber nicht die Telefonnummer. Immerhin weiß er, in welcher Straße sie wohnt.

»Ehrlich gesagt«, sagt Roland noch. »Nach Samstagabend glaubte ich, wenn überhaupt irgendjemand aus der Klasse ihre Telefonnummer hat, dann du!«

»Wie kommst du da drauf?«, frage ich zurück.

»Ich bin doch nicht blind!«, behauptet Roland. »Wir haben doch alle gesehen, was los ist.«

»So?«, fordere ich ihn heraus. »Was ist denn los?«

»Ach, Mensch. Tu doch nicht so. Du hast ein Auge auf Monika geworfen. Und allem Anschein nach bist du der Erste in der Schule, der damit sogar Erfolg hat. Besitzt du ein heimliches Millionenvermögen oder so etwas?«

»Arschloch!«, brülle ich ins Telefon. »Ihr alle mit euren beschissenen Vorurteilen. Ich wette, noch nie hat sich einer länger als zwei Minuten mit Monika unterhalten, aber ihr alle wisst ganz genau, was sie will und worauf sie steht, ja?«

»Na, hör mal!«, verteidigt sich Roland.

»Nix hör mal!«, platze ich ihm ins Wort. »Es ist wie mit dir!«

»Mit mir?«, wundert er sich.

»Ja, alle nennen dich Pieper, oder? Aber hat dich mal einer gefragt, ob du das willst? Ich bin immer noch der Einzige, der dich Roland nennt. Und genauso ist es mit Monika. Denk mal drüber nach. Ciao. Arschgeige!«

Piep.

Ich habe aufgelegt.

In dem Moment öffnet sich meine Zimmertür.

Ich erschrecke mich höllisch.

Papa steht im Türrahmen und fragt, ob er mal das Telefon haben könne.

»Toll!«, sage ich. »Was meinst du wohl, wozu das Schild an der Tür hängt?«

»Welches Schild?«, fragt er.

Ich glaub, mein Hamster hustet. Da hängt ein riesiges, rotes Plastikschild an der Tür, auf dem mit fetter, weißer Schrift: BITTE AN-KLOPFEN! geschrieben steht. Ich bin durch halb Hamburg geeiert, um es zu bekommen. Satte 12 Mark 95 hat es gekostet und mein Vater fragt, welches Schild?

»Das da!«, rufe ich ihm zu und zeige auf das besagte Schild.

»Ach so!«, meint Papa als sei es das Selbstverständlichste der Welt ungefragt und ohne Ankündigung in fremde Zimmer zu latschen. »Ich dachte, du sammelst einfach nur Schilder. In Eimsbüttel stand noch an deiner Tür: *Betreten der Baustelle verboten.* Das hab ich auch nicht ernst genommen.«

»Vielleicht ist das das zentrale Problem!«, kontere ich. »Warum solltest du mich auch ernst nehmen? Ich bin ja nur dein Sohn. Da sind die Menschenrechte außer Kraft. Die gelten nur für fremde Leute.«

Zack. Das hat gesessen. Meine Eltern waren früher in verschiedenen politischen Initiativen aktiv – bevor sie gut Kohle verdienten und Karriere machten. Aber betroffen reagieren sie auf politische Argumente immer noch.

»Ja, also«, stottert mein Vater. »So war das nun ja auch wieder nicht gemeint. Wir sollten da vielleicht mal drüber reden.«

»Aber bitte später!«, stelle ich schnell klar, schließe die Tür, Papa bleibt draußen – und ich habe das Telefon gewonnen!

Bevor wieder etwas dazwischenkommt, tippe ich die Nummer der Telefonauskunft und habe Glück. Unter dem Straßennamen findet sich in der Auskunft die Telefonnummer einer Frau Hagen-Schell. Ein Doppelname! Deshalb konnte ich unter Schell nichts finden! Warum hat ihre Mutter auch einen dieser entsetzlichen Doppelnamen? Nächstens kommen die noch auf die Idee, die Namen der Mütter, Urgroßmütter und dreier Vorfahren väterlicherseits vor ihren

Nachnamen zu setzen. Weshalb kann jemand, der mit einem Nachnamen geboren wird, ihn nicht einfach bis ans Lebensende behalten, und wenn er dreißigmal heiratet? Aber trotz aller Widrigkeiten habe ich nun endlich die Nummer.
Piep.
Neu wählen.
Tief Luft holen. Gleich habe ich sie am Apparat. Ich habe so entschlossen gehandelt, damit mein Vater mir jetzt nicht im entscheidenden Moment das Telefon klauen kann, dass ich völlig vergessen habe mir zu überlegen, was ich Monika eigentlich sagen will. Zu spät. Schon nimmt jemand ab.

»Schell«, meldet sich eine brüchige Reibeisenstimme, bei der ich nicht heraushören kann, ob sie einer Frau oder einem Mann gehört. Wieso lassen die Hagen-Schell eintragen, wenn sie sich mit Schell melden?

»Guten Tag, Ich bin ... ich meine ... « Mist. Natürlich kriege ich jetzt wieder einen Kiekser! Verdammter Stimmbruch. »Ich heiße ... also hier ist ...«, stottere ich.

»Willst du Monika sprechen?«

»Ja ... äh ... genau.« Kieks. Oh Mann! »Woher wissen Sie ...?«

»Ja, junger Mann. Mich ruft keiner mehr an, der im Stimmbruch ist.«

Na klasse. Immer mitten rein in die Wunde.

»Monika ist in der Eisdiele.«

»In welcher Eisdiele?«

»Na, da wo sie immer ist. Sind Sie sonst nicht dabei? Gleich neben dem EZ.«

»Welchem EZ?«

»Na, das in Osdorf bestimmt nicht, wenn wir in Rahlstedt wohnen.

Sie mögen aus Blankenese kommen, junger Mann. Aber der Hellste sind Sie auch nicht gerade. Tschüs«.

Was? Das ist ja wohl ein Ding!

Rahlstedt-Center! Herrjeh, da bin ich noch nie gewesen. Wenn man in Eimsbüttel wohnt, dann ist Rahlstedt so ziemlich das Ende der Welt. Jetzt liegt es um die Ecke, aber nur, wenn man sich auskennt. Mit dem Fahrrad aber müsste es in knapp zwanzig Minuten zu schaffen sein. Also renne ich aus meinem Zimmer, die Treppe hinunter und pralle meinem Vater gegen den Bauch, welcher sich von Monat zu Monat deutlicher über seinem Gürtel bemerkbar macht.

»Wo ist das Telefon?«, fragt er.

»Oben!«, antworte ich und lese in seinem Gesicht ab, dass ihn diese Antwort keineswegs zufrieden stellt.

»Ich habe es eilig!«, versuche ich ihm klarzumachen. Vergebens.

Also stiefle ich die Stufen wieder hoch, hole das Telefon, stolpere die Treppen wieder hinunter und drücke meinem Herrn Papa, der sich nicht einen Zentimeter bewegt hat, das Telefon in die Hand.

»Wohin willst du denn?«, fragt er nun.

Gerade will ich mit einem einfachen *weg* antworten, als mir klar wird, dass dieses nach unserer Auseinandersetzung heute Morgen nicht genügen wird. Ich seufze, stöhne, was mir nichts nützt, außer dass ich ein wenig Zeit gewinne mir zu überlegen, was ich jetzt sage.

»Ins Rahlstedt-Center, Eis essen. Ein paar aus meiner Klasse sind da!«, antworte ich und verschweige natürlich Monika.

Papas Stirn legt sich in tiefe Falten, sein Gesicht verformt sich zu einem Fragezeichen. *Rahlstedt-Center?* Das ist ungefähr so, als hätte ich geantwortet: Sahara, oberes Drittel, oder die Schattenseite des Jupiters.

»Wo ist das denn?«, fragt also mein Vater folgerichtig.

»Das ist das Zentrum von Rahlstedt!«, kläre ich meinen Vater auf. »Der Nachbar-Stadtteil. Hier wohnen wir jetzt.« Ich kann es mir nicht verkneifen, mit einem spitzen Unterton zu bemerken, wessen Entscheidung es war, hierher zu ziehen: nämlich nicht meine! Wie Eltern so sind, gehen sie nie auf Debatten ein, in denen sie zur Verantwortung gezogen werden könnten, weshalb mein Vater auch einfach nur festlegt: »Um acht bist du wieder hier!«

Ich nicke, schleppe mein Fahrrad aus dem Keller und düse los. Ich bin gut in Form. Nach nur 14 Minuten und 32 Sekunden komme ich am Rahlstedt-Center an, wie mir mein Computer-Tacho anzeigt, wobei ich eine zeitweilige Höchstgeschwindigkeit von 38 km/h erreicht habe. Nicht schlecht. Leider bin ich jetzt völlig aus der Puste und habe einen verschwitzten dunkelroten Kopf. Ideal um jetzt bei Monika vorzusprechen. Ich beschließe also, mich ganz langsam an das Eiscafé heranzupirschen, bis mein Atem ruhiger geht.

Ich schiebe mein Rad durch die kleine Fußgängerzone und kann von weitem schon das Eiscafé entdecken. Das einzige in der Gegend, wie mir eine ältere Frau auf dem Weg erklärt hat. Es ist auch wirklich das richtige, denn ich kann Monika schon erkennen – auf dem Schoß eines anderen!

Das darf doch wohl nicht wahr sein. Ich habe echt das Gefühl, mich trifft der Schlag. Ich fühle mich wie ein Sandsack, in den andere mit Vergnügen immer kräftig reinhauen. Und je geknickter ich bin, desto fröhlicher schlagen sie zu. Wie kann sie mir das antun? Schon am ersten Tag unseres Zusammenseins sitzt sie bei einem anderen auf dem Schoß! Deshalb hat sie mich nicht angerufen. Deshalb war sie gestern Nacht plötzlich verschwunden! Warum tut sie das? Weshalb verarscht sie mich so? Tut so, als ob sie was von mir wollte, und dann hat sie längst einen anderen.

Mir schießen die Tränen in die Augen. Ich wische sie mit der Handfläche ab. Ich bin stocksauer. Ich bin wütend. Ich bin ... einfach nur unendlich traurig. War wohl nichts mit Liebe. Ciao, erste Freundin. Die anderen haben doch Recht. Sie ist eine eingebildete, durchtriebene Zicke. Dumme Kuh! Alte Schnepfe!

Ich drehe mein Rad um, will gerade aufspringen und nach Hause düsen, als ich von hinten meinen Namen rufen höre. Ich bleibe instinktiv stehen. Das ist doch Monikas Stimme! Scheiße, jetzt hat sie mich auch noch entdeckt! Abhauen oder umdrehen? Die Neugier siegt. Ich drehe mich um, aber nur ein bisschen. Ich sehe Monika lachend und winkend auf mich zulaufen. Ich glaube es nicht! Sie wagt es, lachend auf mich zuzulaufen? Die hat echt Nerven.

»Hi! Alex, was machst du denn hier?«, fragt sie.

Ich schaue sie nur an. So blöd kann die doch gar nicht sein. Was treibt die für ein Spiel mit mir?

»Hast du etwas Zeit? Komm, wir drücken uns gerade ein paar Eisbecher rein. Jörg gibt einen aus, weil er seinen Führerschein bestanden hat. Da ist für dich auch noch was übrig!«, säuselt sie mich an.

»Was soll das?«, frage ich sie direkt ins Gesicht.

»Was?«

»Frag doch nicht so blöd!«, schreie ich sie an. »Das weißt du ganz genau.« Mir schießen wieder Tränen in die Augen und meine Stimme fängt an zu kieksen. Aber das ist mir jetzt egal.

Doch Monika scheint tatsächlich nicht zu verstehen, was ich meine. Sie fragt nach, als lebe sie auf einem anderen Stern, als hätte es gestern Nacht nicht gegeben, als hätte sich zwischen uns nichts angebahnt, als ob ich sie jetzt nicht erwischt hätte – bei jemand anderem auf dem Schoß. Ich brülle ihr diese Wahrheiten ins Gesicht.

Und was macht Monika?

Sie greift nach meinem Arm, zieht mich ein Stückchen mit sich, so dass ich kaum mein Fahrrad halten kann, bis zu einer Bank, die in der Nähe steht und zufälligerweise mal frei ist, setzt sich und sagt: »Ich glaube, ich muss mal etwas klarstellen.«

»Allerdings!«, stimme ich ihr zu. »Das finde ich auch.«

Sie erzählt mir, dass der Typ, auf dessen Schoß sie gesessen hat, Jörg ist und dass er ...

»Ja, ja, ich weiß!«, unterbreche ich sie. »Der hat seinen Führerschein. Klasse. Ist mir aber schnurz. Wenn du mit ihm zusammen bist, ist es ja okay. Mit 18-Jährigen kann ich nicht mithalten, aber dann tu auch nicht so, als ob du mit mir ...«

»Ich bin doch nicht mit Jörg zusammen!«, lacht Monika laut los.

»Ach, und wieso sitzt du bei ihm auf dem Schoß?«, werfe ich ein.

Monika schaut mich aus einer fernen Welt an. »Wenn ich mit jedem zusammen wäre, bei dem ich mal auf dem Schoß gesessen habe, hätte ich zu Hause einen Männer-Harem«, grinst sie. »Himmel, aus welchem Jahrhundert stammst du denn? Jörg ist ein guter Freund, hat seit zwei Jahren eine feste Freundin, die übrigens gleich daneben sitzt.«

Sie zeigt mit dem ausgestrecktem Finger auf die Eisbecher-Fress-Gemeinde. Ich schaue nur kurz hin, erkenne aber tatsächlich, dass dieser Jörg jetzt mit einer anderen am Tisch herumknutscht.

»Ich habe ihm zum Führerschein gratuliert und ihn gefragt, ob er mir mal das Autofahren beibringt.«

»Auf seinem Schoß?«, entfährt es mir. »Wo seine Freundin dabeisitzt?«

»Ich habe für eine halbe Minute auf seinem Knie gesessen. Und wenn die beiden nach Hause gehen, dann bekommt seine Freundin von mir auch noch ein Abschiedsküsschen, stell dir vor! Ich kenne nämlich beide sehr gut aus der Tanzschule.«

»Ach so!« Ich komme mir gerade ziemlich belämmert vor. Beinahe wäre ich wutentbrannt abgehauen und hätte nie erfahren, was hier wirklich abging, sondern mich vermutlich im Krach von Monika getrennt.

»Dann ...«, beginne ich zögerlich. »Ist zwischen uns wieder alles okay?«

»Von mir aus war zwischen uns immer alles okay!«, verspricht sie, was mir so viel Mut macht endlich das auszusprechen, was mir seit gestern Abend auf den Lippen liegt: »Und wir sind immer noch zusammen?«

Ich wage es, Monika bei dieser Frage seitlich aus den Augenwinkeln anzuschauen – sehe dabei allerdings auf eine plötzlich sich versteinernde Miene, die sich schnell ändert zu einem mitleidigem Lächeln. Ich ahne die Antwort in diesem Augenblick schon.

»Du dachtest, wir wären zusammen?«, fragt Monika. Ihre Stimme klingt dabei so weich, wie ich noch nie eine Stimme gehört habe.

»Ja! Sicher!«, gebe ich zu. »Nach gestern Abend.«

»Oh je!«, seufzt Monika und ich merke, wie sehr ich Sätze hasse, die mit *Oh je* beginnen.

»Ich vertraue dir ein Geheimnis an, okay?«

Ich nicke.

»Also, zumindest in unserer Klasse weiß es niemand und da geht es auch keinen etwas an. Ich weiß, was so alles über mich erzählt wird, aber die Wahrheit ist, dass ich mich vor einem halben Jahr während eines Skiurlaubs mit unserer Tanzschule wahnsinnig in einen Jungen verliebt habe, der leider in München wohnt«, erzählt Monika mir.

Ich schweige. Also doch ein anderer! Verdammter Mist! Auch wenn es nicht dieser Klapskalli dort am Tisch des Eiscafés ist.

»Weißt du, wie weit München entfernt ist?«, fragt Monika.

Nicht weit genug, denke ich, und zucke nur mit den Schultern.

»Viel zu weit!«, seufzt Monika. »Wir schreiben uns regelmäßig und haben uns im letzten halben Jahr nur zweimal gesehen.«

Zweimal zu viel, finde ich.

»Ich weiß nicht, wie es weitergehen soll, aber ich weiß, dass ich im Moment wirklich kein Bedürfnis habe, mit einem anderen Jungen zu gehen. Verstehst du?«

Nein! Ganz und gar nicht!

»Ja!«, sage ich und traue mich immerhin einzuwenden. »Gestern Abend hatte ich aber einen anderen Eindruck.«

»Wieso denn?«, braust Monika sofort auf. »Was war denn? Wir haben getanzt. Wir haben auch eng getanzt!«

»Wir haben geschmust!«, erinnere ich sie.

»Ja, okay!«, gibt Monika zu. »Weil ich dich nett finde. Ehrlich. Außerdem werde ich hier nicht zur Nonne, weil mein Freund in München sitzt. Und überhaupt: Ich habe mich in Albert verliebt und mich ihm nicht verkauft! Ich lebe immer noch *mein* Leben, capito?«

»Schon gut!«, wehre ich ab. »Ich habe ja nichts dagegen, dass wir geschmust haben!«

Monika bremst sich selbst und schmunzelt.

»Ich auch nicht. Ehrlich. Ich mag dich gern. Aber ich bin nicht in dich verliebt, okay?«

Erwartet sie darauf jetzt tatsächlich eine Antwort?

Ich wiege den Kopf leicht hin und her, als ob es etwas abzuwägen gäbe. Was soll ich machen? Sie will mich nicht und Sense. Trotzdem war es gestern Abend wunderschön. Wenigstens einen Abend lang.

Mein erster Abend mit einem Mädchen. Den habe ich ihr zu verdanken. So kann ich es ja auch mal sehen.

»Was ist?«, fragt Monika. »Isst du jetzt ein Eis mit?«

»Nein!«, antworte ich. »Wirklich nicht. Aber es war wirklich sehr schön mit dir gestern.«

Monika nickt mir zustimmend zu.

Ich stehe auf, nehme mein Rad, steige auf und will losfahren, als Monika mich noch festhält.

Ich schaue sie an. Sie blickt mir tief in die Augen. So tief, dass mein Herz schon wieder zu bummern anfängt und mir das Blut in den Kopf schießt. Ihr Duft steigt mir in die Nase wie gestern Abend. Ich atme tief ein, schließe kurz die Augen, öffne sie aber sofort wieder.

»Du bist der erste Freund, den ich in dieser Klasse habe«, sagt Monika leise. »Es wäre schön, wenn das so bleiben würde.«

Ich muss schlucken.

Monika gibt mir einen zarten Kuss auf die Stirn.

»Tschüs!«, krächze ich, trete in die Pedale und rase wie ein Teufel nach Hause. Als ich dort ankomme, ist nicht nur meine Stirn klitschnass, sondern mein ganzes Gesicht. Nicht nur vom Schweiß. Auch von den vielen Tränen, die ich aus Wut und Enttäuschung während der Fahrt geweint habe.

Ecstasy II

Es ist späte Nacht, aber ich bin immer noch wach. Kann einfach nicht einschlafen, muss immer wieder an Monika denken. Ihren Duft aus der Erinnerung in mich einsaugen, ihren Körper betrachten mit geschlossenen Augen, in Gedanken immer und immer wieder ihre sanfte, flüsternde Stimme anhören, mit der sie mich am Wochenende beinahe um den Verstand gebracht hätte. Ihren verschwitzten Körper an meinem fühlen, mich anschmiegen, ihre Brüste spüren unter ihrem knappen Top, ihre warme weiche Taille umfassen, an ihrem Ohrläppchen lecken, ihre feuchten Lippen auf meinem Mund genießen. Vergessen, was Wirklichkeit ist und was nachträgliche Fantasie.

Ich will es auch nicht wissen. Ist schön so, der Gedanke. Dabei führe ich die rechte Hand hinunter in meine Pyjama-Hose, umfasse meinen Pimmel zart, streichle ihn sachte an der Unterseite. Ein schönes Gefühl, wie er größer und dicker wird. Groß genug? Dick genug? Möchte manchmal zu gern wissen, wie er bei den anderen ist, während der Erektion. Im Normalzustand ist er bei manchen größer. Bei Roland zum Beispiel. Auch bei anderen im Fußballverein war er größer, der Sack dicker, rundherum behaarter. Aber im Verein waren viele aus der Mannschaft auch schon ein Jahr älter als ich. Roland ist genauso alt. Seiner sieht schon viel männlicher aus. Ob das den Mädchen was bedeutet? Schlimm finden sie es mit Sicherheit nicht. Eher, wenn man noch zu jungenhaft wirkt. Wie bei Pauli, da hat man das Gefühl, der kommt kaum unter dem dicken Bauch hervor. Auch noch sehr spärlicher Haarwuchs.

Monika hatte ja schon was mit anderen Jungs. Mit älteren. Nehme ich jedenfalls an. Ich weiß nicht, wie ich mich gefühlt hätte, wenn sie mich nackt gesehen hätte. Vielleicht hätte sie verglichen mit den älteren. Und ich hätte dagestanden und nicht gewusst, was ich tun soll. Allein weiß ich es. Ich ziehe gern langsam die Vorhaut zurück. Fasse mir ganz zart an die Eichel. Die ist total empfindlich. Manchmal denke ich, es muss doch wehtun, wenn ein Mädchen da anfasst. Aber ich hätte gern gehabt, dass Monika mich da unten berührt. So wie ich jetzt. Fest mit der Hand den Schaft umschließen, und erst langsam, dann heftiger mit dem Reiben beginnen. Ein tolles Gefühl. Ein schöner Traum, wie es hätte mit Monika weitergehen können, wenn sie den aus München nicht kennen würde. Sie könnte jetzt vielleicht neben mir liegen, mich so anfassen, wie ich mich jetzt anfasse, dabei würde ich ihren Duft einatmen, ihre weichen, straffen Brüste spüren, ihr zwischen die Beine fassen. Wie sich das wohl anfühlt? Uns dabei küssen, langsam erforschen, wie das geht, mit dem Finger in ihre Möse zu gleiten. Das macht man doch beim Petting, oder? Ich weiß es nicht. Ob sie mir das gezeigt hätte – oder mich ausgelacht? Nein, sie hätte nicht gelacht. Monika nicht. Der wird immer nur so viel Schlechtes nachgesagt. Sie ist sehr in Ordnung. Sie hätte es mir gezeigt, mir alles gezeigt. Jetzt komme ich, zucke, fühle, wie es meinen Körper durchschüttelt und der weiße, klebrige Saft aus mir herausschießt, was ich offen gestanden ziemlich blöde finde – im Nachhinein. Immer ist man so nass und klebrig und muss alles mit einem Taschentuch abwischen. Aber das Gefühl, wenn es kommt, ist echt geil. Ob die anderen es auch so machen? Manchmal finde ich es schade, dass ich mich nicht traue sie zu fragen.

Am nächsten Morgen lächelt sie mich an, von weitem. Aber nicht so wie auf der Fete, sondern eher freundschaftlich mitfühlend. So kommt es mir jedenfalls vor. Als ob sie fragen wollte: »Alles in Ordnung mit dir? Bist du nicht sauer auf mich?«

Ich lächle zurück. Sie soll wissen, dass alles okay ist. Es ist natürlich nicht alles okay. Es schmerzt mich, dass alles vorbei ist, bevor es angefangen hat. Aber was soll's? Ich kann es ja auch nicht erzwingen. Wenn sie in einen anderen verliebt ist, mein Gott. Nur mit ihr drüber sprechen kann ich irgendwie nicht. Oder noch nicht? Ich lächle ihr noch mal zu – und gehe ihr aus dem Weg.

Wenn ich mit den anderen zusammen bin, kommt sie sowieso nicht hinzu. Manchmal würde ich gern wissen, wie sie das aushält, in der Klasse immer so isoliert zu sein. Sicher wollte sie mich deshalb als Freund. Und ich Depp mache das, was alle aus der Klasse schon gemacht haben: Ich hab mich gleich in sie verliebt. Vielleicht sollte ich ihr zeigen, dass ich anders bin, dass ich ihr Freund sein kann. Andererseits: Was um alles in der Welt macht man mit einem Mädchen als Freund, wenn man nicht mit ihr geht? Ich wüsste erst mal gern, was man mit einem Mädchen macht, wenn man mit ihr geht!

Oh Mann, ist das alles kompliziert! Noch vergangene Woche hätte ich nicht im Mindesten daran geglaubt, dass mich das alles jemals so sehr interessieren könnte.

»Was ist, Alex. Kommst du mit zum Goldfischteich?«

Im Kunstunterricht steht Freies Zeichnen auf dem Programm. Es ist schönes Wetter und wir sollen uns draußen ein Objekt aussuchen, das wir zeichnen. Landschaftszeichnungen liegen mir zwar nicht so, aber bei diesem herrlichen Wetter eine Doppelstunde am Goldfischteich statt im Klassenraum zu verbringen, klingt verlockend. Also sage ich zu.

Als wir dort ankommen, sitzen schon Kathrin und Katja in der Nähe, weil sie offenbar den Teich zeichnen wollen. Wir setzen uns auf die andere Seite, denn ich will am Teich sitzen, während ich was anderes zeichne. Vielleicht das hässliche Verwaltungsgebäude hinter den Mädchen. Warum nicht? Sollen die Lehrer doch ruhig mal sehen, wie hässlich ihre Schule ist – Teich hin oder her. Diese tristen roten Backsteinbauten sind zwar besser als die neueren Gesamtschulen aus Beton und Stahl, aber schön ist auch was anderes.

Ich mache es mir also neben Roland gemütlich – auch Pauli ist in der Nähe – forme mit den Händen einen Rahmen, durch den ich mir mein Motiv suche, als mir plötzlich Kathrin in diesen Rahmen gerät. Natürlich unterhält sie sich gerade mit Katja, wie immer. Manchmal habe ich das Gefühl, die beiden sind siamesische Zwillinge. Es muss unheimlich spannend sein, was die sich zu erzählen haben. Ich glaube, die merken gar nicht, dass ich sie im Visier habe.

Leider funkt Roland mir dazwischen.

»Wieso flüstert ihr denn so?«, ruft er zu den Mädchen hinüber. »In diesem Unterricht dürfen wir doch quatschen!«

Blödmann! Ich nehme schnell meine Hände herunter.

»Mach den Kopf dicht, dies ist ein Mädchengespräch!«, stellt Katja kurz und bündig klar.

Roland schweigt, sieht mich viel sagend an. Ich gehe aber nicht darauf ein.

Die Mädchen führen ihr Gespräch fort. Und ich kann endlich meine Beobachtung fortsetzen, vor allem die von Kathrin, die ganz angeregt erzählt – mit einem Gesichtausdruck, der Spannung und Aufregung verrät. Ganz anders als am Samstag, als sie aus heiterem Himmel so wütend auf mich war. Und seitdem hat sie auch noch kein Wort mit mir gesprochen. Ich weiß noch immer nicht weshalb. Was ist so schlimm daran, Monika zu mögen? Vielleicht sollte ich ...? Genau! Ich mag ohnehin lieber Menschen zeichnen als Landschaften oder Gebäude. Und ein Bild sagt mehr als tausend Worte. Vermutlich würde ich doch nur wieder etwas Falsches sagen. Aber ein Bild wird sie vielleicht besänftigen. Es wär doch albern, bis zum Abitur Ärger mit Kathrin zu haben, und ich weiß nicht einmal weshalb. Ich werde sie zeichnen und ihr das Bild schenken.

Ich strecke den Arm aus, den Daumen empor, um die Proportionen ihres Gesichtes, ihres Kopfes, zum Körper Maß zu nehmen. Sie dreht sich um und schaut auf das Gebäude. Sie denkt offenbar wirklich, dass ich das Gebäude hinter ihr meine. Gut so. Ihr Gespräch ist ihr schließlich doch wichtiger. So kann ich sie in Ruhe beobachten.

Zunächst mal ihre Kopfform. Sie hat ein schönes gleichmäßiges Gesicht. Ob sie das weiß? Viele markante Merkmale und verdeckte Schönheiten entdeckt man erst, wenn man die Menschen zeichnet. Das ist das Schöne daran. Im Zentrum dieses symmetrischen, runden, gesunden Gesichtes lugt keck eine kleine, lustige Stupsnase hervor. Neugierig sieht sie aus, oder besser: interessiert, aufgeschlossen. Überhaupt nicht so verbockt, wie sie sich Samstag benommen hat. Eher, als ob sie mit wachem Geist durch die Welt geht. Ihre graubraunen Augen, die ganz leicht an die Augen einer Katze erinnern, passen sehr schön dazu. Es ist ein aufgewecktes Gesicht, ein humorvolles. Es macht Spaß, in dieses Gesicht zu schauen. Der Blick hat etwas Entschlossenes, aber auch leicht Verschmitztes. Als ob sie etwas im Schilde führt. Dazu ein Mund, der eindeutig den Ton angibt. Nicht zu groß, nicht zu klein. So gleichförmig und hübsch, dass er sich dagegen sträubt, eine Zahnspange tragen zu müssen, und doch mit ihr leben kann, ohne sich schamhaft geschlossen zu halten. Sie trägt die Zahnspange widerwillig und doch selbstbewusst. Als ob sie jedem Gaffer entgegenschreien wollte: *Seht her! Auch an mir verdient sich ein Kieferorthopäde sein Wochenendhäuschen und* hat deshalb meine schönen Zähne verunstaltet! Kinder aller Krankenkassen, vereinigt euch! Macht Zahnspangen zu Handschellen – und verhaftet alle Zahnärzte, die uns weismachen wollen, eine ganze Generation hätte schiefe Zähne!

Als Nächstes folgen vermutlich die Hals-Nasen-Ohren-Ärzte, die auch mal Geld verdienen wollen, und verpassen jedem angeblich walkmangeschädigtem Kind ein Hörgerät!

Ich werde sie einfach mit geschlossenem Mund zeichnen. Nicht verkniffen geschlossen, sondern verschmitzt, leicht lächelnd. So wie die Mona Lisa. Ha, schönen guten Tag, Größenwahn! Aber Vorbilder wird man ja wohl noch haben dürfen.

Ihre Haare sind hellblond. Schwierig, mit dem Bleistift hellblonde Haare zu zeichnen. Ich müsste mal den Kunstlehrer fragen, wie man das macht. Geht jetzt aber leider nicht, weil wir ja Landschaften zeichnen sollen. Zum Glück sind die Haare total verwuschelt. Da kann ich die Striche mit dem Finger etwas verwischen, was auch einen helleren Ton ergibt. Na ja, nicht ganz so geworden wie in der Wirklichkeit, aber diese Frisur steht ihr auch nicht schlecht. Ich denke, sie wird es mir verzeihen. Bin schließlich kein Profi. So, fast fertig. Jetzt noch den kessen Ring in ihrer Nase und eine Widmung drunter geschrieben:

Lächelnd bist du noch schöner als wütend!

Das war's. Nicht schlecht geworden, finde ich. Und genau zur richtigen Zeit. Denn plötzlich springt Roland auf: »Wo sollen wir denn das Bild abgeben? Einfach in den Kunstraum legen?«

Keine Ahnung. Interessiert mich auch nicht. Denn ich weiß, wo mein Bild hingehört.

»Ich gebe meines hier ab!«, sage ich lächelnd zu Roland, rolle mein Bild mit Gummiband zusammen, nehme all meinen Mut zusammen, bewege mich Richtung Kathrin. Mehr als schief gehen kann es ja nicht. Und wenn sie es nicht versteht, kann ich auch nichts machen.

»Was soll das?«, blafft sie mich auch sofort an. »Kannst du dein Bild nicht selbst abgeben? Ich bin doch nicht dein Dienstmädchen!«

Oh Mann. Immer braust sie gleich auf, ohne zu wissen, was los ist. Wie bei ihrer Fete! Das sage ich ihr auch und dass dieses Bild nicht für den Kunstunterricht gedacht ist, sondern für sie. Als Entschädigung für unseren Streit. Dass ich das überhaupt erst erklären muss!

Ich drücke ihr einfach das Bild in die Hand. Soll sie sehen, ob sie damit klarkommt oder nicht. Ich packe meine Sachen zusammen und frage Roland: »Wollen wir zum Kiosk?«

Das war mehr eine rhetorische Frage. Roland will immer zum Kiosk, weil er so gut wie nie Schulbrot dabeihat, sondern stattdessen von seinen Eltern immer Geld mitbekommt, um sich belegte Brötchen und etwas zu trinken zu kaufen.

Manchmal wünschte ich, meine Eltern würden das auch so machen. Ich habe immer so gesundes Essen dabei. Heute auch wieder.

»Vollkornbrot, Gurke und Paprika«, berichte ich Roland. »Total gesund – aber unglaublich öde.«

Dann machen wir uns auf den Weg.

Plötzlich kommt mir Monika entgegen. Offenbar hatte sie schon früher abgegeben. Jedenfalls hat sie schon eine Cola in der Hand und schlendert – wieder einmal allein – zurück zur Schule. Roland ahnt schon, was kommt, und sieht mich erwartungsvoll an. Ich erfülle seine Erwartungen, drücke ihm ein Fünfmarkstück in die Hand.

»Bring mir 'ne Fanta und zwei Snickers mit, okay?«

Wortlos nickt Roland und geht weiter, während ich stehen bleibe und warte, bis Monika mich erreicht hat.

»Hi!«, begrüßt sie mich lächelnd, dreht sich noch einmal kurz um, als wollte sie prüfen, ob wir jetzt wirklich allein sind und fragt erst dann: »Wie geht es dir?«

»Okay!«, antworte ich knapp.

»Noch Lust zum Tanzen?«, fühlt sie vorsichtig vor.

Ich zucke nur mit den Schultern: »Allein? Nee.«

Doch offenbar habe ich sie falsch verstanden, denn sie setzt sofort nach: »Ich meine, mit mir – auch, wenn nichts weiter läuft zwischen uns als eben das, was beim Tanzen passiert. Wie Samstag!«

Die beiden letzten Worte betont sie mit einem Lächeln, das ich sofort erwidere.

Ja, so etwas wie Samstag würde ich gern noch mal erleben. So etwas wie Sonntagmorgen allerdings weniger. Ich erzähle ihr von dem Ärger, den ich mit meinen Eltern gehabt hatte, weil ich ja bisher gar nicht dazu gekommen war, es ihr zu erzählen.

»Kenne ich!«, gesteht sie mir. »Seitdem haben Iris und ich eine feste Verabredung uns gegenseitig zu schützen. Recht ausgeklügelt und auf Abruf bereit, auch unvorbereitet«, grinst sie.

»Iris?«, frage ich. Wer um alles in der Welt ist das? Es stellt sich heraus, dass Iris Monikas beste Freundin ist, die sie auch – wo sonst? – in der Tanzschule kennen gelernt hat.

»Vergangenen Samstag allerdings musste Iris bei der Silbernen Hochzeit einer Tante in Bad Salzuflen schmoren, die Arme. Das muss furchtbar gewesen sein: Silber-Hochzeit von Tante Karoline in Bad Salzuflen!«

Auch mir fällt es schwer, mir etwas Öderes vorzustellen. Wir lachen gemeinsam.

»Was ist also, kommst du mit?«, fragt sie in mein erstauntes Gesicht.

»Wohin?«, will ich wissen und Monika erzählt mir, dass am heutigen Abend ein kleiner, privater Dancefloor stattfindet, sogar ganz in der Nähe.

»Völlig abgefahren!«, schwärmt Monika. »Es findet in einem ehemaligen Vereinsheim eines Schrebergarten-Vereins statt. Ist das nicht schrill?«

Der Verein musste nach jahrzehntelanger, liebevoller Kleingartenarbeit dichtmachen, um dem geplanten Bau einer Durchgangsstraße zu weichen. Erst vor drei Wochen wurde das Vereinhaus geräumt und irgendjemand aus Monikas Bekanntschaft hat das nun leer stehende Gebäude entdeckt. Monika ist ganz aus dem Häuschen. »Ein Schrebergarten!«, brüllt sie förmlich vor Lachen. »Kannst du dir etwas Spießigeres vorstellen als einen Schrebergarten? Und dort einen Dancefloor abzuziehen, ist einfach megageil.«

Ich zucke nur mit den Schultern. Ich habe mir noch nie Gedanken darüber gemacht, wie schrill oder spießig Schrebergärten sind. Aber mit Monika noch einmal tanzen gehen zu können, und das auch noch in unserer Nähe, ist für mich natürlich gar keine Frage. Sofort sage ich zu, verabschiede mich innerlich davon, dass ich heute Abend eigentlich für die Englischarbeit lernen wollte und lasse mir genau die Adresse erklären.

Das Vereinshaus befindet sich in der Ebersreye. Es ist eine kleine Straße zwischen dem Farmsener Bahnhof und der ehemaligen Trabrennbahn, garniert mit niedlichen, klitzekleinen Reihenhäuschen aus den Fünfziger oder Sechziger Jahren, und genau dahinter beginnen die Schrebergärten, die der Durchgangsstraße des sich immer weiter ausdehnenden Farmsener Einkaufszentrums weichen müssen. Das

Vereinhaus befindet sich gleich am Anfang der Schrebersiedlung, so dass es gar nicht zu verfehlen ist.

Die Umgebung ist sehr bedrückend. Dort, wo vermutlich einmal Erdbeeren und Kirschen gewachsen sind, sind nur noch Erdhaufen und tief gebuddelte Löcher zu sehen. Offenbar hatten sich hier schon alle, die irgendwo einen Garten haben, zum fröhlichen Pflanzenplündern eingefunden. Die Scheiben der Schrebergartenhäuschen sind eingeschlagen und die Türen herausgerissen. So etwas geht immer sehr schnell. Kaum zieht jemand aus, findet sich eine Stunde später jemand, der die Scheiben einschmeißt. Ich kenne das von verschiedenen Läden und Hinterhöfen in Eimsbüttel. Die Gartenzäune sind niedergerissen und manche Häuschen sogar abgebrannt. Offenbar hat der eine oder andere noch versucht, sich das nicht abzuwendende Ende seines Gartens mit einer netten Versicherungssumme zu versüßen. Aus einer blühenden Gartensiedlung ist trostloses aufgewühltes Bauland geworden.

Mir fällt der Spruch eines Plakates ein, den meine Mutter in der Küche hängen hat:

Ziel
Warum holzen die Männer den Wald ab?
Weil ihnen die Bäume im Weg stehen.
Warum?
Weil sie eine Straße bauen wollen.
Warum?
Weil sie schneller fahren wollen.
Wohin?
Ins Grüne!
(Elisabeth Kuppert)

Da Schrebergarten-Vereins-Häuschen nicht gebaut wurden, um darin Dancefloors zu veranstalten, sind die wummernden Bässe schon in der Reihenhaussiedlung zu hören. Jetzt, da ich direkt vor dem Häuschen stehe, habe ich den Eindruck, die dünnen Wände des Häuschens würden jeden Moment unter dem Getöse auseinander brechen. Ich bin erst das zweite Mal auf einer derartigen Veranstaltung, aber schon erkenne ich einige Besucher wieder – und sie mich! Das rothaarige Mädchen zum Beispiel. So selbstverständlich, als besuchten wir seit Jahren dieselbe Klasse, lächelt sie mir entgegen, hebt eine Hand zum Gruß und setzt ihre Unterhaltung fort.

Ich hingegen gehe auf sie zu, denn seit Samstagabend weiß ich ja, dass sie Monika kennt: »Hi!«, sage ich und komme mir schon vor wie ein echter Insider in dieser Szene. Es ist ein unglaublich tolles Gefühl, allein zu einer Veranstaltung zu gehen – und dann jemanden zu kennen! »Ist Monika schon da?«

Die Rothaarige hält mir ihre Armbanduhr entgegen ohne draufzuschauen. »Es ist doch erst neun!«, ist sie sich auch so sicher.

Es ist zwar schon halb zehn, aber offenbar für Monika immer noch zu früh. Zum Glück habe ich vorgebeugt. Roland wird bezeugen, dass ich heute bei ihm schlafe, so habe ich die ganze Nacht Zeit. An einem Montag! Wenn mir das jemand vor einer Woche erzählt hätte! Damals – damals vor einer Woche! – gab es noch einen einzigen Tag, an dem ich bis weit nach Mitternacht wach bleiben durfte und dieser Tag nannte sich Silvester.

Offenbar gibt es aber noch mehr Leute, für die halb zehn Uhr abends durchaus schon als späte Stunde bezeichnet werden kann. Denn das Vereinshaus ist schon halb gefüllt. Manche tanzen sogar schon. Es sind keineswegs die Jüngeren, die rechtzeitig zu Hause sein müssen. Es sind, wie ich bald herausbekomme, jene fanatischen Tänzer, die extra früh kommen, um genügend Platz zum Tanzen zu haben. Das heißt, viele von ihnen verschwinden genau in dem Augenblick, in dem die Massen hier eintrudeln, was etwa so zwischen zehn und elf Uhr der Fall sein wird. Monika hatte sich eigentlich für zehn Uhr angekündigt. Ich hatte bloß gehofft, sie wäre auch schon eher da. Außerdem konnte ich nicht so lange bei Roland bleiben.

Ich besorge mir einen O-Saft, wofür ich nicht einmal schräg angesehen werde. Das ist das Angenehme an diesen Partys. Pillen schlucken die hier alle wie das täglich Brot, gleichzeitig sind aber auch vitaminreiche Fruchtsäfte angesagt. Es hat sich herumgesprochen, dass Alkohol müde macht, und das ist das Letzte, was hier jemand werden will.

Ich sehe auf meine Armbanduhr. Jetzt ist es zwei Minuten nach halb zehn. Es gibt nichts Langweiligeres, als auf eine große Party zu gehen und nur am Rande zu stehen und auf jemanden zu warten. Warum soll ich überhaupt warten? Am Samstag hatte Monika mich auch zunächst stehen lassen und ich musste allein zu tanzen beginnen. Das könnte ich doch auch jetzt machen.

Ich gebe mir also einen Ruck, stelle mein Glas ab und begebe mich auf die Tanzfläche, schließe die Augen, versuche wieder den Rhythmus zu spüren, den Bass in mir zu fühlen, mich von der Musik treiben zu lassen, wie es mir am Samstag geglückt ist, erst recht, nachdem ich die Ecstasy-Pille genommen hatte.

Wär doch echt cool, wenn Monika käme und ich schon voll drin in der Musik wäre, abgeschwitzt und abgehoben. Wäre genau umgekehrt wie am Samstag. Die würde Augen machen! Außerdem: Ewig kann das doch gar nicht so gehen, mit dem Münchener. Wie wollen die denn das machen – auf Dauer? Bloß einmal in vierzehn Tagen sehen! Wenn überhaupt. Ist doch viel zu teuer. Komische Liebe ist das. Sieht man doch auch, wenn sie schon mit mir tanzen geht, obwohl sie doch eigentlich mit einem anderen zusammen ist. Wer weiß schon, wie sich alles so entwickelt? Schließlich bin ich ihr ja sofort positiv aufgefallen, sonst wäre sie ja gar nicht zu Kathrins Fete gekommen. Wer sagt denn, dass sie nicht irgendwann den Münchener sausen lässt?

Aber irgendwie will sich mein Körper nicht auf die Musik einstellen. Meine Füße bewegen sich staksend und behäbig hin und her und es sieht bestimmt noch blöder aus, als wenn Jürgen Kohler dribbelt. Ich kriege keinen Zugang zum Rhythmus. Die Musik dröhnt an mir vorbei. Der Bass bewegt nicht meinen Bauch, sondern nervt in meinen Ohren. Was ist bloß los? Am Samstag war doch alles so geil.

Ich breche ab, schlurfe zu meinem O-Saft, den ich in einem Zug leer trinke, als mir plötzlich jemand auf die Schulter tippt. Ein freudiger Schauer durchzuckt mich und strahlend drehe ich mich um in der Erwartung Monikas Gesicht zu sehen. Da steht die Rothaarige vor mir.

»Hast du einen Durchhänger heute?«

»Du beobachtest mich?« Ich bin ehrlich erstaunt darüber und gleichzeitig wütend auf mich selbst, weil ich das *mich* schon wieder gekiekst habe. Hört denn dieser beknackte Stimmbruch nie auf?

Sie gibt darauf keine direkte Antwort und ignoriert auch charmant mein Gekiekse. »So viel ist ja hier noch nicht los, als dass man jemanden übersehen könnte.«

Ich schweige, nehme mein Glas aus lauter Verlegenheit, will trinken und merke, dass es bereits leer ist. Mist!, denke ich und stelle das Glas wieder zurück.

»Brauchst du was?«, fragt die Rothaarige.

Ich schaue sie an.

Sie schaut mich an.
Ich warte.
Sie wartet.
Was soll ich brauchen?
Endlich kapier ich! »'ne Pille?«, frage ich überflüssigerweise auch noch nach und kassiere die Quittung.
»Was denn sonst? Mit Heftpflaster handel ich nicht!«
»Kostet?«, höre ich mich fragen, obwohl ich doch gar kein Ecstasy haben will und mir sicher auch keines leisten kann.
Sie legt den Kopf leicht zur Seite, betrachtet mich eingehend, verzieht einen Mundwinkel zu einem schnippischen Lächeln und bietet mir an: »Sieben Mark. Absoluter Freundschaftspreis!«
»Wir sind aber gar keine Freunde!«, wage ich zu bemerken.
»Können wir ja noch werden«, findet sie und schaut herausfordernd. Ihre Forderung aber – das ist sehr eindeutig – bezieht sich nicht auf meine Freundschaft, sondern darauf, ob ich nun endlich kaufen will oder nicht.
Ich hatte mir immer vorgestellt, dass Drogen ein Vermögen kosten. Wer Drogen einnimmt, so dachte ich, der ist zur Hälfte schon ein Krimineller, schon so gut wie sicher ein Bankräuber, Kaufhausdieb, Autoknacker, um seinen Stoff bezahlen zu können. Von Strichjungs hatte ich in Jugendbüchern und in Zeitungen gelesen. Drogen, das war immer das Ende von allem, der Abgrund, Element einer Subkultur, die irgendwo stattfand, aber nicht in meiner Welt, nicht in meiner Umgebung. Und dann hatte Monika plötzlich Ecstasy besorgt, aber Monika stammte auch aus einer anderen Welt. Und jetzt? Jetzt stand ich in einem Schrebergarten-Vereinshaus, keine zehn Minuten Fahrradweg von zu Hause entfernt, mitten in Farmsen, einer der verschlafensten Stadtteile Hamburgs und ein niedliches,

rothaariges höchstens siebzehn Jahre altes Mädchen vor mir bietet mir eine Party-Droge für nur sieben Mark an. So teuer wie zwei Magnum-Eis!

Ich überlege, dass es vielleicht keine schlechte Idee wäre, wie am Samstag eine halbe Pille zu schlucken, um besser drauf zu sein. Eben so wie am Samstag. Eine halbe Stunde wird es ungefähr dauern, bis die Droge zu wirken beginnt, gerade rechtzeitig, bis Monika auftaucht. Sie bekommt dann die andere Hälfte und sie und ich werden eine wunderbare Nacht miteinander haben.

Ich kaufe mir also eine Tablette, lasse sie noch von der Rothaarigen zerteilen, die ein Taschenmesser dabeihat, bestelle mir einen neuen O-Saft und schlucke eine halbe XTC, wie die Droge auch abgekürzt wird.

Noch zweimal halte ich in dieser halben Stunde nach Monika Ausschau, die sich aber alle Zeit der Welt lässt und noch immer nicht erscheint, bis ich endlich beschließe, einfach schon mal auf die Tanzfläche zu gehen.

Allmählich spüre ich die Wirkung. Ich will tanzen, mich verbinden mit der Musik, mich treiben lassen, gut drauf sein, vergessen, dass Monika einen Münchener hat, ihren Geruch spüren, noch mal den Samstag erleben. Aber meine Beine werden schwer. Ich verstehe das nicht. Meine Beine fühlen sich an, als wäre ich im Fußballtraining und hätte das dicke Gummiband am Gelenk, das uns manchmal zum Muskeltraining umgelegt wird. Als würden an jedem Bein zwei Schwergewichtler hängen, die nur das eine Ziel kennen, mich vom Tanzen abzuhalten.

Schlimmer noch als bei meiner ersten Party sind mir alle anderen plötzlich fremd. Eine wabernde Masse, die sich um mich herum bewegt, mit der ich aber nichts zu tun habe. Es gibt niemanden mehr für mich, keine Rothaarige, auch sonst kein bekanntes Gesicht. Wo sind die alle hingegangen? Noch nie habe ich mich so allein gefühlt. Ich bekomme Angst. Mir wird ein wenig schwindelig. Ich muss mich setzen. Mit bleiernen Füßen stampfe ich schwerfällig zu einem Sperrmüllsessel, der an der Wand steht, lasse mich hineinplumpsen.

Und dann ist sie urplötzlich da. Monika hockt vor mir, packt mich mit beiden Händen am Kopf und spricht auf mich ein: »Alex! Hey, Alex, was ist mit dir los?«

Ich schaue sie an, will lächeln, weiß aber nicht, ob es mir gelingt, will ihr sagen, dass es schön ist, dass sie da ist, bringe aber keinen Ton heraus. Warum ist sie so weit fort, wo sie doch direkt vor mir steht?

Ihr Blick ist besorgt, fast schon panisch. Wegen mir? Es tut mir Leid, wenn ich ihr Ärger mache. Es sollte doch so ein schöner Abend werden. Mir wird schlecht. Ich habe das Gefühl, ich muss kotzen.

Monika hält mich noch immer. Sie redet auf mich ein, redet und redet. Was redet sie? Sie streichelt mich. Ich habe mir immer gewünscht, dass sie mich streichelt. Sie will mir Wärme geben, aber ich friere. Ich zittere am ganzen Körper. Auch meine Lippen, die nicht mehr sprechen können. Meine Angst steigert sich. Aber ich weiß nicht wovor. Aber so viel Angst, wo kommt all diese Angst her? Monika so weit weg, diese Kälte. Dieser verdorbene Abend. Wo kann ich kotzen? Ich kann nicht aufstehen. Versteht ihr mich? Hört ihr, was ich denke? Ich kann es euch nicht sagen. Warum kann ich nicht reden? Seht ihr, was ich möchte? Warum versteht mich niemand? Ich bin so allein!

Ab Hals abwärts nur noch Blei. Ab Hals aufwärts nur noch Schwindelgefühl. Und in allem Angst. Warum hilft mir niemand?

Schön, dass Monika da ist, aber warum ist sie so weit weg, dass sie mir nicht helfen kann? Der Bass schlägt unbarmherzig auf mich ein. Er kennt keine Gnade. Es tut so weh. Diese Musik, dieser Lärm, diese Menschen, die hier überall herumhopsen. Was wollen sie alle? Die Pille! Mir wird klar, dass ich alles dieser Pille zu verdanken habe. Was habe ich genommen? Hätte ich doch bloß auf Monika gewartet. Wo ist die Rothaarige? Was hast du mir verkauft? Ist das der Anfang vom Ende? Beginnt so der Drogentod? Stehe ich morgen in der Zeitung als Drogenleiche? Was werden meine Eltern sagen? Warum musste ich sie belügen? Dreht doch mal den Bass aus! Er tut mir so weh!

»Er muss nach Hause!«, entscheidet Monika plötzlich. »Und zwar sofort!«

Hilfe!

Nach dem totalen Absturz mit der Droge wusste ich überhaupt nicht mehr, wo ich hin sollte: Auf der Party wollte ich nicht bleiben, weil mich die Leute verrückt machten, der Bass mein Hirn zertrümmerte und mir immer schlechter wurde. Ich wollte so schnell wie möglich in mein Bett, aber nicht nach Hause, weil ich Angst vor der erneuten Debatte mit meinen Eltern hatte. Es waren keine zwei Tage nach meinem nächtlichen Fernbleiben vergangen, da hing ich quasi als Drogenleiche in einer Ecke und konnte nicht mehr sprechen!

Aber Monika hatte mir jegliche Entscheidung abgenommen, während ich alles nur wahrnahm wie einen Film, der vor mir ablief, mit mir aber nichts zu tun hatte. Monika ließ ein Taxi rufen, fuhr mit mir nach Hause und – was dann folgte, war der helle Wahnsinn. Monika schleppte mich aus dem Taxi, stützte mich bis zum Eingang, klingelte bei mir zu Hause und als mein Vater öffnete, erzählte Monika ihm die unglaublichste Geschichte, die ich je gehört hatte. Wir hätten zusammen im Eiscafé gesessen, tischte sie meinem Vater auf, und plötzlich seien wir Jungs auf die Idee gekommen, ein Wettessen zu veranstalten. 35 Kugeln Eis hätte ich vernascht und damit die Wette auch gewonnen. Aber nun sei mir eben kotzübel.

»Ich denke, er ist bei Roland!«, wunderte sich mein Vater zum Glück ganz spontan. Denn davon hatte Monika ja nichts gewusst. Sie reagierte blitzschnell.

»Wollte er ja auch. Nach dem Eisessen. Aber in diesem Zustand geht das ja wohl schlecht!«

Sie, Monika, hätte versprochen mich abzuliefern, weil es auch Roland schlecht ginge, der mit 30 Kugeln den zweiten Platz belegt hatte, und ihre Freundin, bei der sie übernachten wollte, sei nun zu so später Stunde schon verschwunden und ihre Eltern wären nicht zu Hause.

Ich bekam das alles in vollem Bewusstsein mit wie ein Kinobesucher, der nur guckt und staunt. Außerdem war ich viel zu down, um irgendein Wort hervorzubringen. Schlapp hing ich halb über Monikas Schulter, halb stützte ich mich an die Hauswand.

Mein Vater glotzte Monika stumpf an, beugte sich mit skeptischem Blick vor, gurgelte einige unverständliche Laute hervor, ehe er die Frage formulieren konnte: »Das ist doch nicht nur vom Eis!« Er deutete mit dem Zeigefinger auf mich. »Der hat doch was getrunken!«

Und was sagt Monika? »Ich gebe es zu. Einer von uns hatte auch

Schnaps dabei. Deshalb ist es so spät geworden.« Offenbar wusste sie aus Erfahrung, dass alle Eltern dieser Welt es für den Eintritt ihres Nachwuchses ins Erwachsenenalter halten, wenn ihre Kinder besoffen sind, aber in panische Hysterie ausbrechen, wenn ihre Zöglinge andere Drogen eingeschmissen haben. Monikas Vermutung sollte sich auch bei meinem Vater bewahrheiten.

»Ts, ts«, machte er und schüttelte den Kopf. »Dann wollen wir ihn mal schnell rauf ins Zimmer bringen. Und für dich besorge ich einen Schlafsack!«

Monika und ich schleppten uns die Treppe hinauf und ich hörte meinen Vater von der Kellertreppe aus noch rufen: »Hast Glück, dass deine Mutter noch mit ihren Freundinnen unterwegs ist. Die würde sich wieder sonst was für Sorgen machen!«

»Und du hast Schwein, dass dein Alter sich keine macht, mein Lieber«, zischelte Monika mir zu.

Ich aber war zu keiner Reaktion fähig. Ich konnte weder lachen, noch weinen, nicht einmal kotzen, obwohl ich das zu gern getan hätte. In diesem Augenblick durchströmte mich eine Welle von Geborgenheit und Rührseligkeit, von Wärme und Zuneigung. Ich war Monika unendlich dankbar für das, was sie gerade für mich tat, und wusste, ich würde ihr das niemals vergessen! Gleichzeitig plagte mich ein unendlich schlechtes Gewissen, weil ich Monika in diese schwierige Lage gebracht hatte, weil ich ihr den schönen Abend verdorben hatte, weil sie sich damit abplagen musste, so ein elendes Kotzbündel wie mich die Treppen hinaufzuschleppen.

Diese selbstlose Hilfe, die Monika mir entgegenbrachte, die menschliche Wärme und das ständige gut Zureden halfen mir enorm, allmählich von meinem Horrortrip wieder herunterzukommen. Und ich wusste, dass ich für lange, sehr lange Zeit keine Drogen mehr anrühren würde. Ehrlich gesagt, nicht weil meine Eltern mich davor warnten, auch nicht weil irgendwelche Lehrer, die von Drogen nicht den blassesten Schimmer hatten, irgendwelchen Quatsch darüber erzählten. Sondern erstens wollte ich so einen Absturz wie in dieser Nacht nicht noch einmal erleben und zweitens – und vor allem – wollte ich es solchen lieben Menschen wie Monika kein zweites Mal antun, mich wie ein Baby behüten zu müssen.

Fünf Stunden dauerte es noch, bis ich spürte, wie die Wirkung der Pille – der halben Pille! – endlich nachließ und mich zur Ruhe kommen ließ. Die ganzen fünf Stunden hatte Monika neben meinem Bett gesessen, meine Hand gehalten und meinen Kopf gestreichelt.

Es war meine erste Nacht mit Monika, aber ich hätte sonst was dafür gegeben, dass es sie nie gegeben hätte.

Erschöpft bin ich dann endlich eingeschlafen – und erschöpft bin ich auch wieder aufgewacht. Am nächsten Nachmittag. Ich war vollkommen am Ende, fühlte mich schlimmer als nach einem Fußballspiel mit zehnfacher Verlängerung, mochte nicht hinausgehen, wollte keine Leute treffen und bekam die schrecklichen Angstzustände, die ich in jener Nacht erlebt hatte, nicht mehr aus dem Kopf.

»Dir steckt doch was in den Knochen!«, ist sich meine Mutter jetzt, nach drei Tagen, sicher und verlangt, dass ich zum Arzt gehe.

Ich selbst weiß natürlich sehr gut, was mir in den Knochen steckt, aber das kann ich logischerweise nicht erzählen. Also stimme ich zu, unseren Hausarzt aufzusuchen, der seine Praxis natürlich nach wie vor in Eimsbüttel hat.

Nachdem ich drei Tage lang nicht in der Schule war und auch das Training abgesagt hatte, traue ich mich nun also wieder auf die Straße.

Entgegen meiner Gewohnheit nehme ich nicht das Fahrrad, sondern den fünfzehnminütigen Fußweg zum Bahnhof auf mich. Ich will langsam wieder in der Welt draußen ankommen.

Ich schaue auf die Armbanduhr und stelle fest, dass meine Klasse jetzt Schulschluss hat. Vielleicht treffe ich sogar den einen oder anderen am Bahnhof, hoffe aber, dass das nicht so sein wird. Mir ist es immer noch lieber, für mich allein zu bleiben.

Am Bahnhofskiosk besorge ich mir noch die neueste Ausgabe vom *Kicker*, stampfe die defekte Rolltreppe hinauf und muss mit ansehen, wie mir die U-Bahn vor der Nase wegfährt. Ich habe heute aber keine Lust zu laufen. Dann nehme ich eben die nächste.

Als sie endlich kommt, steige ich in einen der mittleren Waggons, setze mich ans Fenster und will gerade wieder meine Zeitschrift aufschlagen, als irgendjemand wie von wilden Hummeln gestochen ins Abteil springt. Ich schaue kurz auf und sehe: Kathrin!

Was soll's, jetzt so zu tun, als sähe ich sie nicht, wäre ja auch albern. Also ist nichts mit alleine bleiben und ich rufe ihr zu: »Hallo Kathrin!«

Sie dreht sich um und wundert sich: »Wo kommst du denn her? Ich dachte, du wärst krank?«

»Bin ich auch!«, versichere ich ihr. Noch nie in meinem Leben habe ich mich kranker gefühlt. Ein Bänderriss, Masern, Fieber oder Zahnschmerzen sind lachhaft gegen den Horrortrip, den ich hinter mir und noch lange nicht verdaut habe.

Aber wie soll man das einem Außenstehenden erklären? Also wiegel ich ein bisschen ab. »Irgendwie. Es geht aber schon wieder einigermaßen.«

Kathrin setzt sich zu mir und hakt nach: »Was heißt *irgendwie*, was hast du denn?«

Was soll denn das? Nimm es doch einfach hin, dass ich krank bin. Fertig!

»Ach! Kann ich nicht erzählen«, antworte ich und hoffe, sie bemerkt, dass ich nicht darüber reden will. Ich will vergessen und mir nicht im Gegenteil noch mal die Scheiß-Nacht in Erinnerung rufen, indem ich ständig darüber quatsche.

Kathrin hat es scheinbar jetzt kapiert, denn sie hält glücklicherweise den Mund. Angenehm. Auch ich schweige – und genieße es.

Leider hält Kathrin diese wunderbare Stille nicht lange aus. »In der Schule hast du nichts versäumt«, informiert sie mich.

Wer will das wissen? In der Schule hat man nie etwas versäumt, wenn man da mal ein paar Tage fehlt! Zumindest nicht im Unterricht. Und was sonst Erwähnenswertes in der Schule passiert ist, weiß ich von Monika. Denn natürlich habe ich täglich mit ihr telefoniert, habe mich noch tausendmal bedankt und sie hat immer wissen wollen, wie es mir geht und hatte ihrerseits ein schlechtes Gewissen, weil ich die erste Pille von ihr bekommen habe. Zweimal hat sie mich auch besucht. Ach, die liebe Monika. Wenn die anderen in der Klasse wüssten, was das für ein tolles Mädchen ist, auf dem sie ständig herumhacken. Aber Monika bekommt auch so sehr gut mit, was in der Schule so läuft. Die anderen würden staunen, wenn die sich mal mit ihr unterhalten würden! Und Roland ist auch einmal vorbeigekommen. Ich habe ihn aber schnell wieder nach Hause geschickt. Ich mochte wirklich niemanden sehen, nicht mal Roland.

»Ich weiß!«, antworte ich Kathrin. »Hat mir Monika schon erzählt.«

»Aha«, sagt sie nur.

Typisch. Wenn man in der Klasse den Namen Monika erwähnt, wirkt das immer wie eine Maulsperre. Plötzlich bekommt niemand mehr richtig den Mund auf. Und was Kathrin jetzt denkt, kann man ihr direkt von den Augen ablesen.

»Wir sind nicht zusammen, falls du das denkst«, stelle ich richtig. Sie soll ruhig wissen, dass man so eine wie Monika einfach auch nur als tollen Kumpel haben kann. Niemand aus der Klasse hätte das für mich getan, was Monika getan hat!

»Aber im Gegensatz zu euren Vorurteilen ist sie eine, auf die man sich verlassen kann!«, sage ich laut.

»So!«, giftet Kathrin mir entgegen. Sie wird es nie begreifen!

»Ich muss jetzt raus«, verkündet sie.

Das ist wahrscheinlich gelogen. Sie hat bloß keine Lust sich weiter über Monika zu unterhalten. Kann ich wenigstens hier allein in Ruhe sitzen. Aber ganz so einfach will ich sie denn doch nicht entlassen. »Warum bist du immer beleidigt, wenn ich Monika anspreche«, frage ich sie ganz direkt.

»Man muss ja nicht jeden mögen, oder?«, antwortet Kathrin darauf.

Na, ist das nicht eine tolle Antwort? Wie leicht manche Leute sich aus der Affäre ziehen wollen, statt mal über ihre Vorurteile nachzudenken.

»Nein«, gebe ich zu bedenken. »Muss man nicht. Aber wenn alle einen nicht mögen, ist das ziemlich ätzend.«

Darauf weiß Kathrin keine Antwort. Hoffentlich macht sie sich jetzt mal einen Kopf über ihr Verhalten.

»Sie war übrigens die Einzige, die mich besucht hat – außer Roland«, füge ich noch an.

Aber Kathrin verabschiedet sich bloß.

Da kommt auch schon die nächste Station. Als die Bahn hält, sehe ich ihr noch ein wenig nach, wie sie die Tür öffnet, hinausgeht, sich noch mal nach links umdreht, als ob sie eine Straße überqueren würde.

Dann aber springt sie plötzlich zurück in die Bahn, knallt die Tür zu, als würde draußen der Teufel persönlich auf sie warten. Ihr Atem geht ganz schnell.

»Was ist?«, frage ich.

»Nichts!«, lügt sie.

Dabei ist es unübersehbar: »Du hast ja Angst!«, stelle ich fest.

»Quatsch!«, will sie mir weismachen.

Was soll das? Wen hat sie da gesehen? Wird sie verfolgt? Wieso mag sie darüber nicht reden?

»Kann ich dir helfen?«, frage ich noch einmal nach.

Doch Kathrin schaut mich nur an, zögert, seufzt, atmet tief durch, kommt auf mich zu, lässt sich auf den Plastiksitz plumpsen wie ein schwerer Sack und ich sehe nichts als Elend in ihrem Gesicht. Dann rückt sie endlich damit heraus: »Mein Ex-Freund verfolgt mich!«

Ich will schon abwinken, denn mit irgendwelchen Liebesgeschichten will ich nichts zu tun haben. Mir reicht meine mit Monika und mein dämliches Verhalten dazu: zu glauben, mit 'ner Droge könnte man die Liebe gewinnen, die man nüchtern nicht erhält. Doch Kathrin erzählt jetzt weiter, berichtet mir, dass sie sich auf ihrer Fete in einen Jungen verliebt hat, zuerst auch alles ganz gut lief.

Zuerst? Die Fete ist nicht mal eine Woche her! Aber diesen Einwand behalte ich lieber für mich.

Dann aber seien einige ätzende Dinge passiert, sie hat Schluss gemacht, aber ihr Typ – ihr Ex-Typ namens Leif – will das nicht wahrhaben, bedroht sie, terrorisiert sie am Telefon und verfolgt sie.

Ich kann das alles gar nicht glauben. Ich glaube zwar nicht, dass Kathrin lügt. Dazu ist sie während ihrer Erzählung viel zu aufgeregt und erschüttert. Aber solche Szenen von durchgeknallten Ex-Liebhabern kenne ich bisher nur aus Filmen. Und da halte ich sie immer für so unrealistisch, dass ich mich ärgere und abschalte.

»Was will er von dir?«, frage ich nach. Ich kann mir gar nicht vorstellen, welchen Zweck Leif damit verfolgt. Der bildet sich doch wohl nicht ein, dass man ein Mädchen mit Gewalt zur Liebe zwingen kann?

»Wenn ich das wüsste!«, antwortet Kathrin.

Offenbar traut sie ihm alles zu.

»Auf jeden Fall nichts Gutes!«, vermutet Kathrin.

Dabei war sie doch noch vor fünf Tagen in ihn verliebt! Manche Leute legen mit ihren Leidenschaften ein Tempo vor, das mir den Atem raubt.

»Und wo willst du hin?«, frage ich sie.

Kathrin erzählt mir, dass Leif sie schon vor der Schule abgepasst hatte, sie ihm aber mit Hilfe von Katja entwischen konnte. Dann wollte sie eigentlich direkt zum HdJ am Bahnhof. »Aber stell dir vor!« Kathrin ist noch immer fassungslos, als sie es erzählt. »Als ich am Bahnhof ankomme, ist Leif schon da. Unfassbar! Woher wusste der, wohin ich wollte? Ich bin dann hoch zum Bahnsteig gelaufen, hier in die Bahn gesprungen – ja und den Rest kennst du.«

Die Geschichte hört sich an wie ein schlechter Krimi. Ich hätte nie gedacht, dass es solche Arschlöcher gibt. Spätestens seit Montag weiß ich, was es wert ist, im richtigen Moment Hilfe zu erhalten. Ich überlege nicht lange, mir ist klar, dass Kathrin diesen Typen nicht wieder loswird, wenn mir nicht etwas einfällt.

Da Leif sich im Waggon hinter uns befindet, wird er bei der nächsten Station natürlich erst mal hier zur hinteren Tür unseres Waggons kommen und nach Kathrin suchen. Deshalb schlage ich ihr vor, sich an die vordere Tür zu stellen. Wenn Leif dann hier hereinschaut, kann Kathrin vorne aussteigen. Meine Aufgabe wird es dann nur sein, Leif so lange zu beschäftigen, bis Kathrin in die U2, die am selben Bahnsteig abfährt, umgestiegen ist. Sie muss mir allerdings rechtzeitig ein Zeichen geben, da ich gar nicht weiß, wie dieses Arschgesicht aussieht.

»Und dann?«, fragt Kathrin, nachdem ich ihr meinen Plan erläutert habe.

»Du steigst *Dehnhaide* aus, gehst hinunter«, lege ich ihr weiter dar. »Denn dort fährt ein Bus zurück nach Farmsen.«

Es ist eigenartig, dass sich Zugezogene in einer Umgebung oft besser auskennen als diejenigen, die in der Gegend aufgewachsen sind; denn natürlich wollte ich meine neue Umgebung genau kennen lernen und habe alle An- und Abfahrtswege genau studiert.

»Genial!«, findet Kathrin, fügt aber zweifelnd an. »Das heißt, wenn es gut geht.«

Das hoffe ich auch – zumal ich noch keinen Schimmer habe, wie oder womit ich Leif beschäftigen soll.

»Es wird!«, versuche ich aber Kathrin Mut zu machen.

Und da erreichen wir auch schon den Bahnhof *Wandsbek-Gartenstadt*.

Kathrin läuft wie verabredet vor zur vorderen Tür und ich habe immer noch keine Idee wie ich den Typen am besten aufhalte. Irgendwie muss ich ihn in ein Gespräch verwickeln, aber worüber? Auf so einen plumpen Trick wie: *Hey, du hast dein Portmonnee verloren!*, wird er kaum hereinfallen. Und wenn er sich auf gar nichts einlässt? Dann werde ich ihn festhalten müssen, woraufhin er vermutlich recht wütend werden wird. Mist, ich habe mich nicht einmal erkundigt wie alt oder wie groß Leif ist, und vor allem nicht, wie stark!

Was ist, wenn da gleich ein bäriges Ungetüm um die Ecke stampft? Irgend so eine Mutation aus Frankenstein und Mike Tyson! Ich atme tief durch, stehe vorn an der Tür, hinter mir eine Menge Leute, die aus- oder umsteigen wollen. Das ist gut. Menschenmengen sind bei so was immer gut. Kaum habe ich die Tür geöffnet, kommt schon ein smarter Jüngling angerauscht.

Bitte, lieber Gott, lass ihn das sein!

Unsicher schaue ich zu Kathrin hinüber. Sie nickt, ich danke Gott und nicke zurück. Mit diesem Spargeltarzan wird es kein großes Problem. Ich bin zwar auch nicht gerade ein Muskelprotz, aber ein recht gut ausgebildeter Abwehrspieler im FC Eimsbüttel! Leif ist für mich ab dieser Sekunde ein Angreifer, der nicht an den Ball kommen darf. Kathrin ist der Ball!

Das Milchgesicht glotzt in unseren Waggon, ich hüpfe ihm entgegen, pralle gegen seinen Oberkörper und hake unauffällig, aber energisch seinen linken Arm unter meinen. So bleibe ich stehen und sehe, wie Kathrin hinüber zur U2 spurtet. Leif dreht seinen Gurkenhals, erblickt Kathrin, will hinterher, kann er aber nicht, denn ich halte immer noch seinen Arm, festgeklammert unter meiner Achsel. Er will mich wegschubsen, doch ich bleibe stehen. Das haben schon andere versucht, du Träne!

Sein rechter Arm schnellt hervor, will meinen Kopf packen, doch den ziehe ich schnell zurück. Wütend schnaubt er mich an, was mich wenig beeindruckt.

Wer einmal den Mittelstürmer von Viktoria Hamburg in der Manndeckung hatte, den kann kaum noch etwas erschüttern. Gegen den sind Aliens possierliche Haustiere und dieses schnaufende Etwas in meinem Arm der reinste Stangenspargel.

Jetzt schlägt er auf mich ein. Darauf habe ich gewartet. Ich lasse los, schlage einen Haken um seine steife Hüfte, lasse ihn ins Leere schlagen und nutze seine Kraft, indem ich ihm ein Bein in den Weg stelle, seine Schlagrichtung durch einen kleinen Stups unterstütze und schon baut dieser untalentierte Stolperhannes die Miez seines Lebens. Radong, da liegt er schon wie seinerzeit Viktorias Walross auf dem Elfmeterpunkt. Der Schiedsrichter hatte es damals nicht gesehen und Leif schaut jetzt auch etwas verblüfft. Ich gebe zu, diese Attacke war nicht ganz fair, aber äußerst wirkungsvoll, weshalb wir sie auch Hunderte Male beim Training geübt haben.

»Du Arschloch!«, brüllt mich die Hyäne auch noch an.

Ich will mich schon aus dem Staub machen, während Leif sich aufrappelt, dann krakeelt es durch die Lautsprecher: »Zurückbleiben bitte!«

Mir kommt eine glänzende Idee.

Leif steht schon halb, taumelt aber noch. Jetzt heißt es zupacken. Ich schnappe ihn am Kragen, ein kräftiger Tritt in den Hintern und der Drecksack stolpert in den Waggon der U1. Die Türen schließen sich – und tschüs Arschgeige!

»Zurückbleiben, verdammt noch mal!«, schreit es aus den Lautsprechern. Das finde ich aber auch! Nur Leif sieht unglücklich aus, wie er so seine Nase von innen an die Scheibe drückt und flucht. Jetzt aber nichts wie in die U2 zu Kathrin.

»Das war eine Meisterleistung!«, begrüßt sie mich. »Ich wusste gar nicht, dass du Kampfsport machst.«

»Kampfsport?«, wundere ich mich ernsthaft. Sah das aus wie Kampfsport? Das muss ich mal meinen Trainer erzählen!

»Ich mache doch keinen Kampfsport!«, stelle ich richtig. »Ich spiele Fußball!«

Ich erkläre Kathrin, dass wir so etwas trainieren.

Kathrin lacht lauthals durch die U-Bahn und auch ich bin so fröhlich wie schon lange nicht mehr. Nicht weil ich Leif besiegt habe, sondern weil ich gerade merke, dass durch meinen Einsatz die depressiven Ecstasy-Nachwirkungen wie weggeblasen sind!

Hautnahe Kunst!

Meinen Arzttermin habe ich sausen lassen. Was soll ich da auch noch? Nachdem ich Leif ausgeschaltet habe, geht es mir ja wieder blendend. Statt also mit der U2 weiter bis zur Osterstraße – meiner alten Heimat – zu fahren, bin ich lieber mit Kathrin am Bahnhof Dehnhaide ausgestiegen und mit ihr gemeinsam mit dem Bus zurück nach Farmsen gefahren. Das war eine ziemlich nette Busfahrt. Denn an der Haltestelle hat mir Kathrin gebeichtet, dass ihr die Zeichnung, die ich ihr geschenkt hatte, wahnsinnig gut gefallen hat. Nur dass das Arschgesicht von Leif das Bild zerrissen und in die Alster geworfen hat.

Zum Glück habe ich meistens einen Zeichenblock und Stifte in meinem Rucksack. Also setze ich mich im Bus ihr gegenüber um einfach ein neues Porträt anzufangen. Leider kann man in Bussen überhaupt nicht zeichnen, weil es so wackelt. Dementsprechend sieht das Bild auch aus: Die Augen sitzen falsch, die Ohren sind zu lang, die Nase zu zittrig – kurz: Ich habe das ganze Bild verhunzt.

Aber Kathrin gefällt es. Das geht mir oft so. Leute, die keine Ahnung vom Zeichnen haben, empfinden die schrecklichsten Bilder oft als *unheimlich toll*. Normalerweise hätte ich das Bild weggeworfen. Ich meine, wenn das jemand sieht! Aber Kathrin gefällt es so gut, dass ich mich erweichen lassen und es ihr schenke.

Beim Zeichnen habe ich sie natürlich genau angesehen. Ich finde, man sieht ihr die Anstrengungen der vergangenen Tage an. Sie hat plötzlich Ränder unter den Augen, ihre Augenlider zucken nervös. Ihre selbstbewusste Ausstrahlung, die ich beim ersten Bild noch so bewundert habe, ist kaum in ihrem Gesicht wieder zu entdecken.

»Die Sache mit Leif hat dich ganz schön mitgenommen, nicht wahr?«, frage ich vorsichtig.

Sie nickt, ist aber erstaunt, woher ich das denn wüsste. Noch verwunderter ist sie, als ich ihr sage, dass man es in ihrem Gesicht ablesen könne.

Wir haben schon fast den Farmsener Bahnhof erreicht, und stehen schon an der Tür, als Kathrin mich fragt, wann ich wieder in der Schule erscheine.

»Morgen!«, antworte ich, obwohl es eigentlich Blödsinn ist, an einem Freitag wieder zur Schule zu gehen, statt die Woche voll zu machen und erst am Montag wieder zu erscheinen. Aber schließlich geht man nach einer Krankheit nicht wegen des Unterrichts wieder hin, sondern um die Freunde wieder zu treffen, zu hören, was so los war und vor allem mitzubekommen, was los sein wird – zum Beispiel am Wochenende.

Ich gebe zu, bisher war mir so etwas recht gleichgültig. Ich hatte wochentags mein Training, am Wochenende ein Spiel und in der Zwischenzeit hielt ich mich auf dem Bolzplatz auf. Aber seit vergangenem Samstag – oder anders ausgedrückt: seit der Erfahrung mit Monika hat sich vieles verändert.

Ich habe gesehen, dass es noch etwas anderes gibt als Fußball, Bolzplatz und Schule. Und diese andere Welt gefällt mir. Sicher würde ich nicht so schnell wieder an einer Dancefloor-Party teilnehmen, die nächsten hundertfünfzig Million Jahre keine Drogen mehr probieren, aber dennoch: Es gibt da etwas, das mich plötzlich interessiert, das ich spannend finde. Am Samstagabend nicht zu Hause zu sitzen und eine dieser Fernsehshows anzusehen, sondern rauszugehen in die Nacht voller Musik, voller Tanz, voller neuer Erlebnisse und – voller Mädchen! Ich spüre in diesem Augenblick, dass es nett sein kann, die Freizeit mit Mädchen zu verbringen. Trotz aller pädagogischen Bemühungen unseres Sportlehrers können sie zwar nicht Fußball spielen (also jedenfalls nicht so, dass man sie als Gegner ernst nehmen kann), aber in ihrer Nähe zu sein, löst neuerdings ein sonderbares Gefühl in mir aus. Ein eigenartiges Kribbeln im Bauch, eine gewisse Spannung, die den ganzen Körper durchzieht, etwas Aufregendes, wobei ich nicht sagen kann, was genau diese Aufregung ausmacht. Vielleicht ihr Duft, ihre Stimmen, die sich so anders anhören, wenn man dicht neben ihnen steht, diese ungeheure Nähe, die entsteht, wenn sie lächeln. Möglicherweise ist es auch nicht bei jedem Mädchen so. Bei Monika war es jedenfalls so. Und irgendwie fühle ich es auch, als ich neben Kathrin im Bus stehe. Ganz plötzlich ist es da, dieses spannende Gefühl. Ich weiß nicht, woher es kommt, aber es ist da. Und es ist ein Gefühl, das sich so oft wie möglich wiederholen soll.

Und deshalb entscheide ich mich, schon morgen wieder zur Schule zu gehen.

»Aber morgen schreiben wir eine Spanisch-Arbeit!«, warnt Kathrin mich.

Das ist mir allerdings neu. Vermutlich haben sowohl Roland als auch Monika die Arbeit nicht erwähnt, weil sie beide davon ausgingen, dass ich erst am Montag wieder in die Schule käme.

»Aber wenn ich morgen fehle, muss ich sie womöglich nachschreiben«, wende ich ein. »Das ist noch ätzender. Ich habe das mal machen müssen. Da sitzt du allein in einer fremden Klasse, die auch gerade eine Arbeit schreibt und grübelst über deine dämliche Arbeit. Keine Chance, mal 'nen Tip von irgendjemanden abzugreifen.«
Kathrin lächelt mich an.
»Da hast du Recht!«, gibt sie zu, und fügt an: »Weißt du was?«
Ich schüttele den Kopf.
»Ich muss sowieso auch noch für die Arbeit üben. Komm mit zu mir. Dann lernen wir zusammen!«, schlägt sie vor.
Ich muss sagen, noch nie habe ich mich über ein Angebot für eine Klassenarbeit zu lernen so gefreut. Ich sage sofort zu und da sind wir nun: In Kathrins Zimmer. Ich war zwar schon in diesem Haus, hatte aber nur das umgebaute Wohnzimmer kennen gelernt. Und das auch nur kurz, weil Kathrin und ich uns so schnell zerstritten hatten. Ich kann gar nicht glauben, dass das alles erst wenige Tage her sein soll. Unglaublich, was in dieser knappen Woche alles passiert ist!

Kathrins Zimmer gefällt mir gut, obwohl es völlig anders aussieht als meines.

In meinem Zimmer hängen Poster vom FC St. Pauli, ein Mercedes Silberpfeil, ein überdimensionales Poster von Lara Croft. Ich habe einen Punching Ball in meinem Zimmer, einen Schreibtisch mit einem Computer und der ansonsten vor lauter CD-ROMS kaum zu sehen ist. Irgendwo stehen ein paar Star-Wars-Bausätze, die ich mal zusammengebastelt habe. Mittendrin meine Staffelei, weil ich eben auch gerne male, ein paar Zeichenblöcke, Millionen von Stiften und mein Lieblingsmöbel: ein spezieller Zeichentisch, den mein Vater mal einem befreundeten Architekten abgeschwatzt hat. Und hier? Ich habe ein recht gutes Augenmaß und bin mir deshalb sicher, dass

Kathrins Zimmer kleiner ist als meines, aber es wirkt ungefähr doppelt so groß. An den Wänden hängt das Poster des *Titanic*-Films, obwohl der Film schon lange nicht mehr in den Kinos läuft.

»Das ist eben meine Kinoecke«, erklärt mir Kathrin. »Solange es keinen besseren Film gibt, kommt da auch kein anderes Poster hin. Und außerdem ...«

Sie macht eine kunstvolle Pause, hebt ihre rechte Augenbraue, die mir zeigt, dass jetzt etwas ganz Besonderes kommt. Zur Verstärkung hebt sie noch kurz einen Zeigefinger, dreht sich um, greift in eine Holztruhe, die wirklich aussieht wie eine alte Schatztruhe, öffnet den schweren Deckel, holt einen großen altmodischen Hut hervor, setzt ihn auf und zieht ein ebenso altmodisches, aber sehr teuer aussehendes Kleid hervor, das sie sich anhält, als wollte sie sich in einem Spiegel betrachten.

»Und außerdem ...«, fährt sie erst jetzt fort, »... spielen wir – nachdem wir Jaelle, unsere Leiterin, drei Monate bearbeitet haben – das Stück mit unserer Theatergruppe. Schon in einem halben Jahr soll die Premiere sein und ich spiele die Rose!«

»Toll!«, sage ich anerkennend. Ich habe wirklich sehr große Hochachtung vor der Schauspielerei, egal ob das jetzt die großen Hollywood-Stars sind oder kleine Theatergruppen um die Ecke. Ich bin mir sicher, ich würde es nicht einmal schaffen, so viel Text ein einziges Mal richtig aufzusagen, aber Schauspieler plaudern den Text aus sich heraus, als wäre es nichts. Dabei spielen sie ihre Rolle dann auch noch so überzeugend, als würden sie die Situationen tatsächlich gerade selbst erleben. Ich finde so etwas total faszinierend. Am meisten beeindruckt mich, wenn es irgendwelche Szenen in Zeitlupe gibt. Selbst dann merkt man den Schauspielern nicht an, dass sie das Ganze nur spielen, obwohl man ihre Gesichtszüge doch riesengroß und langsam sieht. Jede einzelne Falte kann man beobachten und trotzdem ist man überzeugt, dass die richtig weinen, verzweifelt oder erschrocken sind.

»Na ja, so gut bin ich lange nicht«, schränkt Kathrin ein. Ihre Bescheidenheit gefällt mir. Und genau das macht mich sicher, dass sie verdammt gut ist.

»Nur schlechte Schauspieler halten sich für wirklich gut«, sage ich und denke dabei an so manche deutsche Filmschauspieler. Die machen in jeder Talkshow einen Affentanz um sich selbst, und wenn man sie dann im Film sieht, wirken sie wie die letzten Schauspielschüler.

»Du bist ein ganz schöner Schmeichler«, lächelt Kathrin mich an und ich habe das Gefühl, rote Ohren zu bekommen.

»Du bist übrigens der erste Junge, dem ich dieses Kostüm zeige. Meine Oma hat es für mich genäht«, erzählt Kathrin.

Aber das glaube ich ihr nicht. Ich meine, dass ihre Oma das genäht hat, glaube ich ihr schon, aber nicht, dass ich der erste Junge bin, der das Kleid gesehen hat.

»Was ist denn mit dem Hauptdarsteller?«, frage ich. »Der, der den Leonardo di Caprio spielt?«

Kathrin lacht mich aus. »Den Leonardo spielt gar keiner, weil die Hauptfigur Jack heißt. Leonardo war ja selbst nur der Schauspieler.«

Ich winke ab. »Das meinte ich ja. Also, wer ist der Glückliche?« Das war mir nur so herausgerutscht. Ich hatte mir bei dieser Formulierung gar nichts weiter gedacht.

Aber Kathrin nimmt mich sofort beim Wort: »Ich sage doch, du bist ein Schmeichler. Oder hältst du den wirklich für glücklich, der meinen Lover spielen darf?«

Jetzt habe ich garantiert rote Ohren!

Kathrin setzt nach. »Letzten Samstag fandst du mich noch hässlich. Jedenfalls hässlicher als Monika.«

Ich komme mir vor wie ein Fisch an der Angel. Ich beginne zu stottern und wie immer in den falschen Augenblicken fange ich auch wieder an zu kieksen, als ich antworte: »Mensch Kathrin, das war doch im Eifer des Gefechts gesagt und nicht so gemeint. Ich fand es nur gemein, wie ihr alle auf Monika herumhackt.«

»Schon gut«, lenkt Kathrin ein, kommt verdächtig nah auf mich zu und gesteht mir: »Wir haben noch keinen Hauptdarsteller. Das Problem unserer Theatergruppe ist, dass nur zwei Jungen mitmachen: der eine ist erst zwölf und der wird garantiert nicht mein Bühnenpartner.«

»Und der andere?«, hake ich ein, will einen Schritt zurückweichen, stoße allerdings gegen eine Nachtschränkchen, das ich fast umschmeiße.

»Den mag ich nicht besonders, weil er ein Angeber ist – und noch nie geküsst hat. Kannst du dir vorstellen, dass ein Junge eine überzeugende Liebesszene darstellen kann, der noch nie geküsst hat?«

»Nun ja«, stammle ich. Herrgott, was soll man dazu sagen?

»Ich meine«, ringe ich mir aus dem Hirn, »Tom Cruise macht das ja auch!«

Kathrin schaut mich eine Zehntelsekunde an, verzieht ihr Gesicht zu einem Grinsen und beginnt lauthals zu lachen!

Ich atme tief durch und freue mich, diese heikle Situation überstanden zu haben.

Für Kathrin aber ist das Spiel noch nicht vorbei. »Du wärst eigentlich die Idealbesetzung«, schmunzelt sie schelmisch. »Schließlich bist du auch ein guter Zeichner, genau wie Jack.«

»Ich soll die Hauptrolle spielen?«, lache ich auf. »Ich kann dir zwar eine Reihe von Werbesprüchen aus dem Fernsehen aufsagen, aber ab einem vierzeiligen Gedicht wird es kritisch!«

Doch Kathrin winkt ab. »Das dachte ich auch zuerst. Wenn man von einer Sache begeistert ist, geht das ganz leicht. Wirst sehen!«

Wirst sehen? Die meint das ernst, wird mir erst jetzt klar. Ich habe das Gefühl, wenn ich mich jetzt nicht zu etwas überrumpeln lassen will, muss ich in die Offensive.

»Okay!«, sage ich zu.

Mich trifft ihr kritischer Blick. »Okay?«

Ich nicke ihr freundlich zu. »Wir können ja mal eine Szene proben!«

Kathrin springt vor Freude sogar ein bisschen in die Höhe. Ich bereue schon fast meinen Plan, weil sie sich wirklich so sehr darüber freut, dass ich scheinbar bereit bin die Hauptrolle zu übernehmen. Aber ich ziehe das jetzt durch, anders bekomme ich meinen Kopf nicht aus der Schlinge. »Wenn du dich aufs Zeichnen berufst, dann nehmen wir doch die Szene, kurz vor dem Unfall, in der Jack Rose zeichnet.«

»Okay«, stimmt Kathrin begeistert zu, setzt sich auf ihre aufblasbare Plastikcouch in quietschgrün. Als ich mich auf dem dazugehörigen Sessel, der allerdings tiefblau ist, niederlasse. »Fang an. Brauchst du Papier und Bleistift?«

»Habe ich«, gebe ich betont cool zurück. »Aber ich meine die Szene, in der er Rose mit dem Diamanten malt.«

Kathrin blickt mich ausdruckslos an. Dann erst ist ihrem Gesicht zu entnehmen, dass es bei ihr pfennigweise klickert.

Sie stutzt.

Ich grinse sie an.

Jetzt hat sie es geschnallt.

Sie springt auf, verharrt, setzt sich wieder, senkt eine Augenbraue und blickt mich durchdringend an. »Du bist ein Schlitzohr«, bemerkt sie.

Ich zucke unschuldig mit den Schultern, klopfe mir innerlich feixend auf die Knie.

»Du wolltest proben!«, bemerke ich lässig.

Kathrin hat verstanden: Sie weiß, dass sich Rose in der von mir vorgeschlagenen Filmszene nackt zeichnen lässt! Diese Szene echt nachzuspielen, hieße, Kathrin müsste sich jetzt vor mir ausziehen! Das wird sie natürlich nicht machen. Ich lehne mich siegessicher zurück. Diese Szene ist vom Tisch und damit auch hoffentlich jegliches Ansinnen, dass ich in dem Stück eine Rolle übernehme.

»In Ordnung!«, erklärt Kathrin feierlich.

Ich schrecke hoch und traue meinen Ohren nicht.

»Wie bitte?«

Kathrin hat schon den Gürtel ihrer Jeans geöffnet.

»Wenn die Rolle es erfordert, mein Lieber. Ich bin eine gewissenhafte Schauspielerin. Ich gebe mich meiner Rolle voll und ganz hin. Ich hoffe, du auch?«

»Kathrin!«, kiekse ich.

»Leonardo im Stimmbruch. Auch nett!«, bemerkt Kathrin süffisant und lässt ihre Jeans hinunterrutschen. Im blauen Spitzenhöschen steht sie vor mir.

Ich bringe kein Wort heraus.

Kathrin streift sich das T-Shirt über den Kopf und ich sehe den zum Höschen passenden BH.

»Es ...«, krächze ich. Oh, dieser Stimmbruch. »Es reicht ja!«

»Lampenfieber?«, fragt Kathrin.

Himmel, ist die abgebrüht! Sie macht es wirklich. Sie knöpft sich den BH auf, und streift ihn ab. Mit nackten, kleinen, wunderschönen Brüsten steht sie vor mir. Ich schlucke, atme schwer. Mir wird heiß und ich spüre ein Kratzen im Hals. Die spinnt doch!

Kathrin bringt ihre Sache zu Ende. Auch das Höschen lässt sie fallen, steht nackt vor mir, legt sich auf die Plastikcouch, winkelt ein Bein an, stützt ihren Kopf auf einen angewinkelten Arm und ich glotze sie mit offenem Mund an.

»Gut so, großer Meister?«, fragt sie spöttisch.

Ich bin mir sicher, das hätte nicht einmal Monika gewagt! Und das will etwas heißen. Ich bin sprachlos, beeindruckt, hingerissen von ihrem Mut, überwältigt von der Natürlichkeit, mit der sie sich vor mir auszieht, beschämt vor meiner eigenen Peinlichkeit, die meine Sinne erfasst hat und bis in die Fußspitzen zu spüren ist. Ich habe schweißnasse Hände, die zittern wie bei einem alten Mann.

»Zufrieden?«, fordert Kathrin mich heraus.

»Der ...« Ich muss mich räuspern um nicht wieder zu krächzen.

»Der Diamant fehlt!«, stelle ich fest.

»Du bist unglaublich!«, juchzt Kathrin und gackert albern auf ihrer Plastikcouch herum.

Auch ich muss jetzt lachen, nehme mir vor, die Herausforderung anzunehmen und Kathrin nackt zu zeichnen. Ich lege mir Papier und Bleistift zurecht, schaue genau hin und will gerade beginnen, als Kathrin aufspringt:

»Nein!«, sagt sie. »Das kannst du nicht wirklich machen!«

»Wieso nicht?«, wundere ich mich. »Du hast dich doch nackt vor mich hingelegt!«

»Ja«, gesteht Kathrin. »Aber stell dir vor, meine Ma oder ihr Lover finden das Bild! Und was soll ich mit einem Bild, das ich immer verstecken muss?«

Das ist etwas dran, finde ich. »Also lassen wir es, okay?«, schlage ich vor.

»Ich wollte dir nur beweisen, wie ernst es mir mit diesem Theaterstück ist. Ich fände es wirklich nett, wenn du die Rolle spielen würdest.«

»Wirklich?« Ich bin gerührt, dass Kathrin mich als ihren Bühnen-Liebhaber akzeptieren würde. Aber Schauspielerei ist wirklich nichts für mich.

»Ich bin eher ein Zeichner«, wende ich ein. »Wirklich, es hätte keinen Sinn!«

Kathrin hat sich inzwischen wieder Höschen und BH übergezogen. Die restliche Kleidung aber lässt sie liegen. »Darf ich dich etwas fragen?«

Bevor ich antworten kann, hüpft sie in Unterwäsche durchs Zimmer, kramt in einem Stapel alter Zeitschriften, zieht eine dieser Pop-Zeitschriften hervor, hat mit zwei Griffen die gesuchte Seite parat, und fragt mich: »Kannst du das?«

Sie hält mir eine Seite unter die Nase, auf der Haut-Dekorationen vorgestellt werden. Ornamente fast wie Tätowierungen, nur mit Farbe aufgetragen, die nicht ewig hält. Auch sind keine typischen Tattoo-Motive zu sehen, sondern schwarze, schnörkelige Ornamente, wie man sie bisher bestenfalls auf Briefpapier vermutet hätte oder in alten Büchern. Es dürfte aber nicht schwer sein, diese abzumalen. Auf Haut habe ich allerdings noch nie gemalt.

»Würdest du es probieren?«, fragt sie mich unverblümt und ich verstehe nicht sofort, was sie damit meint. Immerhin steht sie noch mit nicht mehr als nur Höschen und BH vor mir.

»Wohin?«, frage ich vorsichtig.

»Hier!«, zeigt Kathrin und macht eine Bewegung, die deutlich macht, dass sie die Ornamente wie einen Gürtel auf die nackte Haut gemalt bekommen möchte.

»Okay!«, stimme ich zu. »Aber du trägst das Risiko. Wenn ich es nicht schön genug mache, hast du kein Recht auf Protest!«

Kathrin streichelt mit einer Hand meine Wange. Dies hatte bisher nur Monika bei mir gemacht. Es läuft mir warm den Rücken hinunter. Ich merke, dass Kathrins Berührung mir vertrauter vorkommt als Monikas. Komisch, dabei kenne ich sie viel weniger.

»Du wirst es schön machen!«, ist sich Kathrin sicherer, als ich es selbst bin.

Aber es ist allemal besser, als die Diskussion fortführen zu müssen im Theaterstück mitspielen zu sollen.

Kathrin eilt zu ihrem Schreibtisch, zieht Farbe und Pinsel hervor und ich kann mich des Eindrucks nicht erwehren, dass es sich hier um eine recht gut vorbereitete Aktion handelt. Anderseits haben zu viele Zufälle eine Rolle gespielt, als dass sie das alles hätte planen können. Von Spanisch lernen ist andererseits noch nicht einmal die Rede gewesen, seit wir hier sind.

Ich lege eine alte Zeitung vor das Plastiksofa, öffne das schwarze Farbfläschchen und suche mir einen Pinsel aus. Kathrin legt sich vor das Sofa auf die Zeitung. Ich beginne mit dünnen zarten Strichen die Konturen der Ornamente vorzumalen. Kathrin zuckt aber bei der ersten Pinselberührung zusammen. Ich unterbreche.

»Du darfst nicht so mit deinem Bauch zittern, sonst verwackle ich alles!«, mache ich ihr klar.

»Ich werde mir Mühe geben, aber Reflex ist Reflex!«, antwortet Kathrin.

Beim zweiten Mal gelingt es ihr auch, den Bauch ruhig zu halten. Ruhig atmend liegt sie vor mir und ich spüre, dass sie mich die ganze

Zeit anschaut. Wenn ich hochblicke, guckt sie nicht weg. Eine ganze Zeit lang können wir beide diese Situation gut aushalten, ohne dass einer von uns etwas sagt. Wir blicken uns einfach nur sehr intensiv an.

Und wieder durchflutet mich dabei dieses warme, vertraute Gefühl, als würde ich Kathrin schon jahrelang kennen und gleichzeitig gibt es ein prickelndes Kribbeln, dass jeden Moment etwas Neues, etwas Spannendes passieren könnte. Ein Wort vielleicht nur von ihr, eine Berührung oder auch nur weiter dieser, warme weiche Blick, mit dem sie mir in die Augen schaut.

»Es ist ein schönes Gefühl, wenn du so zart meinen Bauch berührst«, flüstert sie schließlich. »Es kitzelt komischerweise gar nicht, sondern fühlt sich angenehm an.«

Ich komme erstaunlich schnell voran. Mir kommt es so vor, als ob ich lediglich fünfzehn oder zwanzig Minuten gebraucht habe, bis ich fertig bin. Doch als ich auf die Uhr schaue, sind mehr als zwei Stunden vergangen.

Kathrin erhebt sich, stellt sich vor den Spiegel und ich erwarte gespannt ihre Reaktion. Natürlich sind die Ornamente hier und da etwas krakelig geworden, jedenfalls längst nicht so gleichmäßig wie in dem Heft. Auch ist mir an manchen Stellen die Farbe verlaufen, aber zum Glück nicht gerade vorn am Bauchnabel.

»Geil!«, findet Kathrin. »Das sieht absolut geil aus!« Sie dreht sich mehrmals um sich selbst, verrenkt dabei ihren Hals ins Unermessliche, damit sie jede Stelle genau begutachten kann, wendet sich schließlich mir zu und lobt mich: »Alex, das hast du toll gemacht!«

Ich nicke ihr zu, freue mich, dass sich meine Mühe gelohnt hat, und will gerade mit den Pinseln ins Badezimmer um sie auszuwaschen, als Kathrin mit einem schnellen Schritt auf mich zukommt,

mich umarmt, mir tief in die Augen blickt, wobei sich unsere Nasenspitzen beinahe berühren, und mir zuhaucht: »Danke schön!«
Und dann drückt sie mir schon einen dicken Kuss auf.

Ich erwidere die Umarmung, küsse zurück, wie ich es von Monika gelernt habe, das heißt meine Zunge sucht sich ihren Weg in Kathrins Mund, der sie widerstandslos gewähren lässt. Unsere Zungen umschmeicheln sich, schlürfen sich gegenseitig den fremden Geschmack ab. Auch Kathrin schmeckt frisch nach Pfefferminze und Kaugummi, ihre Lippen noch wärmer als Monikas, aber auch schmaler, die Zunge kürzer, aber flinker. Und ihr Körper ist fast nackt. Ich spüre bei ihr alles, was ich mir bei Monika nur wünschen konnte. Ich denke an meine Fantasien mit Monika und frage mich, ob ich es bei Kathrin wagen sollte. Langsam lasse ich meine Hände über ihren Rücken gleiten, auf und ab, zart, unschlüssig. Ich spüre, dass Kathrins Atem schwerer und heftiger wird. Ich traue mich mit der linken Hand hinab bis zum Bund ihres Höschens, verweile einen Augenblick, wage dann den nächsten Schritt, über ihren Po, aber noch auf dem Höschen. Noch.

Kathrin begrüßt meine Berührungen, indem sie beginnt, mit der Hüfte leicht zu kreisen, während ihre Hände langsam mein T-Shirt aus der Jeans herauspulen.

Ich werte dies als Einverständnis und lasse meine Hand in ihr Höschen verschwinden. Ich spüre die zarte Haut ihres wohlgeformten Hinterns und möchte nun auch mit der rechten Hand Neues erforschen. Rücken aufwärts gelange ich an den Verschluss ihres BHs.

Und damit bin ich am Ende.

Ich habe nicht die blasseste Ahnung, wie man einen BH öffnet – schon gar nicht mit einer Hand.

Kathrin weist mir den Weg, wie es weitergehen kann. Denn nachdem nun mein T-Shirt schlapp über der Jeans hängt, wandert eine Hand nach vorn zu meiner Brust, während die andere meinen Nacken streichelt. Noch immer üben sich unsere Zungen im Dauer-Paartanz.

Ich ahme Kathrins Berührungen einfach nach. Was sie bei mir macht, wird sie bei sich bestimmt nicht als unangenehm empfinden. Meine rechte Hand wandert also nach vorn. Es gelingt mir, den BH hochzuschieben und zum ersten Mal in meinem Leben streichle ich eine Mädchenbrust!

Sie fühlt sich anders an, als ich es mir immer vorgestellt habe. Beim Sport oder Tanzen sehen die Mädchenbrüste manchmal aus wie Götterspeise, aber so fühlen die sich gar nicht an. Sondern viel fester, und doch weich und zart, geschmeidig und sanft. Sie fühlen sich wunderbar an! Noch viel schöner, als wenn sich beim Tanzen oder Küssen die Brüste an den eigenen Körper schmiegen.

Ich zucke zusammen.

Denn Kathrin macht sich an meinem Reißverschluss zu schaffen. Ohne das Küssen auch nur für eine Zehntelsekunde zu unterbrechen, zieht sie ihn herunter und fummelt sich mit der Hand in meine Hose hinein!

Mir stockt der Atem.

Kathrin fummelt und grabbelt an mir herum und sucht offenbar den Eingang meines Slips, den es nicht gibt, weil es ein Sportslip ist. Kathrin nimmt bereitwillig den Umweg und flutscht mit einigen Fingern seitlich in den Slip hinein. Mein Gott, sie ...

Sie umfasst meinen Penis!

Zum ersten Mal, seit wir so zusammenstehen in ihrem Zimmer, habe ich die Augen geschlossen und verfolge genau ihre Berührungen. Ihre Finger streicheln sanft meinen Pimmel, fast so, wie ich es selbst mache, wenn ich mich selbst befriedige. Ihre Finger sind bloß noch viel, viel zarter als meine und es ist ein aufregendes Gefühl, die Berührungen nicht gleichzeitig unten und in den eigenen Fingerspitzen zu fühlen, sondern nur im Penis. Man weiß nie, welche Berührung als nächste folgt. Und eine ist schöner als die andere.

»Komm!«, flüstert sie, löst sich sanft von mir, geht zwei Schritte durchs Zimmer, streift sich ihren BH ab und legt sich hinunter auf ihr beinloses Bett. Sie schaut mich von unten an und wiederholt ihre Aufforderung: »Komm!«

Einen Augenblick stehe ich unschlüssig da, möchte zu ihr, sofort, weiß aber nicht, ob ich mich nun auch ausziehen soll oder nicht, und wenn wie weit. Kathrin lächelt mir sanft entgegen und ich beschließe, mich bis auf die Unterhose auszuziehen, ohne dass sie es gefordert hätte. Ich habe mich noch nie vor einem Mädchen ausgezogen, aber vor Kathrin erscheint es mir plötzlich ganz natürlich. Nicht, dass ich nicht total aufgeregt wäre. Mein Puls schlägt mir bis in den Schädel, meine Hände zittern, mein Mund ist trocken, aber die Situation hat nichts Peinliches.

Blitzschnell bin ich ausgezogen, aber nur langsam gehe ich auf Kathrin zu. Vielleicht kommt jetzt mein Erstes Mal, das, was ich mir schon oft nachts allein unter der Bettdecke ausgemalt habe. Ich frage mich, wie es sein wird, ob ich es kann, wie man es genau macht. In dem Pornoheft, das ich mal gesehen habe, hatten die Männer riesige, stramme Pimmel, die sie dann in die Mösen eingeführt haben.

Meiner ist zwar etwas größer und ein wenig dicker geworden, aber von dem Umfang dieser Hochglanzständer weit entfernt – und außerdem ist die Tendenz eher rückläufig. Je mehr ich darüber nachdenke, desto kleiner wird es wieder in meiner Hose. Hoffentlich enttäusche ich Kathrin nicht.

Ich stehe nun vor ihr, sie zieht mich zu sich hinunter und unsere Zungen haben sich schnell wieder gefunden, woraufhin auch mein Penis wieder steigende Tendenz annimmt. Kathrin hat schnell wieder in meine Hose zurückgefunden, kommt nun noch besser heran als eben durch die Jeansöffnung, und beginnt meinen Pimmel heftig zu streicheln.

Dadurch wage ich es, mit meiner Hand vorne in Kathrins Höschen zu rutschen. Ich spüre einen kleinen Haarbusch, verweile dort ein wenig, traue mich erst dann ein paar Zentimeter weiter vor und fühle etwas sehr, sehr Weiches, eine kleine feste Erhebung, unter der sich zwei unglaublich zarte Wülste hervortun, zwischen die mein Mittelfinger gleitet, von ihnen umschlossen wird. Ich frage mich, was ich nun tun soll. Streicheln ist immer gut, denke ich mir, und beginne den umschlossenen Finger langsam und ganz sachte auf und ab zu bewegen, was von Kathrin mit einem leisen Stöhnen beantwortet wird.

Genau in diesem Augenblick klingelt nebenan im Wohnzimmer das Telefon in einer Lautstärke, als sollte die gesamte Nachbarschaft mitbekommen, dass bei Kathrins Mutter endlich mal jemand anruft!

Zweimal klingelt es, dann ist nur ein Klicken zu hören, gefolgt von einer ebenso brüllend lauten Ansage, dass niemand zu Hause sei und ein grässlicher Piepton. Der Anrufbeantworter hat sich eingeschaltet.

Ich versuche, das furchtbare Gerät zu überhören, löse mich von Kathrins Mund, um mit der Zunge mal ihre Brüste zu erforschen, als es blechern aus dem Wohnzimmer dröhnt:

»HUHUUUUUU, HIER IST O-MI-LEEEEEEE!«

Ich stutze, blicke kurz auf.

Kathrin lächelt mich an.

»Meine Oma!«, erklärt sie. »Mach dir nichts draus!«

Ich mache mir überhaupt nichts draus, taste mich wieder vor zu Kathrins schönen Brüsten, als es auf dem Anrufbeantworter weiterträllert:

»ICH HOFFE, ES GEHT EUCH GUUUUHUUUT!«

Unter mir macht sich eine leichte Erschütterung bemerkbar. Ich merke, dass Kathrin leise lacht.

»WAS TREIBT IHR DENN SO?«

Kathrins Lachen verstärkt sich. Ich bin allmählich genervt von dem Gequatsche.

»Was ist denn?«, frage ich sie.

»ICH WOLLTE MICH NUR MAL MELDEN UND FRAGEN, WANN IHR ENDLICH MAL KOMMT?«, blökt es aus dem Anrufbeantworter.

»So bestimmt nie!«, posaunt es aus Kathrin heraus, worauf sie sich vor Lachen unter mir kringelt.

Ich schrecke zurück. Warum gackert sie so? Was ist an dem Gequatsche auf dem Anrufbeantworter so lustig? Mich nervt es eher.

»ALSO, ICH WOLLTE AUCH NICHT LÄNGER STÖREN!«

Hoffentlich!, denke ich und versuche mich langsam Kathrin wieder zu nähern. Doch die entwindet sich meinen Annäherungsversuchen und kichert immer noch.

»DANN MACHT ES MAL SCHÖN!«, verabschiedet sich Omile.

Kathrin kann sich nicht mehr halten, kugelt sich vor Lachen und rollt dabei fast aus dem Bett.

»Das ist doch urkomisch«, kichert sie. »Wenn man gerade heftig rummacht und dann kommt die Stimme der eigenen Oma und kommentiert das Ganze! *Wann kommt ihr endlich mal?* Ich halt's nicht aus! Wenn die wüsste!«

Kathrin bekommt einen richtigen Lachanfall und allmählich wirkt es ansteckend.

Auch ich muss nun schmunzeln. Die Situation war wirklich schon etwas komisch.

»Deshalb wollte sie wohl auch nicht länger stören«, ergänze ich nun. »Damit wir bald mal kommen!«

Kathrin kreischt laut auf, kichert, gackert, verschluckt sich beinahe an ihrem Lacher.

Jetzt hat es mich auch erwischt. Ich kichere ebenso albern wie Kathrin. Wir fallen uns in die Arme, kugeln gemeinsam durchs Zimmer, bleiben kurz liegen und rufen uns immer wieder gegenseitig zu: »Nun kommt doch endlich mal!«, was in der Regel in einem erneuten Lacher untergeht, bis wir wieder weitergekugelt sind und das Spiel von neuem beginnen.

Das geht wohl eine Weile so, bis Kathrin plötzlich heraushechelt: »Ach, Alex, ich liebe dich!«

Mit einem Schlag verstummt mein Lachen.

»Was?«

Auch Kathrin stellt das Lachen abrupt ein. Erst jetzt scheint ihr bewusst zu werden, was sie da gesagt hat. Sie schaut plötzlich ganz ernst, streichelt mir wieder über die Wange und wiederholt ihren Satz: »Ich liebe dich!«

»Wirklich?«, frage ich.

»Ja«, antwortet Kathrin leise.

»Seit ...«, stammle ich. »Seit wann?«

»Seit jetzt!«, gesteht Kathrin.

Ich umarme sie, drücke sie fest an mich, denn auch mir wird gerade klar: »Ich liebe dich auch!«

Der Überfall

Puh, was für ein Wochenende! Es ist ein tolles Gefühl, verliebt zu sein. Noch viel besser als es mit Monika war, weil ich nun sicher weiß, dass Kathrin mich auch liebt. Nach meinem Treffen bei Kathrin bin ich regelrecht nach Hause geschwebt. Ich hätte Bäume ausreißen können ...

Nein, Quatsch. Was für ein blödes Bild! Warum sollte man die letzten Bäume ausreißen, nur weil man glücklich ist? Ich hätte Bäume *pflanzen* können vor Glück! Hört sich blöd an. Zugegeben, trifft aber mein Gefühl. Viele, schöne, dichte Bäume pflanzen, die hoch und buschig wachsen sollen und hinter denen ich mit Kathrin allein sein kann! Kaum zu Hause angekommen, habe ich mich gleich an meine Staffelei gesetzt und angefangen genau so ein Bild zu malen. Das geht aber nicht so schnell wie ein Bleistift-Porträt. Ich werde es ihr zu den Sommerferien schenken. Vielleicht fährt sie ja weg und ich bin dann eine ganze Zeit lang ohne sie. Das Bild soll sie an mich erinnern.

An dieses Wochenende werde ich total lange denken.

Da wir am Donnerstag ja alles gemacht haben außer Spanisch zu lernen, habe ich am Abend doch beschlossen, am Freitag nicht zu erscheinen. Und Kathrin machte mit. So haben wir beide zwar morgens pünktlich um halb acht das Haus verlassen, uns aber am Bahnhof getroffen und sind gemeinsam in die Stadt gefahren statt in die Schule. Wir sind durch die Kaufhäuser gebummelt, haben uns im Eiscafé dicke Eisbecher gegönnt, und weil so ein Spitzen-Wetter war, wollte ich mit Kathrin schließlich an die Alster. Die aber hat dankend abgelehnt, weil sie genau dort so ein Scheißerlebnis mit Leif hatte. Das kann ich natürlich gut verstehen, dass sie da nicht hin wollte.

Stattdessen sind wir nach Eppendorf gefahren, wo ich einen Bootsverleih kenne. Wir haben unser letztes Geld zusammengeschmissen und uns für zwei Stunden ein Kanu gemietet. In der Sonne morgens um zehn durch die Alsterkanäle zu paddeln, es gibt nichts Schöneres. Es war ruhig, es war grün, neben uns schwammen kleine Mini-Enten mit ihren Eltern vorbei. Kathrin hatte irgendwann keinen Bock mehr zu paddeln. Sie kuschelte sich zu mir, lag mir quasi zu Füßen und ich paddelte uns durch die Gegend. Bis zum Stadtparksee. Direkt ans Schwimmbad. Hätten wir Badezeug mitgehabt, hätten wir direkt über die Mauer, die das Schwimmbad vom See trennt, springen und ein bisschen baden können. Aber es war auch so klasse. Während der Fahrt haben wir uns unser halbes Leben erzählt. Wie wir aufgewachsen sind, welches Verhältnis wir zu unseren Eltern haben, wen wir in der Schule doof finden und was weiß ich noch alles. Ich habe in meinem ganzen Leben noch nie so viel von mir erzählt wie während dieser Bootsfahrt. Pünktlich nach Schulschluss waren wir wieder zu Hause und da Kathrin zu ihrem Kieferorthopäden musste, bin ich noch zum Sportplatz gegangen und wir haben uns für den Samstagnachmittag verabredet.

Das war aber ganz und gar unnötig. Denn wir trafen uns zufällig schon am Samstagvormittag im Supermarkt. Ich war mit meinen Eltern da und auch Kathrin musste mit ihrer Mutter zum Einkaufen. Das war ziemlich lustig. Denn wir hatten uns gar nicht gesehen. Erst als ich noch mal von der Kasse zurückrennen musste, weil meine Eltern die Schlagsahne vergessen hatten, traf ich Kathrin in der Molkereiabteilung, weil sie schnell noch Erdbeer-Jogurt besorgen musste. Wir haben uns darüber lustig gemacht, dass unsere Eltern uns offensichtlich nur als apportierende Hunde mit zum Einkaufen nehmen, haben die bestellten Sachen in die Einkaufswagen unserer

Eltern geschmissen und uns verpieselt. So waren wir schon ab Samstagmittag zusammen bis zum Abend in der HdJ-Disco.

Nur zwischendurch haben wir uns mal für zwei, drei Stunden getrennt. Kathrin hatte Theaterprobe. Ich nutzte die Gelegenheit, das Heimspiel meiner Mannschaft zu besuchen. Ich durfte nicht mitspielen, weil ich nicht beim Training war, aber das war okay. Wer nicht trainiert oder zu spät beim Training erscheint, spielt nicht. Das ist bei uns eine feste Regel und die finde ich auch richtig. Außerdem war es nur ein Freundschaftsspiel. Nächste Woche beim Aufstiegsspiel für die Leistungsklasse bin ich wieder dabei.

Ich habe Kathrin später dann vom Theater abgeholt und dabei auch kurz die viel beschriebene Jaelle kennen gelernt. Das ist vielleicht eine ulkige Tante. Total dick, total lustig und total nett. Mir war sofort klar, weshalb Kathrin so gern in der Theatergruppe mitmacht. Es genügte, zwei Sätze mit Jaelle zu wechseln, und selbst ich bekam Lust mitzuspielen. Da habe ich mich lieber schnell aus dem Staub gemacht, sonst spiele ich nachher wirklich noch die Hauptrolle in *Titanic* und blamiere mich bis auf die Knochen! Da male ich denen lieber ein Plakat zur Werbung!

Abends dann sind wir wie gesagt zur Disco ins HdJ gegangen. Ich muss schon sagen, diese HdJ-Disco war doch erheblich zahmer als die Partys, zu denen Monika mich geschleppt hatte, aber das war mir auch viel lieber so. Erstens wurden mir hier keine Drogen angeboten wie saure Drops, es gab nicht einmal Alkohol und rauchen musste Kathrin draußen mehr oder weniger heimlich. Aber ich habe mich dennoch wohler gefühlt. Denn es waren nur Leute in meinem Alter da, viele auch jünger. Ich weiß auch nicht, ich fühlte mich da irgendwie sicherer. Ich machte mir keine Gedanken, wie mein Verhältnis zu den anderen ist, fühlte mich nicht beobachtet, wurde nicht ständig mit irgendwelchen Dingen konfrontiert, die wie ein Schock über mich kamen. Auch ließen die Lautsprecherboxen einem noch die Möglichkeit sich zu unterhalten. Und vielleicht war es auch nur das, was mir an dieser kleinen, niedlichen HdJ-Fete gefiel. Ich hatte alle Zeit und Gelegenheit mich mit Kathrin zu beschäftigen. Wir haben getanzt, geschmust, uns unterhalten und waren einfach nur glücklich miteinander. Ein sorglos schönes Gefühl.

Am Sonntag habe ich dann mit dem Plakat angefangen, wobei mir Kathrin wieder Modell stehen musste. Das ist wirklich klasse beim Malen. Man kann seine Freundin stundenlang in aller Ruhe betrachten, ohne dass einem das als dummes Geglotze ausgelegt wird. Ich kenne mittlerweile jedes Pickelchen, jede Schramme, jedes Fältchen in ihrem Gesicht und alles an ihr gefällt mir. Ehrlich. Genau so, wie sie ist, so finde ich sie toll. Gut, Monika ist schöner, nahezu perfekt, wie ein Super-Model, das nur noch nicht entdeckt worden ist, aber Kathrin, das ist ... ich weiß es auch nicht, Kathrin hat etwas, das ich bewundere, das mich in ihren Bann zieht, das mich fordert. Es ist ... es ist eben die gesamte Kathrin! Ich kann es nicht ausdrücken. Ich kann es nur malen. Monika konnte ich nicht malen. Von Anfang an nicht. Sie schien mir zu perfekt, zu glatt. Monika kann man bestaunen; Kathrin kann man malen.

Heute, am Montag, gehe ich wieder zur Schule. Ich fühle mich voll und ganz fit, fröhlich, ausgelassen und freue mich riesig, Kathrin wieder zu sehen. Doch kurz vor der Turnhalle (ich benutze immer den Seiteneingang, weil der von uns aus dichter ist) tippt mich plötzlich eine Hand von hinten auf die Schulter. Das ist Roland, vermute ich, oder Pauli, die beide auch aus dieser Richtung kommen, doch als ich mich umdrehe, sehe ich nur einen dunklen Fleck blitzartig auf mich zukommen. Mir dröhnt der Kopf, ich habe blaue und rote Sterne vor Augen, sacke zusammen, halte mir die entsetzlich schmerzende Nase. Was war das denn?

»Dies ist meine letzte Warnung!«, höre ich, blicke auf, erkenne Leif, sehe noch wie er einen Tritt ansetzt, aber zu spät für eine Gegenwehr. Sein Fuß trifft mich zwischen den Beinen. Was für ein entsetzlicher Schmerz. Ich sinke in die Knie, da trifft mich erneut ein Tritt mitten ins Gesicht, schützend halte ich meine Hände über den Kopf, kassiere einen Tritt in den Magen. Mir bleibt die Luft weg.

»Wenn ich dich noch einmal mit Kathrin erwische, mache ich dich alle!«, droht mir Leif, schlägt und tritt wie ein Verrückter auf mich ein. Ich kann gerade noch die schlimmsten Schläge abwehren, indem ich auf dem Boden kauere wie ein zusammengerollter Igel, bloß leider habe ich keine Stacheln. Ich fühle, wie mir warm das Blut aus der Nase läuft. Meine Lippe ist geschwollen, mein Kopf dröhnt, mein linker Arm hat einige Tritte abgefangen, dafür aber schmerzt er wie gebrochen, mein Fußknöchel schwillt an. Mein ganzer Körper schmerzt, pocht, blutet. Mir wird schlecht, ich habe Angst, hoffe, dass irgendjemand um die Ecke kommt und hilft; ein Lehrer vielleicht, der Hausmeister, irgendjemand. Aber niemand kommt.

Trotzdem hören die Schläge endlich auf. Leif läuft fort und ich liege da und kann mich nicht rühren. Mir wird schwarz vor Augen, schwindelig, elend. Ich glaube, ich ...

Wo bin ich? Was ist los? Unter mir Asphalt. Ich liege ja. Auf der Straße? Allmählich dämmert mir wieder, was passiert ist. Ich muss in Ohnmacht gefallen sein. Ich rappele mich auf. Mein Hände sind ganz blutig. Meine Nase und meine Lippen bluten. Mein Arm tut weh, höllisch weh, fast wie gebrochen. Mein Knöchel im Fußgelenk ebenfalls. Ob ich aufstehen kann? Langsam versuche ich es. Es geht einigermaßen. Aber ich muss humpeln. Ich sehe mich um. Weit und breit niemand zu sehen. Was soll ich jetzt tun? Am besten erst mal in unsere Klasse. Schaffe ich das? Ich mache zwei Schritte. Es schmerzt, aber es geht.

Langsam, Schritt für Schritt humple ich zu unserem Klassenraum. Als ich ihn betrete, hat der Unterricht natürlich schon begonnen. Die Saalmeise kommt aufgeregt auf mich zugelaufen. Kathrin schreit auf, als sie mich sieht. Sehe ich so schlimm aus?

Die Saalmeise schickt mich zum Arzt, fragt, wer mich begleiten könnte. Mehrere melden sich. Aber das ist doch wohl klar, wer mich begleiten soll. Die Saalmeise entscheidet sich für Pauli und Marvin.

Quatsch! Ich bestehe auf Roland und Kathrin, wer denn sonst?

Die Saalmeise stimmt zu, gibt uns Geld für ein Taxi, verlangt, dass wir uns sofort nach der Untersuchung melden und dass wir auch meine Eltern informieren.

Roland und Kathrin versprechen es und beide begleiten mich hinaus.

Roland rennt zum Schulbüro um das Taxi zu rufen. Ich nutze die Zeit um Kathrin zu erzählen, was passiert ist.

Kathrin ist entsetzt. Sie zittert, hat Tränen in den Augen.

»Was sollen wir denn machen?«, fragt sie. »Ich kann doch nicht zu dem Arsch zurückkehren, nur damit er dich zufrieden lässt!«

Aber ich weiß es auch nicht. Ich weiß nur, wir haben ein Problem. Ein großes Problem.

Wir fahren nicht zu meinem Hausarzt in Eimsbüttel, weil uns das mit dem Taxi zu weit entfernt erscheint, sondern gehen zu Rolands Hausarzt. Nach mehr als einer halben Stunde Wartezeit erweist er sich auch als ganz in Ordnung. Mit schnellen sicheren Griffen und zwei, drei lockeren Sprüchen verarztet er meine Schrammen, als die sich meine Verletzungen erweisen. Lediglich ein kleines zunächst blaues, später grünes Veilchen prophezeit er mir, gegen das er auch machtlos sei. Das Einzige, was ihm Kummer bereitet, ist mein linker Arm und er schickt mich zum Röntgen.

Also tapern wir drei zum Röntgenarzt, der zum Glück nicht weit entfernt ist, hängen dort wieder eine Stunde herum, bis ich dran bin und können insgesamt nach zwei Stunden die Röntgenpraxis wieder verlassen, mit der betrüblichen Gewissheit: »Der Arm ist gebrochen!«

»Scheiße!«, fluche ich laut, kaum dass wir im Treppenhaus stehen.

»Es tut mir so Leid für dich! Wenigstens nicht der rechte«, versucht Kathrin mich zu trösten, weil sie weiß, wie viel mir das Malen und Zeichnen bedeutet.

Roland aber schweigt, denn er denkt das Gleiche wie ich: Die letzten beiden Aufstiegsspiele kann ich in den Wind schreiben. So ein verdammter Mist!

Niemand von uns dreien sagt etwas, als wir zu Rolands Hausarzt zurückkehren um meinen Arm schienen zu lassen.

»Da ist nicht die Elle, sondern nur die Speiche gebrochen. Hier!« Der Arzt zeigt mit dem Finger auf das Röntgenbild, auf dem ich offen gestanden überhaupt nichts erkennen kann. »Ein ganz feiner Haarriss. Aber durch ist durch.«

Ich schweige betreten.

»Aber nach drei Wochen ist der Arm wieder okay!«, verspricht mir der Arzt.

Aber in zwei Wochen sind die Aufstiegsspiele vorbei. Ich ärgere mich, dass ich in einem kleinen Stadtteilverein in der B-Jugend spiele. Als Bundesliga-Profi würde ich mit so einer Verletzung ungefähr fünfzehn Minuten aussetzen, dann hätten mich die Ärzte wieder so weit, dass ich aufs Spielfeld laufen könnte. Ich wäre weiß Gott nicht der Erste, der mit gebrochenem Arm spielt. Aber ich traue mich nicht dem Arzt Ähnliches vorzuschlagen. Die Wundermediziner sind eben nur den Fußballmillionären vorbehalten, unsereins hockt mit einem dämlichen Haarriss drei Wochen draußen. Schöner Mist!

Als endlich alles fertig ist und ich mit einem strahlend weißen Gipsverband die Arztpraxis verlasse, ist es schon so spät, dass sich ein Besuch in der Schule wirklich nicht mehr lohnt.

»Wisst ihr was?«, sage ich zu Kathrin und Roland. »Für zwei so tolle Freunde wie ihr spendiere ich jetzt ein Eis!«

Kathrin fällt mir – vorsichtig! – um den Hals und schmatzt mir einen Kuss auf den Mund.

Roland boxt mir freundschaftlich auf die rechte Schulter. »Richtig so!«, findet er. »Bloß nicht kleinkriegen lassen.«

Er meint es aufmunternd, hat damit aber unbewusst ein ernstes Problem wieder hervorgekramt. In diesem Augenblick jedenfalls wird mir wieder bewusst, dass das Problem mit Leif noch lange nicht gelöst ist.

Gute Freunde!

Es ist ein schönes Gefühl, gute Freunde zu haben. Selbst in der kurzen Zeit, die ich in der neuen Klasse bin, habe ich schon welche. Das machte mir der Nachmittag nach meinem Arztbesuch klar. Pausenlos klingelte das Telefon.

Als Erste rief Monika an, fragte, wie es mir geht und ließ sich von mir ausführlich das Drama mit Leif schildern. Erst als ich nach mehr als einer Stunde das Gespräch beendete, wurde mir klar, dass ich die ganze Zeit nur von mir erzählt hatte. So etwas habe ich sonst nie gemacht. Ich habe nicht einmal gefragt, wie es ihr mit ihrem Münchner geht. Ich überlegte kurz, ob ich sie deshalb noch mal anrufen soll, da klingelte der Apparat bereits wieder.

Diesmal war die Saalmeise dran und erkundigte sich nach meinem Befinden. Die gehört zwar überhaupt nicht zu meinen Freunden, aber ich war doch gerührt von so viel Anteilnahme. Außerdem war ich froh, dass sie so früh anrief, zu einem Zeitpunkt, als meine Eltern noch nicht da waren. Das hatte nämlich den Vorteil, dass ich meinen Eltern das Veilchen und den gebrochenen Arm als Sportunfall darstellen konnte. Wirklich, ich verstehe mich gut mit meinen Eltern, aber denen jetzt auch noch mal die ganze Geschichte zu erzählen, dass ich mich verliebt habe und dass meine neue Freundin einen Ex-Lover hat, der nicht alle Tassen im Schrank hat und so weiter, ehrlich, das wäre mir zu viel.

Ich weiß zwar noch nicht, wie ich das Problem mit Leif lösen soll, aber ich bin mir sicher, zunächst einmal ein bisschen Zeit gewonnen zu haben. Selbst so ein durchgeknallter Hornochse wie Leif würde niemanden mit gebrochenem Arm angreifen.

Obwohl Kathrin da ihre Zweifel hatte.

Ich versuchte sie zu beruhigen, indem ich ihr klarmachte, dass ein Gipsarm nicht nur ein Handicap, sondern auch eine recht nette Waffe sein könnte. »Wenn der mich noch mal angreift, ziehe ich dem meinen Gipsarm über den Dummschädel, das schwöre ich dir«, versprach ich und war davon auch überzeugt.

Aber Kathrin war davon überhaupt nicht begeistert.

»Typisch Jungs!«, fand sie. »Er greift dich von hinten an, beim nächsten Mal vermöbelst du ihn mit deinem Gipsarm. Tag drauf kommt er wieder mit einer Baseball-Keule und dann? Nach einer Woche duelliert ihr euch mit Pistolen?! Das ist doch keine Lösung!«

Es war das erste Mal, seit diesem sagenhaften Wochenende, dass Kathrin und ich fast in Streit gerieten.

»Was soll ich denn sonst machen?«, wendete ich ein. »Es ist schließlich dein Ex-Freund, der hier durchdreht, und wenn du ihn nicht zur Ruhe kriegst, braucht er eben so lange was aufs Maul, bis er die Kurve kratzt.«

»Toll!«, brauste Kathrin sofort auf. »Jetzt bin ich schon wieder mit so einem Vorstadt-Rambo zusammen oder was?«

Ich schwieg beleidigt.

»Immer nur alles mit Gewalt lösen! Was anderes habt ihr nicht im Kopf!«, schimpfte sie.

»Und du?«, hielt ich ihr jetzt wütend vor. »Was hast du denn für eine Idee? Du kannst ihn ja anrufen und ihm sagen, dass er mich nicht hauen darf! So was Beklopptes!«

»Ach ja!«, schnauzte Kathrin los. »Bekloppt bin ich jetzt, weil dieser Wahnsinnige mir keine Ruhe lässt, ja? Was meinst du, wie es mir dabei geht?«

Stille am Tisch des Eiscafés.

Betretene Stille.

Schließlich räusperte sich Roland. »Also, Kathrin, auf der Fete hast du die Besoffenen aus der Neunten ja auch verkloppt!«

Kathrin sandte Roland einen vergifteten Blick.

»Was hat sie?«, fragte ich nach.

»Nichts habe ich!«, fuhr Kathrin energisch dazwischen, ehe Roland antworten konnte. Ich beließ es dabei, denn ich wusste, dass Roland mir die Geschichte zu einem späteren Zeitpunkt erzählen würde.

Und Kathrin wusste es auch.

»Aber das hier ist ernster!«, gab sie zu bedenken. »Es wird eskalieren, wenn es uns nicht gelingt, das irgendwie abzustellen.«
Roland und ich stimmten zu, aber keiner von uns wusste, wie wir das bewerkstelligen sollten.
»Warten wir es erst mal ab«, schlug ich vor. Dann zahlte ich das Eis und wir drei machten uns auf den Nachhauseweg. Auch für Kathrin und mich trennten sich die Wege, aber zum Glück nicht im Streit.
An diesem Nachmittag riefen dann noch Marvin und Pauli an, die sich freundlicherweise nach mir erkundigten und dann musste ich abends nur noch meinen Eltern möglichst schonend die Vorgeschichte des Gipsarms erklären. Den Rest des Tages malte ich weiter an dem Theaterplakat für Kathrin. Es half mir sehr, wieder ein bisschen zur Ruhe zu kommen.

Kathrin hatte Recht. Leif ließ uns noch immer keine Ruhe. Abends rief sie mich an und erzählte, dass Leif mit ihr telefoniert hatte. Er hatte am Telefon die Drohung noch mal wiederholt. Mein gebrochener Arm sei nur ein kleiner Vorgeschmack gewesen, hat er behauptet. Und er werde mich so lange vor der Schule abfangen und mir die Fresse polieren, bis ich von Kathrin ablasse und sie zu ihm zurückkehre.
Ich weiß nicht, was man zu einem Oberarschloch noch sagen soll. Was geht im Kopf eines solchen Hirnlosen vor? Ich kann das nicht verstehen. Aber darauf kommt es auch nicht an. Es kommt darauf an, dass mir einfällt, wie ich damit umgehe. Es ist nämlich ein echtes Scheißgefühl, morgens zur Schule zu gehen in der Gewissheit, dass irgendwann am Vormittag so ein gehirnamputierter Vollidiot auftaucht, der mir die Fresse einschlagen will.

Einmal habe ich ihn besiegt, einmal er mich. Und sicher wird es mir noch das eine oder andere Mal gelingen, ihn in die Flucht zu schlagen. Aber immer? Bestimmt nicht. Irgendwann werde ich ihm wieder unterlegen sein und darauf habe ich nicht den geringsten Bock.

Welche Möglichkeiten habe ich?

Erstens, mich dem täglichen Kampf zu stellen. Das ist gefährlich, nervenaufreibend und mir ehrlich gesagt auch zu dumm. Ich würde mich auf seine Art der Auseinandersetzung einlassen und wer weiß, wie lange so ein Hirni das durchhält?

Zweitens, meine Eltern informieren. Und dann? Was sollen die machen? Mich zur Schule bringen wie einen Erstklässler und wieder abholen? Dem Bekloppten mit erhobenem Zeigefinger drohen? Sinnlos.

Drittens, die Lehrer informieren. Ich vermute, es wäre das Gleiche wie mit meinen Eltern zu reden. Es würde nichts bewirken.

Viertens, zur Polizei gehen. Und was erzähle ich denen? Für die ist es doch eine dumme Jungsklopperei um ein Mädchen. Die werden grinsen und mich nach Hause schicken.

Was also bleibt? Vermutlich nichts als darauf zu hoffen, dass der Bekloppte irgendwann aufhört mit seinem Scheiß. Das ist in etwa so aussichtsreich wie die Hoffnung, eine Horde Skinheads würde ein deutsch-afrikanisches Kulturzentrum eröffnen.

Ich kann mich drehen und wenden, wie ich will, ich bin in der Zwickmühle.

Diese Gedanken habe ich heute Nachmittag schon einmal mit Monika und am Abend mit Kathrin am Telefon durchgekaut. Und jetzt, da ich im Bett liege und nicht einschlafen kann, fällt mir auch keine Lösung ein. Es hilft nichts, ich muss abwarten, bis ich eine Idee habe, und das heißt: morgen in die Schule zu gehen und mich vermutlich mit diesem Hirni zu prügeln.

Es ist ein komisches Gefühl, mit der Angst im Nacken in die Schule zu gehen, jeden Moment könnte jemand aus dem Gebüsch springen und einen überfallen. Heute verzichte ich sogar auf die bequeme Abkürzung an der Turnhalle, sondern mache den großen Bogen, um durch das Haupttor den Schulhof zu betreten.

Mindestens fünfmal habe ich mich während des Weges umgedreht, weil ich dachte, jetzt steht er plötzlich da und zieht mir wieder eins über die Rübe. Ich fühle mich einem Zweikampf mit Leif durchaus gewachsen, wenngleich ich auch wenig Lust darauf verspüre, aber wenn er mich so überraschend von hinten angreift wie das letzte Mal, dann habe ich keine Chance.

Aber von Leif ist nichts zu sehen. Gott sei Dank. Aber von Kathrin. Ich winke ihr schon von weitem zu. Kathrin winkt zurück, macht dann aber eine seltsame Bewegung zur Seite, so als ob sie da noch jemanden begrüßt. Vermutlich kommt Katja gerade von der anderen Seite.

Doch ich erreiche Kathrin nicht. Denn ganz plötzlich ist er doch da. Ich weiß überhaupt nicht, wo der hergekommen ist. Als hätte er sich vor meinen Augen einfach so aus der reinen Luft materialisiert. Auch er weiß offenbar, dass wir uns im offenen Kampf in etwa gleichwertig sind. Nur, ich bin behindert durch meinen Gipsarm und er – hält einen Baseballschläger in der Hand.

»Hallo Bürschchen«, begrüßt mich Leif.

»Hallo Arschloch!«, antworte ich. Ich werde ihm meine Angst nicht zeigen, habe ich beschlossen. Er will mir nur drohen und wird es kaum wagen, hier direkt vor dem Haupttor der Schule mit einer Baseball-Keule auf mich loszugehen. Viel zu viele Zeugen.

Ich versuche, völlig ungerührt an ihm vorbeizugehen, doch er stellt sich mir in den Weg, packt mich an meinem Gipsarm, grinst gemein und fragt. »Ein kaputter Arm reicht dir wohl nicht, wie? Ich habe dir gesagt, du sollst mit meiner Freundin Schluss machen!«
»Du hast keine Freundin!«, wage ich zu bemerken. »Jedenfalls keine, die ich kenne!«

Jetzt packt er mich am Kragen, schüttelt mich, wobei er mit seinem Baseballschläger eine bedrohliche Haltung einnimmt. Mein Gott, diesem Wahnsinnigen ist es zuzutrauen, dass er selbst hier in aller Öffentlichkeit auf mich einprügelt. Wie beim Fußball auf den Ball starre ich nur noch auf den Baseballschläger. Nicht ablenken lassen, welche Grimassen er zieht, egal, was er mit seiner freien Hand vollführt. Nur den Baseballschläger fixieren.

Das ist die entscheidende Bewegung. Dem muss ich im Ernstfall ausweichen. Leif rüttelt an mir, bepöbelt mich. Ich höre nicht hin, achte auf den Schläger. Wenn er zuschlägt, ducke ich mich weg, trete sofort danach und schlage mit dem Gipsarm zu. Dieser Bewegungsablauf ist jetzt in mir programmiert. Der Rest ist ein reiner Reaktionstest.

Volle Konzentration.

Der Schläger zuckt.

Jetzt!

Zurück, ducken, treten – eine Bewegung.

Es hat nur halb funktioniert. Ich bin dem Schlag ausgewichen, doch am Arm habe ich etwas abbekommen. Er schmerzt. Er hat tatsächlich zugeschlagen, dieses Schwein. Mein Tritt hat sein Schienbein getroffen. Leif humpelt und flucht, setzt wutschnaubend zu einem neuen Schlag an, ich hole mit meinem Gipsarm aus, den ich ihm über seine dumme Fresse ziehen will.

»Hört auf!«, schreit da jemand.

Kathrin!

Sie hat von hinten den Schläger gepackt und ist Leif mit aller Kraft ins Kreuz getreten. Leif sackt wimmernd zusammen.

Ich atme schwer, sehe auf den keuchenden Leif hinunter und entdecke erst jetzt, dass Kathrin nicht allein dasteht. Hinter Kathrin stehen Marvin, Pauli, Roland und – Monika! Blitzartig bilden sie einen Kreis um Leif, der sich langsam wieder erhebt.

Kathrin krallt sich in Leifs Haare, zieht ihn daran hoch.

»Was soll die Scheiße?«, schreit sie ihm ins Gesicht. »Was willst du von mir? Kapierst du nicht, dass ich nichts von dir will?!«

Leif schlägt wütend ihre Hand fort.

»Das wirst du noch bereuen!«, zischt er, wobei er die anderen um sich herum aus den Augenwinkeln beobachtet wie ein geschlagener Hund. Er weiß, dass er im Moment keine Chance hat.

Jetzt tritt Marvin hervor. »Nichts wird sie bereuen, Leif«, spricht er in ruhigem, aber ernstem Ton auf seinen Sportskameraden aus dem Judo-Verein ein. »Wenn du Kathrin und Alex nicht in Ruhe lässt, werde ich noch heute mit unserem Trainer reden. Du weißt, dass du wegen solcher Angriffe wie eben sofort aus dem Verein fliegst.«

Leif schaut ihn stumm und bösartig an.

Nun ist Roland dran: »Wir kennen deine Schule. Es würde deine Lehrer sicher interessieren, weshalb du immer fehlst, weil du nämlich hier Terror machst. Ich denke, ein Schulverweis wäre dir sicher.«

Leif guckt ihn verunsichert an.

Es folgt Pauli: »Eine kleine Plakat-Aktion an deiner Haustür mit Steckbrief, dass du ein gemeiner Schläger bist, würde deine Eltern bestimmt nicht so sehr erfreuen, oder? Ich meine, was sollen die Nachbarn sagen?«

Leif wirkt völlig verdattert.

»Und in deinem Segelclub erst mal. Da sind doch sonst alles so feine Leute. Und dann mit einem Schläger in ihren Reihen. Nicht auszudenken!«, fügt Kathrin an.

Leif dreht sich von einem zum anderen. Irgendwie kann er gar nicht fassen, was hier gerade abläuft. Er kam mit einem Baseballschläger in der Hand um in eigener Rambo-Manier alles platt zu machen, was ihm im Wege stand – und vor allem mich. Jetzt aber wird er mit Worten traktiert, worauf er nicht vorbereitet war.

Den Abschluss bildet Monika: »Weißt du, ich habe ein paar gute Kontakte in Blankenese. Manche kennen sogar deinen Vater. Jedenfalls wissen wir, dass er ein recht anerkannter Architekt in Hamburger Kaufmannskreisen ist. Was meinst du, was die sagen, wenn sie herausbekommen, was er für einen missratenen Sohn hat?«

Leif zittert, wischt sich mit dem Handrücken über den Mund und schaut verunsichert. Allmählich begreift er, dass er mit jedem weiteren Versuch Kathrin zu beherrschen, sein eigenes Leben zerstört. Seine Schule, sein Verein, sein Segelclub, seine Eltern – zu allem, was seine Existenz ausmacht, haben wir plötzlich einen Kontakt und können ihn gegen Leif verwenden, wenn er uns nicht in Ruhe lässt. Er kam um mich zu verprügeln, nun aber steht er sechs Jugendlichen gegenüber, die offenbar sein Leben in der Hand haben.

Kathrin bringt es noch mal auf den Punkt: »Lass uns in Ruhe, dann lassen wir dich in Ruhe. In Ordnung?«

Leif schaut Kathrin in die Augen. Es ist ein seltsamer Blick, so wie ich ihn noch nie gesehen habe. Eine Menge Hass liegt in diesem Blick. Hass wegen der Erniedrigung, die er in diesem Moment zu erleiden hat, aber der Blick zeigt auch eine Menge Traurigkeit. Er hat begriffen, dass er in diesem Augenblick Kathrin endgültig verloren hat.

Andreas Schlüter
Verliebt, na und wie!

Andreas Schlüter

Verliebt, na und wie!

Erzählt von Kathrin

Altberliner
Berlin · München

*Verliebt, vergnügt und um Erfahrung reicher sind
Kathrin und Alex durch ihre erste Liebe.
Alex ist der Neue in Kathrins Klasse und ihr sofort sympathisch –
nicht nur wegen seiner bezaubernden Lachgrübchen.
Aber auf ihrer Geburtstagsfete bandelt Alex mit dieser
dumpfen Seegurke von Monika an. Kathrin ist am Boden
zerstört. Doch dann lernt sie Leif kennen …*

*Nach einigen Wirren aber wissen Kathrin und Alex,
Liebe hat nichts zu tun mit Malaria, sie ist kein Traum,
nicht ewig, nicht tragisch, sondern schön und immer wieder anders –
und, wer sich zum ersten Mal verliebt
hat viele Fragen: Wie küssen sich zwei?
Wann gehen sie miteinander?
Wer ist die oder der Richtige für das magische Erste Mal?*

*Zart, erotisch und offen erzählt Andreas Schlüter
über Lust und Angst, Enttäuschung und Freude
rund ums Verlieben.*

Inhalt

Der Neue 7

Mein Geburtstag! 12

Alles Mist! 23

Leif ist Life 30

Null Ekstase! 37

Liebe konkret! 45

Ein tiefer Riss! 61

Auf der Flucht 75

Küss mich, Künstler! 87

Der Schock! 107

Ausgerechnet Monika! 117

© Altberliner Verlag, Berlin · München 1998
2. Auflage 1999
Nach der neuen Rechtschreibung
Alle Rechte vorbehalten
Titelillustration von Karoline Kehr
Druck & Buchbindearbeiten: Clausen & Bosse, Leck
Printed in Germany 1998
ISBN 3-357-00833-5
Altberliner im Internet: http://www.altberliner.de

Der Neue

Wen man auch fragt: Wenn die Leute über die Liebe erzählen, klingt es immer wie eine Krankheit. Im Bauch kribbelt es, sagen sie, schweißnasse Hände gehören dazu, wie überhaupt ohne ständige Schweißausbrüche Liebe offenbar kaum denkbar ist. Von zitternden Lippen ist die Rede, schlaflosen Nächten, Gewichtsabnahme, zunehmender Nervosität, schlechtem Gedächtnis und verworrenem Geisteszustand. Demnach scheinen ein schwerer Fall von Malaria und die erste Liebe weitgehend deckungsgleich zu sein.

Fragt sich, was die Leute an der Liebe so klasse finden? Oder aber die Symptome, die der Liebe zugeschrieben werden, sind gelogen. Jedenfalls wüsste ich nicht, dass sich je jemand nach schwerer Malaria gesehnt hätte.

»Unzurechnungsfähig!«, war das einzige Wort, das Jaelle dazu einfiel. Obwohl sie sonst immer eine super Hilfe ist, wenn man mal Fragen hat. Nicht nur, dass sie unsere kleine Theatergruppe im Haus der Jugend voll auf Trab gebracht hat, nein, auch so ist die Frau echt top. Aber bei der Frage: »Jaelle, wie spürt man Liebe?«, hat sie nur bitter gelacht und behauptet: »Unzurechnungsfähig! Wenn du merkst, dass du vollkommen unzurechnungsfähig bist, dann bist du verliebt!« Wahnsinnig tolle Erklärung! Was soll man damit wohl anfangen? Es war das erste Mal, dass Jaelle mich enttäuscht hat.

Wieso ich überhaupt auf die Frage komme?

Na ja, einen konkreten Anlass gibt es nicht. Eigentlich nicht.

Okay, also seit drei Tagen haben wir einen Neuen in der Klasse. Er kommt aus Eimsbüttel, einem Stadtteil in Hamburgs Westen, also die andere Seite der Alster. Seine Eltern sind nach Farmsen gezogen,

Häuschen mit Garten und so, und nun ist er eben bei uns an der Schule.

Auf den ersten Blick sah er ganz normal aus: trug schwarze *Nike*-Turnschuhe, schwarze Cordhose, dunkelblaues *Fishbone*-Kapuzen-shirt, völlig normal eben. Kurze schwarze Haare mit einer lässigen Locke vorn über der Stirn; sah schon recht süß aus, irgendwie, wenn auch nicht total originell.

Aber dann lachte er. Ich weiß gar nicht worüber. Ich hab natür-lich nicht mit ihm geredet. Ich renn doch nicht gleich zu dem hin und quatsch ihn an: »Hey Alter, kesse Locke auf deinem Schädel, und sonst so?« Ich bin ja nicht bekloppt.

Nein, er hat sich erst mal mit ein paar Jungs aus der Klasse be-kannt gemacht. Mit Marvin, Pauli und Pieper, weil bei denen in der Ecke noch Platz war.

Pauli und *Pieper* heißen natürlich nicht wirklich so. *Pauli* heißt eigentlich Sebastian, *Johann Sebastian,* genauso wie der tote Kom-ponist. Also echt, manche Eltern kommen auf Ideen! *Sebastian* ist jedenfalls sein Rufname, bloß – so ruft den keiner. Nicht mal *Basti,* wie er früher wohl genannt wurde. Seit er nur noch mit Totenkopf-Sweatshirt und Fan-Schal vom FC St. Pauli durch die Gegend rennt (und das macht er schon seit zwei Jahren!), heißt er eben *Pauli.* Passt auch viel besser zu ihm. Der hat nämlich gar nichts mit dem Kom-ponisten gemein und ist auch komplett unmusikalisch. *Pauli* hat eher was von einem Kampfhund. Totaler Dickschädel, der sich stän-dig in irgendwelche Dinge verbeißt – meistens in die falschen.

Und *Pieper* heißt in Wahrheit *Roland.* Roland besitzt aber einen Scall-Empfänger, der immer genau dann piept, wenn in der Deutsch-stunde jemand etwas vorliest. Seitdem heißt Roland eben *Pieper,* eine Erfindung unserer Deutschlehrerin Frau Saalfeld-Meisenkamp

(die heißt echt so! Da ist es doch kein Wunder, dass wir sie nur *die Saalmeise* nennen, oder?).

Der Neue hat also gelacht, vermutlich, als ihm die ganzen Namen vorgestellt wurden, und da ... ja, da dachte ich, ich guck nicht richtig. Während des Lachens bildeten sich klitzekleine, unendlich tiefe Grübchen in seinen Wangen, ganz unvermutet. Ich weiß auch nicht, aber diese Grübchen fand ich absolut süß.

Natürlich hab ich mich nicht gleich in ihn verknallt, nur wegen zweier Lachgrübchen. Das versteht sich ja wohl von selbst! Aber ich gebe zu, seitdem interessiert er mich – irgendwie. Obwohl ich noch kein einziges Wort mit ihm gesprochen habe, oder gerade deshalb. Vielleicht ist er sogar ein totaler Hohlkopf. Wer weiß das schon? Obwohl er nicht den Eindruck macht. Jedenfalls nach dem, was ich so herausbekommen habe. Ist ja nicht ganz so einfach. Denn selbstverständlich weiß niemand, dass ich ihn im Visier habe. Um Gottes Willen! Nachher hat der schon eine Freundin, noch in Eimsbüttel oder so, und ich stehe dann da: renne einem Typen hinterher, der schon vergeben ist! So weit kommt es noch! Wenn überhaupt, muss sowieso er *mir* hinterherrennen, das ist ja wohl so klar wie Kristall.

Aber so weit sind wir ja noch nicht. Und verliebt bin ich schließlich auch nicht. Jedenfalls fühle ich mich nicht, als hätte ich schwere Malaria. Im Gegenteil. Mir geht's gut, erst recht, weil ich in fünf Tagen Geburtstag habe und fünfzehn Jahre alt werde.

Das Obercoolste: Ich habe in diesem Jahr direkt an einem Samstag Geburtstag und meine Ma macht mit ihrem Lover für ein paar Tage einen Abflug nach Paris! Der muss nämlich auf Geschäftsreise und hat meine Ma gefragt, ob sie nicht mitwolle. Natürlich wollte meine Ma nicht. Schließlich hat ihre Tochter Geburtstag und so weiter.

Da mussten Peter – so heißt er und ist auch sonst ganz nett – und

ich uns also zusammentun. Es hat lediglich eine Woche regelmäßiges Klopfen auf ihre ohnehin angespannten Nerven benötigt, bis sie zusagte, dass ich allein zu Hause bleiben darf. Und von meinem Vater habe ich ohnehin schon seit sechs Jahren nichts gehört, seit er nach Berlin gezogen ist. Ist auch besser so. Kurzum, Samstag steigt 'ne heftige Geburtstagsfete und spätestens dann wird sich ja zeigen, was mit dem Neuen los ist.

In den vergangenen zwei Tagen ist er zwar heftig um Monika herumgeschwänzelt, aber das hat nichts zu sagen. Das haben alle Jungs aus der Klasse schon gemacht; also jedenfalls die, die sich getraut haben, nicht die Kleingeister, die noch nicht mal gemerkt haben, dass es auf diesem Erdball überhaupt Mädchen gibt!

Besonders die Jungs aus der Zehnten zieht Monika in den Pausen an wie ein Magnet die Eisenspäne. Gut, Monika sieht genauso aus wie die Superfrauen in den Illustrierten: lange, dichte, wellige pechschwarze Haare, gertenschlank, schon richtig volle Brüste (wobei sie natürlich einen Wonderbra trägt, um dies noch zu unterstreichen) und ist immer perfekt geschminkt. Kein Wunder: Ihre Mutter ist ja angeblich auch Kosmetikerin. Behauptet jedenfalls Monika. Ich hab ihre Mutter mal gesehen: Verkäuferin bei *Budni* ist die! Aber das kann ja wohl nicht sein, dass alle Jungs dieser Galaxis den gleichen Frauengeschmack haben, oder?

Jaelle allerdings behauptet genau das. »Der Mensch«, sagt sie, »entwickelte sich von der Äffin zur Frau, der Mann blieb eine Amöbe!« Typisch Jaelle! Jaelle sagt wirklich *Äffin*! Das finde ich zwar affig, aber was soll's. Was Männer angeht, darf man die echt nicht ernst nehmen.

Über kurz oder lang wird aber auch der Neue feststellen, dass er bei Monika keine Schnitte sieht. Die steht nämlich auf Jungs mit

Kohle. Das sage ich jetzt nicht aus Gehässigkeit. Das hat sie uns selbst erzählt. Die treibt sich in ihrer Freizeit auch nur dort rum, wo die kleinen Fabrikantensöhnchen der Elbchaussee zu treffen sind. Tatsächlich ist sie schon zweimal von solchen Schlipstypen im Cabrio abgeholt worden: in der linken Hand das Handy, in der rechten Papis Kreditkarte, in der Mitte doofer Blick. Allerdings war es beide Male ein anderer Typ, was darauf hindeutet, dass es wohl nicht so geklappt hat. Es heißt also, Geduld zu haben und sich erst im richtigen Moment an Alex heranzumachen. Ja, Alex heißt er. Finde ich ja nicht so prickelnd. Das erinnert mich immer an *Alexanderplatz* und damit an Berlin und damit an meinen Vater. Aber da kann er ja nichts für, oder? Vielleicht fällt ja in Zukunft auch noch ein hübscher Spitzname für ihn ab, wenn wir ihn erst mal besser kennen. Darin ist unsere Klasse nämlich echt groß. Zuvor allerdings müssen sich seine aufgewallten Hormone erst mal wieder dem Pegelstand seiner Geldbörse angeglichen haben. Das geht in Monikas Nähe mit Sicherheit ziemlich schnell. Vielleicht rede ich morgen schon mal ein erstes Wort mit ihm.

»Hey, alte Grübeltante, was kritzelst du da denn wieder in dein schlaues Buch? Neuen Märchenprinzen entdeckt? Den Neuen vielleicht?«

Katja. Unverkennbar Katjas Stimme. Ein Klappen, und schon ist mein Tagebuch geschlossen. Nicht, dass ich Geheimnisse vor Katja hätte; jedenfalls keine großen und wichtigen. Aber alles zu seiner Zeit. Selbst Katja muss nicht immer alles sofort erfahren.

»Quatsch!«, sage ich also und hoffe, dass es sehr natürlich rüberkommt.

»Also, mir gefällt er«, gesteht Katja frank und frei, was so viel

bedeutet wie: »Kein echtes Interesse!« Denn sonst würde sie das nicht so herausposaunen, sondern mir unter vorgehaltener Hand und dem Siegel der Verschwiegenheit mitteilen. Das ist eines der vielen Dinge, die ich an Katja mag. Was Jungs angeht, sind wir nie echte Konkurrentinnen. Vermutlich auch deshalb, weil wir beide noch nie einen echten Freund hatten. Also, so richtig, meine ich. Aber ich bin mir sicher, selbst wenn es bei einer von uns mal total funkt, wäre es nicht bei demselben Jungen.

»Ich kenne ihn noch nicht«, sage ich ganz cool. »Er hat sich mir noch nicht vorgestellt, dir etwa?«

Katja grinst mich breit an. »Brauchst du Infos?«

Das ist der Nachteil an so einer engen Freundschaft. Man kann sich gegenseitig nicht gut etwas vormachen.

Also gebe ich meine Verteidigung auf, biete Katja einen Platz neben mir an, rücke dicht an sie heran, und Katja weiß schon, was Trumpf ist.

Mein Geburtstag!

Oh Gott. Scheiße! Ich werd noch verrückt. Noch genau dreieinhalb Stunden, bis die ersten Gäste kommen und meine neue Bluse ist noch immer nicht trocken. Ich könnte mich vor Wut in den Hintern beißen. Ich habe das edle Teil nämlich nach dem ersten Tragen extra nicht in den Wäschekorb geworfen, damit meine Ma es nicht in einem Anfall von Reinlichkeitswahn in die Kochwäsche stopft. So wie damals mein leuchtend orange-rotes Sweat-Shirt. Nachdem es

Ma in ihre Klauen bekommen hatte, passte es hinterher gerade noch meinem Teddy. Vor lauter Panik, die Bluse vor dem zombihaften Waschautomaten zu retten, habe ich vergessen sie rechtzeitig mit der Hand zu waschen.

Jetzt tropft das Ding blöde auf die Heizung statt endlich zu trocknen. Was ist denn das überhaupt für ein Stoff, der so langsam trocknet?

»Das ist doch kein Badeanzug!«, versucht Katja mich zu beschwichtigen. »Schließlich hängt die Bluse dort erst fünf Minuten!«

»Fünf?«, kreische ich zurück. »Es sind mindestens schon sieben Minuten!«

Aber Katja lässt mir keine Ruhe. »Meinst du wirklich, das Brot reicht?«, fragt sie und blickt kritisch auf das Durcheinander auf dem Tapeziertisch, das einmal ein Buffet werden soll.

»Natürlich reicht das Brot!«, fauche ich sie an. So eine saudämliche Bemerkung! Was wäre denn, wenn es nicht reicht? Wo soll man denn an einem Samstagnachmittag um halb fünf noch Brot herbekommen? »Es muss einfach reichen!«, stelle ich klar. »Viel wichtiger ist, dass Pieper kommt!« Pieper, dieser Technik-Freak, hat mir hoch und heilig versprochen, dass er für die Musik während der Fete sorgt.

»Mann, hast du eine Laune!«, beschwert sich Katja und zieht ab ins Wohnzimmer meiner Ma. Besser gesagt: in den Raum, der normalerweise meiner Ma als Wohnzimmer dient.

Jetzt ist er nämlich ziemlich leer. Unter Mühen und Ächzen haben Katja und ich die beiden schweren Ledersessel auf die Terrasse geschleppt, den Couchtisch obendrauf gestellt. Das Sofa allerdings war zu schwer. Wir haben gerade noch geschafft, es in die äußerste Ecke zu schieben. Ich weiß auch nicht, weshalb man sich solch schwere

13

Teile in die Wohnung stellt. Total unpraktisch. Zumindest, wenn man eine Fete feiert.

Zum Glück gehört meine Ma nicht zu denen, die sich das ganze Wohnzimmer bis auf den letzten Quadratzentimeter voll stellen, bloß weil es im Möbelkatalog so abgebildet war. Sie besitzt nicht einmal einen Wohnzimmerschrank, wodurch genügend Platz für die Tanzfläche entstand.

Die Bücherborde haben Katja und ich mit einer Menge Stoff abgehängt. Ich glaube nicht, dass die Vorhänge in der Schule übers Wochenende vermisst werden. Katja, Pieper und sogar der dicke Pauli haben hoch und heilig versprochen, dass sie Montag schon um sieben in der Schule sind um die Vorhänge wieder aufzuhängen.

Um die Musikanlage wird sich – wie gesagt – Pieper kümmern. Bleibt nur noch der Teppich. Verdammte Auslegware. Ich dachte immer, bei den Oldies wäre Holzfußboden total hip. Da hätte man einmal drübergewischt nach der Feier und fertig. Aber nee, meine liebe Mutter wohnt natürlich auf Velours-Teppich. In Apricot! Ist das nicht bescheuert? Schon mal eine Party gefeiert, bei der man den ganzen Abend am Eingang steht und jeden Gast bittet, sich vor dem Eintritt die Schuhe auszuziehen? Oberbehämmert!

Weshalb machen sich Erwachsene beim Einrichten ihrer Wohnung nicht die geringsten Gedanken darüber, welchen Ärger sie ihren Nachkommen mit den falschen Entscheidungen bereiten?

Irgendwie muss ich den Teppich die ganze Zeit angestarrt haben, als ob darauf gerade drei Fußballmannschaften ihr Training absolviert hätten. Jedenfalls kommt plötzlich Katja ins Wohnzimmer gerumpelt und schleppt eine dicke Rolle hinter sich her. »Was machst du denn da?«, will ich von ihr wissen.

»Frag nicht so blöd. Fass lieber mit an!«, befiehlt sie mir.

Erst jetzt erkenne ich, dass Katja einen alten, zusammengerollten Teppich ins Zimmer schleppt. Sie sieht echt aus wie eine im Film, die gerade ihren Lover umgebracht hat und nun zusehen muss, wie sie die Leiche los wird.

Katja lässt das Teppichende auf den Boden knallen und klärt mich auf: »Während du hier griesgrämig auf den Boden starrst, habe ich mich in eurem Keller umgesehen und das alte Ding hier gefunden. Ich nehme an, den braucht ihr nicht mehr?«

Klack! Groschen gefallen! Ich hab's gecheckt! Katja, die genialste aller Freundinnen, hat im Keller den alten Schlafzimmer-Teppich entdeckt, den wir jetzt zum Schutz der Auslegeware ausrollen können! Ohne Vorwarnung springe ich Katja an den Hals, umarme und drücke sie. »Katja, was würde ich bloß ohne dich machen?«

»Vermutlich den Teppich deiner Mutter versauen!«, lacht sie zurück und dann rollen wir beide den Teppich aus.

So nimmt das Ganze schon Formen an: Das Wohnzimmer ist leer geräumt, mit Teppich ausgelegt, im Flur ist der Tapeziertisch und darauf die Grundlage eines Buffets aufgebaut: Nudelsalat von Katjas Mutter, zwei Körbe mit Brot, grüner Salat von Ma, ein Marmorkuchen (von Oma per Post zum Geburtstag; mit einem Fünfzigmarkschein drin, aber den habe ich natürlich rausgenommen!) zwei Schüsseln mit Marshmellows, ein Teller mit fünfzig Fertig-Frikadellen (von Peter spendiert, der hat eben nie Zeit, aber ganz gut Geld!), zwei Flaschen Ketchup, eine Großbox Gummiteddys und zwanzig Milchschnitten, die Pieper mitgebracht hat, der gerade gekommen ist.

Nur noch eine halbe Stunde bis die ersten Gäste kommen. Zufrieden blicke ich mich um. Pieper verspricht, dass er mit der Musikanlage in zehn Minuten fertig ist. Alles soweit okidoki!

Alles – außer ich!

Als ich in den großen Spiegel sehe, der im Flur steht, glaube ich, ich schau auf eine aufgedunsene Wasserleiche. Die Haare klebrig und verfilzt wie bei einem Straßenköter, mein schwarzer Lippenstift verschmiert, als hätte ich in eine Eierkohle gebissen, die Wimperntusche zerlaufen wie auf dem Bild eines Zweitklässlers, der Körper verschwitzt und stinkend wie von Herrn Claussen, unserem Nachbarn, nach dem Rasenmähen, meine schwarze Jeans hat den Kellerstaub des alten Teppichs in sich aufgesogen und meine Bluse ist immer noch feucht. Gerade wollte ich mich entscheiden, ob ich hysterisch schreien oder lieber einen gepflegten Tobsuchtsanfall hinlegen soll, als es an der Haustür klingelt.

Panisch sehe ich auf die Uhr: Es ist fünf nach halb acht. Das kann noch keiner der Gäste sein. Aber wer sonst? Vermutlich Herr Claussen von nebenan. Der hat echt die seltene Begabung, dass ihm grundsätzlich mit Ladenschluss einfällt, was er vergessen hat. Der hat mir gerade noch gefehlt, als ob ich nicht schon genug Stress hätte. Ich gehe also zur Tür – und ...

Ich glaube es nicht! Das ist doch ein Albtraum! Kneif mich mal jemand! Ich bin im falschen Film! Hol mich einer hier raus, aber sofort!

»Hi!«, sagt ER und lächelt. Ich sehe nur die Grübchen. Mein Gott, diese Grübchen! Die sehen so süß aus, dass ...

Und ich? Ich stehe hier wie die weibliche Form von Quasimodo! Scheiße! Ohne nachzudenken, knalle ich die Tür zu. Mist! Das war auch wieder falsch. Was soll er denn von mir denken? Aber so wie ich aussehe? Die Tür zu öffnen kommt nicht in Frage. Aber ich kann Alex da auch nicht so stehen lassen! Wieso ist er denn schon da? Fünfundzwanzig Minuten zu früh? Was soll denn das? Will er mich

ärgern oder was? Was soll ich tun? Ich merke, wie meine Hände zittern, mein Kopf ist knallheiß. So ein Mist!

Mist! Mist! Mist!

Katja! Katja muss das machen. Ich muss hier weg. Nix wie ins Bad. Meine Bluse! Ist das blöde Ding endlich trocken?

»Katja!«, schreie ich. Ich kann überhaupt nicht mehr klar denken, renne aus dem engen Windfang heraus in den Flur – und pralle direkt gegen Piepers Brust.

»Das hat doch geklingelt«, sagt er.

»Ja!«, sage ich ohne ihn anzuschauen. Gerade will ich ihn beiseite schieben, um Katja, meine einzige Rettung, zu suchen, da fragt Pieper so harmlos wie ein Stofftier:»War das nicht Alex? Der wollte doch längst hier sein.«

Ich war eigentlich schon fast an Pieper vorbei, als mein Körper erstarrt. Dagegen ist eine Salzsäule das reinste Gummiband. Nur mein Mund schafft es noch, diesen einen Satz herauszuröcheln:»Sag das noch mal!«

»War das nicht Alex ...«, setzt Pieper von neuem an.

Der Typ muss lebensmüde sein. Sicherheitshalber frage ich noch mal nach:»Du hast dich mit Alex hier verabredet? Ich meine, du hast dich mit Alex *jetzt* hier verabredet?« Die Worte kommen mir über die Lippen wie ein giftiges Serum, welches seine Wirkung erst dann entfaltet, wenn das Opfer es völlig unbedarft in Empfang genommen hat.

»Ja«, antwortet Pieper, ohne zu ahnen, dass er damit sein eigenes Grab ausgehoben hat. Aber er will nicht nur sterben, er will offenbar auch noch zu Tode gefoltert werden, denn er fügt an:»Ich hab gar nicht mehr dran gedacht, es dir zu sagen. Aber Alex wollte ein paar CDs mitbringen und mir bei der Einrichtung der Anlage helfen. Ist doch okay, oder nicht?«

Seit diesem Moment weiß ich, dass einem keine langen Eckzähne wachsen müssen um einen unbändigen Blutdurst zu verspüren. Sollte ich ihm bloß die Augen auskratzen oder ihn lieber lebendig begraben; mit Honig bestreichen und in eine Bärenhöhle werfen oder besser in Mas Waschautomaten stopfen, bis alle Dusseligkeit aus ihm herausgeschleudert war? Oder einfach nur anschreien: »WIE KANN MAN NUR SO DÄMLICH SEIN?! KATJAAAAAAAAAA!« Es ist mir völlig egal, was weiter geschieht. Soll dieser Hammel sich drum kümmern. Und Katja. Wo ist die denn eigentlich? »Katjaaaaaaaaa!«, höre ich mich noch einmal – und dann ab ins Badezimmer, Tür zu, Klamotten vom Leib gerissen und Dusche aufdrehen! Erschöpft lasse ich meinen Kopf gegen die Duschwand sinken. Was für ein Anfang! Alex hält mich doch jetzt für eine vollkommen bescheuerte Kuh, für eine hysterische Zottelhexe!

Abreagieren!

Ich knalle mir so viel Shampoo auf den Kopf wie zuvor in meinem ganzen Leben nicht zusammengenommen. Ja, so ist es gut. Schäume schön, schäume, bis mich niemand mehr sieht. Träume sind Schäume. Mit dem Schaum aus der Traum. Weggespült wie Schmutzwasser. Oh, ich könnte im Abflussrohr versinken! Ich schrubbe an mir herum, aber die peinliche Begegnung ist nicht mehr rückgängig zu machen. Ich rubbel meinen Kopf, aber der Verstand wird nicht klarer. Was soll ich denn jetzt tun? *Wash and Go* steht auf der Flasche. Guter Tip. Aber wohin? Aus diesem Badezimmer gibt es nur einen Ausgang. Und der führt mich direkt zu IHM! Wahrscheinlich steht er schon gemeinsam mit Pieper vor der Tür und hält die Zwangsjacke bereit.

Oh, Pieper, das werde ich dir nie vergessen! *Er bringt seine CDs mit! Oh, Pieper, warum denn ausgerechnet Alex? Vergessen zu sa-*

gen. Pieper! Wie kann man so etwas vergessen? Vergessen, dass ER kommt. Eine halbe Stunde zu früh!

Rechtzeitig zwischen Selbstmordgedanken und Zerstörungswut klopft es an der Badezimmertür. Kurz-Lang-Lang-Kurz-Kurz. Gott sei Dank. Das ist Katjas Schulklo-Klopfen. Ich öffne die Tür der Duschkabine einen Spalt, gelange mit nassem Arm an den Schlüssel und öffne meiner besten Freundin die Badezimmertür. Beste Freundin, das ist sie wirklich! Denn wie erscheint Katja im Badezimmer? Mit meiner Lieblingsjeans über dem Arm, frischem Slip und BH und Schminkkästchen. Katja ist mal wieder meine Rettung. Nur meine Bluse fehlt noch.

»Noch immer feucht, oder?«, frage ich sie. Und Katja nickt. »Aber nicht mehr lange«, fügt sie an und erklärt sogleich: »Alex bügelt sie gerade.«

Doch alles nur ein Albtraum. Denn gerade habe ich geträumt, Katja hätte gesagt, *Alex bügle meine Bluse.* Man stelle sich das vor.

Doch Traum-Katja wirkt verdächtig real, als sie sagt: »Ist doch süß, oder?«

Ich weiß nicht, ob ich lachen oder schreien soll. »ER bügelt meine Bluse?«, wiederhole ich wie ein ausgeleierter Kassettenrekorder.

Katja nickt und grinst.

Resigniert lasse ich mich auf den Rand der Badewanne plumpsen. Soll ich schreien, in die Seife beißen, mir an Ort und Stelle die Pulsadern aufschlitzen, oder was? Mit letzter Beherrschung wende ich mich zu meiner angeblich allerbesten Freundin und frage sie, ob sie mich endgültig ruinieren will. »Kannst du dir vorstellen, dass ein Typ ein Mädchen in einer Bluse attraktiv findet, die er selbst gerade gebügelt hat?«

»Mach mich doch nicht so an!«, mault Katja. »Himmel, bist du

manchmal kompliziert! Meine Mutter hat zwei Nächte allein in einem Hotel verbracht, ehe mein alter Herr kapiert hat, dass auch Männer bügeln können!«

»Ja!«, raunze ich wütend zurück. »Seine eigenen Hemden vielleicht, aber nicht die Bluse eines Mädchens, das ihn genau damit scharfmachen will, du Dumpfnuss! Oh, ich könnte schreien!«

»Tu's doch!«, blafft Katja mich an, als es an der Badtür klopft.

»Die Bluse ist fertig!«, höre ich IHN von der anderen Seite rufen.

ER hat's getan, denke ich. ER hat es tatsächlich getan. Der Abend ist gelaufen. Ich gehe hier nie und nimmer wieder raus, solange ER noch da ist.

Katja reagiert mal wieder schneller als ich. »Danke, Alex!«, sagt sie und öffnet die Tür. Sie öffnet die Tür! Ich stehe nackt im Badezimmer, verwuschelt und kurz vor einem hysterischen Anfall, und Katja öffnet die Tür! Was kommt noch alles auf mich zu? Vielleicht springt zur Krönung gleich noch ein Fernsehteam mit versteckter Kamera aus der Kloschüssel und macht mich zum Gespött der Nation!

Gerade noch rechtzeitig gelingt es mir, ein Handtuch vor meinen nackten Körper zu halten. Ich starre wie eine Holzfigur zu IHM, obwohl ich ihn gar nicht richtig sehen kann. Er muss mich für bekloppt halten, schießt es mir durch den Kopf.

Apathisch und unfähig auch nur den geringsten Widerstand zu leisten, sehe ich zu, wie Katja ihren Arm durch den Türspalt streckt und fragt: »Mit der Mucke alles paletti?«

»Klar!«, antwortet Alex. »Die Anlage ist nicht von schlechten Eltern. Gibt einen guten Techno-Sound von sich.«

Soweit ich Alex' Gesicht erkennen kann, ist nichts von Hohn und Spott in seinem Ausdruck. Was hatte er wohl gedacht, während er

meine Bluse bügelte? Da! Er lächelt! Er hat mich angelächelt! Diese Grübchen ... Wahnsinn!

»O.k.! Nochmals vielen Dank. Wir kommen gleich!«, sagt Katja und schließt die Tür wieder. Während sie sich zu mir umdreht, schaut sie beiläufig auf ihre Uhr. »Noch sieben Minuten bis zum Fetenbeginn. Wenn du dann nicht immer noch nackt im Bad stehen willst, musst du dich beeilen.«

Mit diesen Worten lässt Katja mich im Bad allein. Herrgott, noch sieben Minuten! Ich betrachte die Bluse in meiner Hand und kann es kaum fassen. Besser hätte das meine Ma auch nicht hinbekommen. Das Teil ist perfekt gebügelt, nicht die kleinste Falte. Es sieht besser aus als im Laden, in dem ich es gekauft habe. Ich glaube es nicht: Alex kann bügeln!

Fertig! Genau sechs Minuten hat es gedauert. Frisch frisiert, geschminkt, angezogen. Leider gibt es im Bad keinen Spiegel, in dem man sich in der Totalen sehen kann, aber soweit ich es hier drinnen beurteilen kann, ist alles in Ordnung. Die neue Bluse passt zu meiner schwarzen Jeans wirklich eins a. Ich bin zufrieden. So kann ich mich sehen lassen. Wirklich!

Entschlossen umfasse ich den Griff der Badezimmertür. Und nun? Was sage ich, wenn ich draußen bin? Soll ich eine Entschuldigung runterstammeln? Bedanken müsste ich mich ja wenigstens. Ja, bedanken kommt bestimmt gut. Dann bin ich auch gleich mit IHM im Gespräch. Ich atme einmal tief durch. Auf in die Schlacht. Heute Abend muss es klappen. Heute muss er schnallen, dass ich auf ihn stehe. Heute muss ich ihn rumkriegen.

Ich schließe kurz die Augen, nehme meinen ganzen Mut zusammen, öffne die Badezimmertür ... In dem Moment klingelt es an der Haustür.

»Geil! Die Ersten kommen schon!«, freut sich Katja, rennt durch den Flur, öffnet die Tür – und juchzt:»Wow! Euch hat wohl ein Bus hier ausgeschüttet. Kommt rein!«

Wirklich kaum zu glauben. Es ist zwei Minuten nach acht und es kommen mindestens zwanzig Leute im Pulk zur Tür herein.

Ungefähr zwei haben sogar daran gedacht, etwas für das Buffet mitzubringen, wie ich in die Einladung geschrieben hatte. Pauli schleppt einen großen Apfelkuchen herein, den seine Mutter gebacken hat, und Anette, die in der Klasse hinter mir sitzt und mit der ich mich – nach Katja natürlich – am besten verstehe, zeigt entschuldigend auf die Schüssel in ihrer Hand.»Quarkspeise mit Erdbeeren«, sagt sie.»Meine Eltern waren nicht davon abzubringen, dass etwas Gesundes auf den Tisch gehört.«

»Ist doch toll!«, sage ich, weil es mich wirklich freut, dass mein Buffet nicht nur aus Marshmellows besteht.

»Supertoll!«, mault Anette.»Vor allem toll, mit so einer Schlabbermasse auf dem Schoß im Bus zu fahren! Es hätte nicht viel gefehlt und die Oma vor mir hätte den Matsch im Genick gehabt.«

Bei der Vorstellung, wie eine grauhaarige Oma im Bus mit rosa Quarkspeise garniert wird, muss ich laut loslachen – bis mir das Lachen im Hals stecken bleibt. Denn als Vorletzte der einströmenden Menschenmenge kommt SIE hereinstolziert!

M - O - N - I - K - A!

Was um alles in der Welt macht diese dumme Kuh hier? Wer hat die eingeladen? Ich jedenfalls nicht! Und weshalb ist sie überhaupt gekommen? Sie wird kaum erwarten, hier ein Millionärssöhnchen abschleppen zu können!

Grußlos stolziert diese dumpfe Seegurke an mir vorbei, als ob sie hier zu Hause wäre. Und Udo trampelt ihr aufgeblasen wie ein Pfau

hinterher. Das hätte ich mir ja denken können. Udo, dieser ver-
pickelte Knallkopf, hat die Schlampe hierher gelotst.

Merkt der denn nicht, dass er nicht den Hauch einer Chance bei
ihr hat? Die hat sich doch nur an ihn drangehängt um hierher zu
kommen. Sind Jungs denn wirklich so dämlich? Der muss doch mit-
kriegen, dass er nur Mittel zum Zweck ist. Aber weshalb wollte
Monika zu meiner Fete?

Das ist die entscheidende Frage des Abends?!

Alles Mist!

Ich traue meinen Augen nicht. Monika wackelt doch mit ihrem
künstlichen Fitness-Arsch tatsächlich schnurstracks auf Alex zu. Am
liebsten würde ich die wandelnde Barbie-Puppe sofort achtkantig
wieder hinauswerfen. Wehe, wenn die mir die Tour mit Alex versaut!
Was will sie überhaupt von dem? Alex ist schließlich aus Eimsbüttel
zu uns gekommen und nicht aus Blankenese, fährt Mountainbike
und nicht Porsche, spielt Fußball und nicht Polo. Der passt doch
überhaupt nicht zu ihr.

»Na, was ist? Eröffnen wir die Tanzfläche?«, Katja ist mal wieder
wie ein Geist aus dem Nichts erschienen.

»Jetzt schon? Die Ersten sind doch gerade erst gekommen!«,
wende ich ein, ernte bei Katja aber nur ein Lachen.

»Wenn du deinen Prinzen von der Ziege wegbekommen willst,
würde ich mit dem Tanzen nicht allzu lange warten«, rät sie mir.

Sie hat mal wieder voll gepeilt, was los ist, ohne dass ich auch nur

ein Wort sagen musste. Ich lächle die beste Freundin an, die es auf diesem Planeten gibt, hake mich bei ihr ein und wir beide stürzen wie die Wilden auf die Tanzfläche.

Unsere Strategie klappt. Sofort gesellt sich Anette zu uns, dann kommt auch Pauli, worauf sich auch ein paar andere Jungs aus der Klasse trauen und einige Mädchen aus meiner Theatergruppe lassen sich auch nicht lange bitten. Im Nu ist die Tanzfläche voll.

Die Musik geht geil ab und ich freue mich, dass sowohl Pieper sein Versprechen gehalten hat, für gute Musik zu sorgen, als auch alle anderen mit guter Laune gekommen sind.

Natürlich versäume ich es nicht, aus den Augenwinkeln hin und wieder zu Alex und Monika hinüberzuschielen. Diese Schlampe steht da immer noch bei der Musikanlage. Allein schon dieser Blick, den die Alte drauf hat. Ich wette, den hat sie im Fernsehen gesehen und dann wochenlang zu Hause vorm Spiegel nachgeäfft. Ich verstehe nicht, weshalb Jungs auf so etwas abfahren!

»Los, überleg nicht lange!«, flüstert mir Katja ins Ohr, die eher bemerkt hat als ich, dass ich vor lauter Glotzen ganz das Tanzen vergessen habe. »Geh hin und fordere ihn zum Tanzen auf!«

»Meinst du?«, will ich gerade zurückfragen. In dem Augenblick bricht die Musik ab.

»Was ist denn nun los?«, wundert sich Katja.

Mein Blick jagt sofort zur Lichterkette. Nein, die Sicherung ist nicht rausgeflogen. Plötzlich setzt die Musik wieder ein. Aber eine andere, vollkommen bekloppte. Jedenfalls eine, nach der man gar nicht richtig tanzen kann. Das finden offenbar auch die anderen. In Nullkommanix leert sich die Tanzfläche.

»Was soll denn das? Haben die ein Rad ab?«, fragt Katja laut und meint Pieper und Alex.

24

»Das haben wir gleich!«, verspreche ich und stampfe auf Alex zu. Ich wette, da steckt diese dumme Gans dahinter.

Ich tippe Alex auf die Schulter, der sich mit einer Verwunderung umdreht, als gehöre es zu jeder anständigen Fete, die Tanzenden zu veräppeln.

»Warum dreht ihr denn die Musik mittendrin ab?«, frage ich höflich. Noch glaube ich, dass es für so eine Schwachsinnstat eine plausible Erklärung gibt.

»Himmel!«, brüllt mich Alex aus heiterem Himmel an. – Spinnt der? – »Pisst euch doch bloß nicht gleich in die Hose. Läuft hier ein D.J.-Wettbewerb oder seid ihr alle durchgeknallt? Ich wollte Monika doch nur mal einen Gefallen tun.«

Habe ich es mir doch gedacht: Monika! Ich habe es gewusst und kann es doch nicht fassen, dass Alex sich vor den Karren dieser Mistdistel spannen lässt.

»Monika?«, frage ich also nach. Er soll es mir ins Gesicht sagen, was er für dieses erbärmliche Dummchen empfindet.

»Ja, Monika!«, keift Alex sofort los. »Ich verstehe nicht, weshalb ihr immer alle auf Monika herumhackt.«

Herumhacken! Das ist ja wohl unglaublich!

»Du nimmst sie noch in Schutz?«, frage ich Alex ganz direkt. Merkt er denn nicht, wie sehr er sich zum Handlanger dieser dummen Schachtel macht? Was geht ihn überhaupt die blöde Kuh an? Das möchte ich wirklich mal wissen.

»Was hat die hier eigentlich zu suchen?«

Genau! Was will die eigentlich hier? Jetzt ist die Gelegenheit, die eingebildete Ziege rauszuwerfen. Lässig drehe ich mich also zu Monika um und mache ihr unmissverständlich klar: »Wer hat dich denn eingeladen? Verschwinde gefälligst!«

Jetzt guckt sie blöd. Das kommt davon, wenn man ungefragt auf fremden Feten auftaucht und Stunk macht.

»Du schmeißt mich raus?«, fragt die noch. Das ist ja wohl die Höhe! Statt zu merken, dass es an der Zeit wäre von selbst zu gehen! »Allerdings!«, bestätige ich ihr liebend gern. »Und zwar hochkantig.« Und damit selbst so eine geistige Amöbe wie Monika es schnallt, füge ich an: »Zieh Leine!«

»Dann gehe ich auch!«, wirft Alex plötzlich ein.

Ich habe mich wohl verhört! Statt einzusehen, auf was für eine berechnende Dreckschleuder er sich eingelassen hat, spielt er jetzt auch noch ihren Prinzen! Ich glaube es einfach nicht! Das meint der doch nicht ernst!

Auch Pieper kann es wohl nicht fassen: »Ach komm, das hat Kathrin doch nicht so gemeint«, versucht er zu schlichten.

Aber natürlich habe ich das so gemeint, Pieper! Deinem Kumpel Alex solltest du lieber mal den Kopf waschen! Der hier den Helden markiert – allerdings für die völlig falsche Frau!

»Sag das noch mal!«, gebe ich Alex eine allerletzte Chance.

Und er macht es tatsächlich: Er sagt es noch mal! Ich habe das Gefühl, unter mir tut sich der Boden auf, die Decke stürzt ein, die *Titanic* geht unter und ich bin noch als Einzige auf dem Schiff. Ach, ich weiß auch nicht. Ich weiß nur: Er hält zu ihr!

Und er setzt noch eins drauf. »Was kann denn Monika dafür, dass du neidisch auf sie bist?«

Neidisch! Wieso neidisch?! Worauf bitte schön soll ich bei dieser dämlichen Pute neidisch sein? Etwa darauf, dass sie ein Gehirn von der Größe einer Erbse hat? Dass sie nicht schnallt, wenn sie stört? Dass sie jedem Vollidioten wehrlos in die Arme sinkt, wenn der nur das Kreditkärtchen seines Papis zückt?

»Neidisch!«, rufe ich aus. Es ist lächerlich. »Worauf denn?«, schleudere ich dem Verblendeten entgegen.

Da haben wir's! Er schweigt. Er weiß es selbst nicht. Ha, nun habe ich dich, Bursche. Nun entschuldige dich endlich für dein lächerliches Verhalten.

»Na ...?«, frage ich nach.

»Dass sie zehnmal besser aussieht als du!«, antwortet Alex.

Ich glaube, mein Kopf platzt. Mir ist, als hätte er einen Felsbrocken auf meinem Schädel zertrümmert. Tränen schießen mir in die Augen, als ob jemand in mir drinnen den Wasserhahn aufgedreht hätte. Ich stehe da wie nackt in der U-Bahn. Dieses miese Arschloch! Es reicht. Ich haue ab. Bloß raus hier! Er soll mich nicht weinen sehen. ER nicht! Und SIE schon dreimal nicht.

Weg da!

Ich ramme irgendwelche Leute beiseite, bahne mir meinen Weg hinaus über den Flur, rase ins Badezimmer, wo irgendjemand gerade pinkeln will.

»RAUS!«, schreie ich.

»Aber ...«, kommt es mir entgegen. Ich will nichts hören!

»Raus!« Ich packe ihn am Kragen, merke erst jetzt, dass es Pauli ist, was mir aber schnurz ist, zerre ihn nach draußen, ballere die Tür zu, schließe ab und – bin allein! Scheiße!

Ich heule, schluchze, könnte die Welt zertrümmern, zumindest aber den bescheuerten Badezimmer-Spiegel vor mir.

Schon wieder hocke ich hier im Badezimmer. Ich weine mir die Augen aus dem Kopf. Ich kann es nicht fassen. Weshalb tut er mir das an, dieser miese Scheißtyp? Wie kann er nicht nur mit einer anderen losziehen, sondern ausgerechnet auch noch mit IHR? Ich glaube, ich möchte sterben!

»Kathrin! Nun mach endlich mal auf!« Katja steht wieder vor der Badezimmertür. Ich hatte sie gar nicht gehört, und ich weiß auch nicht, ob ich jetzt Lust auf sie habe. Es hat doch keinen Sinn. Sie wird mir auch nicht helfen können. Ich bin eben eine hässliche Schrulle, die niemals einen Jungen abbekommen wird. Ich hatte mal eine Ur-Großtante, die ist mit 98 Jahren gestorben und hatte nie einen Mann gehabt. Vermutlich liegt das in der Familie und mir ist das gleiche Schicksal vorbestimmt.

»Kathrin!«, ruft Katja wieder von draußen und pocht noch heftiger gegen die Tür.

»Ich muss mal pinkeln, wie lange dauert das denn noch?«, ruft da noch jemand im Hintergrund.

»Schwitz es dir doch durch die Rippen!«, blafft Katja ihn an. »Hier ist ein Notfall!«

»Ein Notfall?«, fragt der Pisser besorgt.

»Ja, ein Notfall. Aber nicht für dich. Also verpiss dich!«, macht Katja ihm klar.

»Will ich ja, geht ja nicht!«, mosert der Angesprochene, zieht dann offenbar doch Leine.

Trotz meiner Trauer und meiner Wut muss ich ein wenig schmunzeln. Was wäre bloß, wenn ich Katja nicht hätte?

Langsam öffne ich die Badezimmertür. Katja stürzt herein, als ob ich es mir doch noch anders überlegen könnte.

»Was war denn los?«, fragt sie sofort und ich erzähle ihr das ganze Drama, das sie natürlich schon von Pieper gehört hat. Aber die Erfahrung unserer Freundschaft hat uns gelehrt, niemals Dinge aus zweiter Hand zu glauben. Deshalb will Katja alles noch mal von mir hören.

Nach fünf Minuten bin ich mit der Erzählung fertig. Was gibt es

da auch groß zu erzählen? Alex findet, dass ich eine hässliche Schnepfe bin, hat sich in Monika verliebt, ist auf meinen Gefühlen herumgetrampelt um dieser Ziege einen Gefallen zu tun. Basta. Aus. Schluss. Er ist jetzt wohl im siebten Himmel der Verliebten und ich kann mir 'nen Strick nehmen.

»Der reibt vermutlich noch seine Wange!«, grinst Katja.

»Wieso?«, frage ich, worauf Katja mich anschaut, als hätte ich eine schlimme Krankheit.

»Weil du ihm eine geknallt hast!«, antwortet sie.

Ich glaube, die will mich veräppeln. Aber Katja besteht auf ihre Aussage: Ich soll Alex eine gelangt haben – und zwar saftig.

Ich schwöre bei allem, was mir heilig ist (zugegeben, das ist nicht so viel): Ich kann mich nicht daran erinnern. Ich bin doch sofort rausgelaufen. Ich habe das wirklich nicht mitbekommen.

»Wirklich?«, vergewissere ich mich unsicher.

Katja nickt heftig. »Ich schwöre!«

»Und?«, frage ich, worauf Katja wieder nicht so recht weiß, was ich meine.

»Wie hat Alex darauf reagiert?«, will ich wissen. Denn schließlich bin ich wirklich sofort abgehauen.

»Er hat geguckt wie ein gerupftes Huhn«, amüsiert Katja sich noch im Nachhinein.

»Nein, nicht Monika«, widerspreche ich lachend. »... ich wollte wissen, wie ER ausgesehen hat.«

Katja brüllt los vor Lachen und wäre beinahe rücklings in die Badewanne gekippt!

»Monika, das gerupfte Suppenhuhn!«, kichert sie. »Herrlich! Und er?«

»Er ist ein Stinktier!«, stelle ich fest.

Katja nickt mir fröhlich zu. »So gefällst du mir schon besser!«, sagt sie. »Denn wegen eines Stinktieres wirst du ja wohl nicht heulen!«

Ich zucke mit den Schultern. Nein, eigentlich nicht. Andererseits sind viele andere Jungs auch Stinktiere, aber bei weitem nicht mit so süßen Grübchen.

Leif is Life

Sich während der eigenen Geburtstagsfeier im Bad einzuschließen, ist schon total ätzend. Aber noch ätzender ist es, während der eigenen Geburtstagsfeier aus dem Bad wieder herauszukommen.

Ich wette, wenn Claudia Schiffer nackt durch die Hamburger City wackelte, würde man sie nicht so angaffen wie mich, nachdem ich das Bad verlassen hatte. Blicke, als wäre ich gerade aus einem frisch gebuddeltem Grab gestiegen. Und dazu eisiges Schweigen. Noch nie bin ich mir so bescheuert vorgekommen. Es war das dritte Mal an diesem Abend, dass Katja mir aus der Patsche geholfen hat. Ich habe bei ihr wirklich etwas gutzumachen.

»So!«, brüllte sie in die glotzende Schar lieber Mitschüler. »Wer jetzt noch blöde guckt, zahlt Eintritt! Es ist alles paletti. Lasst uns feiern!«

Und während ich noch überhaupt nicht wusste, was ich zum Beispiel mit meinen Händen machen sollte und mir deshalb schnell eine Zigarette angezündet habe, eilte Katja zur Musikanlage, flüsterte Pieper etwas ins Ohr, der sofort meine Lieblingsband auflegte,

worauf es mir gleich etwas besser ging und die mir unangenehme Beachtung sich schnell wieder legte.

Ich glaube, allmählich kann ich mich nun auch wieder unters Tanzvolk wagen und die ganze Scheiße mit Alex vergessen. Obwohl: Irgendwie habe ich das Gefühl, dass die Fete für mich nicht mehr so richtig in Gang kommen wird.

Wenigstens Katja scheint jetzt auch mal an sich zu denken. Seit fast einer halben Stunde nämlich ist sie nicht mehr von Piepers Seite gewichen. Zuerst dachte ich, sie wollte sich mal wieder aufopfern und Alex' Part als D.J. übernehmen. Von wegen! Schon beim zweiten Titel hat sie eine Long-Version herausgesucht, die fünfzehn Minuten dauert, und genau so lange tanzt sie jetzt mit Pieper auch schon eng.

Aber zwischen denen läuft nichts, das ist mir klar. Die sind nur dicke Freunde, weil sie sich schon aus dem Sandkasten kennen. Pieper und Katja waren schon in der Kindergartenkrabbelgruppe zusammen. Obwohl: Wie sie den heute anguckt ... Was soll's? Katja hat es sich redlich verdient, sich heute zu vergnügen, nach all dem Ärger mit mir. Bin ich denn wirklich so schrecklich? Weshalb habe ich es nicht einmal geschafft, auch nur ein vernünftiges Wort mit Alex zu wechseln? Ich weiß, dass ich nicht die Schönste bin, aber ich habe ihm ja nicht einmal eine Chance gegeben mich kennen zu lernen. Ach, Mist. Schluss jetzt mit Alex. Der kann mich mal. Wer bin ich denn?

»Hey, Kathrin! Komm mal schnell!« Aufgeregt zupft Udo an meiner Bluse. Udo! Hätte dieser Dummzwerg nicht die Schnepfe angeschleppt, wäre mir der ganze Ärger erspart geblieben!

»Tom hat auf einen Sessel gereihert!«, berichtet Udo mir hektisch.

»Auf welchen Sessel? Die haben wir doch rausgestellt!«, entgegne ich lässig.

»Na ja, eben!«, klärt Udo mich ungeduldig auf. »Tom hat ja auch auf der Terrasse gekotzt.«

Nein! Das ist nicht wahr! Das hat er nicht getan! Er hat nicht auf der Terrasse genau auf einen der teuren Ledersessel gespuckt!

Ich rase hinaus und sehe, wie Tom, weiß wie Weizenmehl, leise wimmernd vor einem der Sessel auf dem Fußboden hockt. Die sauer stinkende Kotze tropft vom Lederpolster hinunter genau auf seine Hände und dieser Penner hat nichts anderes zu tun, als auch noch zu würgen, als ob er nun eine zweite Ladung auf das Inventar meiner Ma göbeln wollte.

Mitleidslos stürme ich auf ihn zu, packe ihn an den Haaren, schleife dieses besoffene Elend quer über die Terrasse und halte seine kotzende Birne direkt ins Rosenbeet. »Wehe, du kotzt außerhalb des Beetes!«, herrsche ich ihn an.

Tom hat längst jede Widerstandskraft verloren. Brav nickt er, hält sich den Bauch, würgt und reihert noch mal los.

»Uähhh!«, macht Udo hinter mir. »Der ist ja voll wie Kanne.«

»Sag mir lieber mal, was der getrunken hat, und vor allem, wo er das Zeug herhat!«, herrsche ich Udo an, der sich sofort verteidigt: »Woher soll ich das wissen? Ich habe ihn hier nur entdeckt! Aber ich glaube, einige haben Cola Rum in Dosen mitgebracht.«

Mist! Wenn das meine Ma erfährt! Hoch und heilig musste ich versprechen, dass es auf meiner Party keinen harten Alk gibt und dann kommen diese Gipsköpfe und bringen sich was mit. Irgendwie ist das Schicksal dagegen, dass ich heute in Ruhe feiere.

»Wer?«, brause ich auf.

Udo weicht ängstlich einen Meter zurück, knallt gegen den Gartengrill und zeigt mit dem Daumen ins Haus hinein. »Na ja, Tom, Gero und Kasper!«

Das hätte ich mir ja denken können. Das kommt eben davon, wenn man Angst hat, zu wenig Jungs auf der Party zu haben und dann jeden zweiten Ochsen aus den neunten Klassen einlädt. Man sollte doch meinen, gerade die Älteren hätten etwas mehr Hirn im Schädel. Die schnappe ich mir!

Kaum habe ich einen Schritt zurück ins Wohnzimmer getan, sehe ich schon, wie die zwei Deppen auf der Tanzfläche hin und her torkeln. Den Erstbesten packe ich am Kragen. Es ist Gero.

»Raus!«, befehle ich kurz und knapp.

»Hä?«, sabbert er mir entgegen.

»Du und Kasper!«, stelle ich klar. »Verschwindet. Tom setze ich auch gleich vor die Tür. Der düngt nur noch unsere Rosen!«

»Bissu besch...«, fängt Gero an. »Bissu bescheu...« Er braucht einen dritten Anlauf. »Bissu blöd? W...w...wieso 'n?«

»Weil hier nichts mit hartem Alkohol läuft. Was meinst du, was meine Mutter mir erzählt, wenn ihr hier alles voll kotzt!«, kreische ich. »VERPIESELT EUCH!«

Besoffene Typen kann ich auf den Tod nicht ausstehen. Ich merke, wie mein Blut in Wallung kommt. Ich koche vor Wut. »Ich zähle bis drei!«, warne ich ihn.

»Du kanns mich ma«, lallt Gero und wagt es tatsächlich, vor meinen Augen wieder die Dose Cola Rum anzusetzen.

Jetzt ist es so weit! In Sekundenbruchteilen jagt die Tabelle zum Abhaken durch meinen Kopf, wie ich es im Haus der Jugend in einem Kursus für Mädchen gelernt habe: Gegner fixieren, atmen, konzentrieren, die Stärke des Gegners abschätzen, entscheiden. Ja, es muss sein und zwar genau dort: Zwischen die Beine und das Nasenbein. Die besten Stellen. Ich habe mich entschieden.

Zack.

Zack.

Geschafft!

Durchatmen. Umsehen. Folgen abschätzen. Keine Gefahr. Kontrolle. Alles gut. Flacher atmen.

»Was war das denn?«, fragt Udo neben mir, während er entgeistert auf Gero schaut, der mit blutender Nase vor mir liegt und sich schwer röchelnd seine Eier festhält.

»Nichts!«, antworte ich. »Ihm ist schlecht. Bringst du ihn bitte raus? Und nimm Kasper mit. Nicht wahr, Kasper?«

Kasper starrt mich an, als sei ich das Ungeheuer von Loch Ness, und nickt artig. »Ja, ja, ich komme mit.« Mit einem Schlag scheint er wieder nüchtern zu sein.

Langsam hebe ich Geros Dose auf, die noch halb voll ist. Ich nehme einen tiefen Schluck. Ich habe ihn mir verdient. Es war das erste Mal in meinem Leben, dass ich das, was ich im Mädchen-Selbstverteidigungskursus lernte, in der Praxis angewendet habe. Eigentlich dachte ich immer, ich würde es nur im Notfall mal brauchen. Aber wenn man dann im Notfall feststellt, dass es nicht klappt, ist es zu spät. Dass Gero unfreiwillig mein Trainingspartner wurde, hat er nicht anders verdient. Er hätte doch nur Randale gemacht mit seinem besoffenen Kopf. Vielleicht habe ich jetzt endlich Ruhe. Ruhe?

Meine Beine und Arme zittern noch. Mein ganzer Körper vibriert vor Aufregung. Ich begreife nicht, wieso die Jungs solchen Spaß an Kloppereien haben können. Aber ein bisschen stolz bin ich auch, dass es so gut geklappt hat. Ich denke, es hat mir auch einigen Respekt bei den Neuntklässlern eingebracht. Andererseits: Ich bin gar nicht auf Respekt aus. Vielmehr würde ich mich gern in einen verlieben. Aber in solche Arschlöcher? Dann doch lieber solo. Oder?

Katja turtelt immer noch mit Pieper rum. Ob sich zwischen denen doch was anbahnt?

Ich krame nach einer weiteren Zigarette und hoffe, dass ich wenigstens die in Ruhe rauchen kann. Also, ich bin keine regelmäßige Raucherin, aber auf 'ner Party oder so gönne ich mir schon mal eine – wenn meine Ma nicht da ist. Und heute kann es mir wohl niemand verdenken, dass ich rauche. Kaum habe ich die Zigarette im Mund, als plötzlich vor meinem Gesicht ein Feuerzeug aufflammt. Erschreckt weiche ich zurück und gucke erst mal, woher das Feuer kommt. Neben mir steht lächelnd ...

»Wer bist du denn?«, frage ich. Den Jungen habe ich wirklich noch nie gesehen.

»Ich heiße Leif!«, sagt er und bietet mir erneut Feuer an. Ich nehme an, ich inhaliere den ersten Zug der Zigarette ein bisschen zu tief, kann mir zum Glück das Husten aber gerade noch verkneifen.

»Und?«, frage ich nach.

Er versteht sofort und das gefällt mir: »Ich bin mit Marvin gekommen. Wir sind im selben Judo-Verein.«

»Judo?«

»Nicht so schlagkräftig wie du, macht aber Spaß«, lächelt er – allerdings ohne Grübchen. »Tanzt du auch oder schlägst du nur?«

»Keine Angst«, gebe ich zurück. »Wenn du mir nicht auf die Füße trittst, gibt's auch keine Schläge!«

Er grinst.

Ich lächle.

Wir betreten die Tanzfläche. Unsicher bleibe ich stehen, denn der Titel, der gerade läuft, ist ziemlich ruhig. Für einen Moment denke ich, Katja steckt dahinter. »Eng?«, frage ich.

»Wir können auch in getrennten Räumen tanzen, wenn dir das

lieber ist«, kommt postwendend die Antwort. Seine Schlagfertigkeit gefällt mir.

Ich lege also sachte meine Arme um seinen Hals, während er meine Hüften umfasst. Er macht es ganz zärtlich, fast, als hätte er Angst mich zu zerbrechen, und doch mit festem, sicherem Griff, der Selbstbewusstsein und Erfahrung ausstrahlt. Ich fühle mich sofort wohl in seinen Armen.

Langsam gibt er leichte Tanzbewegungen vor, nimmt mich mit sich, führt mich, einfühlsam aber bestimmend. Genau das, was ich jetzt brauche nach all der Aufregung. Ich will mich nicht mehr kümmern, keine Verantwortung tragen, keine Gedanken machen. Ich schließe die Augen, lasse mich fallen, vergesse die Wut über Alex, den Ärger mit den Suffköppen, vergesse überhaupt die ganze Fete um mich herum. Es gibt nur noch mich – in Leifs kräftigen, starken Armen. Entspannt lege ich meinen Kopf auf seine Schultern und weiß, dass alles in Ordnung ist.

Für einige Sekunden lasse ich mich auf diese Art treiben oder für einige Minuten oder für Stunden. Ich weiß es nicht. Es ist ein Augenblick und doch eine Ewigkeit. Dann löst er eine Hand von meinen Hüften, hebt damit ruhig und gelassen meinen Kopf an, so dass unsere Blicke sich treffen.

Hundert Jahre schauen wir uns tief in die Augen.

»Du bist schön!«, flüstert er.

»*Es* ist schön«, antworte ich ihm leise, schließe wieder die Augen und spüre, was es heißt, glücklich zu sein.

Null Ekstase!

»Innerhalb von zwei Stunden?«, ruft Jaelle erstaunt aus.

»Drei!«, korrigiere ich.

»Manchmal beneide ich euch Jugendliche«, gibt Jaelle mit leichter Wehmut in der Stimme zu. »Wenn ich Liebeskummer habe, dann dauert das immer Monate! Und du hast drei Stunden später schon einen neuen Lover!«

»Na ja«, gebe ich zu bedenken. »Alex war ja nicht mein Lover, er sollte es nur werden!«

Jaelle gesteht lächelnd ein, dass sie das nicht bedacht habe.

Wieder einmal sitzen wir nach der Theaterprobe noch zu zweit bei einem leckeren Eisbecher zusammen. Das machen wir immer, wenn ich mir etwas von der Seele reden muss.

Zwar habe ich Katja, mit der ich alles teile, und dann noch mein Tagebuch, das lieber Monatsbuch heißen sollte, weil ich nur etwa alle vier Wochen darin mal etwas eintrage, aber mit Jaelle ist das irgendwie noch alles anders. Manchmal ist sie total verrückt, erzählt die seltsamsten Sachen. Und dann wieder kommt sie mir ungemein weise vor. Auf jeden Fall kann sie zuhören. Unendlich lange zuhören. Es ist wunderbar. Es gibt Tage, da sagt sie gar nichts zu meinen Problemen, sondern hört einfach nur zu. Das aber genügt mir schon.

»Hast du auch als Jugendliche Monate gebraucht um dich zu verlieben?«, frage ich nach.

Jaelle schüttelt lachend den Kopf. »Nein!«, antwortet sie. »Als Jugendliche habe ich mich überhaupt nicht verliebt. Das heißt, ich mich schon, aber niemand sich in mich. Ich war den meisten Jungs zu dick. Damals war ich natürlich verzweifelt, aber heute kann ich

drüber lachen, seit ich gemerkt habe, wie viele Männer korpulente Frauen mögen.«

»Ehrlich?« Ich kann mir gar nicht vorstellen, was Jaelle da behauptet. Sie ist wirklich ziemlich dick. Dabei stehe selbst ich schon manchmal vor dem Spiegel und verzweifle daran, dass ich stämmiger bin als die meisten Mädchen in meinem Alter.

»Ich schwöre!«, grinst Jaelle. »Man muss nur selbst seinen Blick verändern und nach anderen Männern Ausschau halten.«

»Nach den Dicken!«, vermute ich.

»Nein!«, widerspricht Jaelle. »Nach den Klugen!«

Jetzt will sie mich wieder auf den Arm nehmen, doch dann ergänzt sie: »Nach denen, die gemerkt haben, dass Persönlichkeit, Ausstrahlung und Lebenserfahrung zur Sexualität gehören!«

»Das verstehe ich nicht«, gebe ich zu und Jaelle meint, das mache überhaupt nichts, denn eines Tages werde ich wissen, was sie meine. Das behauptet sie oft. Erst erzählt sie irgendwas völlig Schräges und dann behauptet sie, ich werde es erst später begreifen.

»Du wirst es verstehen, wenn du mit dem ersten superschönen Body-Builder im Bett warst, der sich als absoluter Hohlkopf erweist.«

»Warst du?«, hake ich sofort nach. Jetzt wird's spannend.

»War ich!«, schmunzelt Jaelle. »Noch in meiner Studienzeit.«

»Und?« Manchmal muss man Jaelle aber auch wirklich alles aus der Nase ziehen.

»Absoluter Hohlkopf!«, wiederholt Jaelle.

»Wieso denn? Mensch Jaelle, jetzt erzähl schon!«

»Er hatte seine weißen Tennissocken im Bett anbehalten. Kannst du dir etwas Furchtbareres vorstellen als einen nackten Mann mit Socken?«

Ich starre Jaelle an. Das meint sie nicht ernst. Ich denke, sie

erzählt mir was von Persönlichkeit und Ausstrahlung und sie redet von Tennissocken!

»Wenn er Stil und Geschmack gehabt hätte, wäre ihm das nie passiert. Der Teufel steckt im Detail. Einen Mann, der seine Socken beim Sex anbehält, den brauchst du gar nichts mehr zu fragen. Ich bin sofort aufgestanden und gegangen!«

»Jaelle!«, schreie ich fast.

Jaelle kichert plötzlich wie ein kleines Mädchen. »Kannst du dir diese Absurdität vorstellen? Da rackerte dieser Typ sich jahrelang ab beim Kraft-Training, wie es damals noch hieß, um sich einen Adonis-Körper zuzulegen, und dann lässt er die Socken im Bett an! Einen Augenblick habe ich damals überlegt, ob ich mir als Gegenleistung spontan eine Gurkenmaske auflege oder einfach gehe. Ich bin einfach gegangen.«

»Das glaube ich nicht!« Doch dann korrigiere ich mich selbst. Wer Jaelle kennt, der glaubt ihr das.

»Und dann?« Kaum ausgesprochen, halte ich die Frage schon für überflüssig, weil es eine Fortsetzung ja sicher nicht gegeben hatte, doch Jaelle antwortet: »Ich bin zu meinem damaligen Freund gefahren und habe ihm alles erzählt.«

»Nein!«, brülle ich Jaelle förmlich an. »Du wolltest mit dem Bodybuilder fremdgehen und dein Freund war nicht sauer?«

Jaelle aber lächelt mir milde entgegen: »Einer der größten Irrtümer ist zu glauben, der Mensch sei monogam. Damals, Ende der Sechziger haben wir viel Unsinn erzählt, aber zumindest diese Weisheit kannten wir schon. Leider ist diese Erkenntnis wieder fast verschütt gegangen.«

Mir langt es für heute. Es gibt Tage, da sind mir Jaelles Ansichten so fremd wie die vom anderen Stern.

Ich verabschiede mich von Jaelle, die wie immer die Rechnung für den Eisbecher übernimmt und schaue endlich mal wieder auf meine Armbanduhr. Wenn man mit Jaelle erst mal ins Quatschen kommt, kann man wirklich die Zeit vergessen.

Scheiße! Diesmal ist es wieder passiert. Es ist schon fünf vor halb sechs. Um halb sechs bin ich mit Leif verabredet. Am Berner Bahnhof. Das ist zwar nur eine U-Bahn-Station vom Farmsener Bahnhof entfernt, aber ich bin mit dem Fahrrad da. Das schaffe ich nur, wenn ich rase wie der Teufel. Auf die U-Bahn zu warten dauert zu lange. Die Fahrpreise sind ein zweiter Grund, nicht auf die Bahn zu setzen. 2 Mark und 10 kostet die Fahrt von einer Station zur nächsten. Wenn das so weitergeht, sind Taxis bald billiger. Mir bleibt also nichts als kräftig in die Pedale zu treten, aber so schlimm werden fünf Minuten Verspätung ja auch nicht sein.

Mit hochrotem Kopf, aber fast pünktlich erreiche ich den Bahnhof. Nur drei Minuten nach halb!, freue ich mich. Leif kommt auch sofort auf mich zugelaufen.

»Mann, wo bleibst du denn?«, nörgelt er.

Ich weiß gar nicht, wovon er spricht. »Ich bin doch pünktlich!«, entgegne ich.

»Bist du nicht!«, beharrt er. »Um halb waren wir verabredet. Jetzt ist es fünf nach halb und ich bin schon seit zwanzig nach hier! Noch eine Minute und ich wäre gegangen!«

Ich bin völlig perplex. So einen Aufstand zu machen wegen drei Minuten!

Unwillkürlich muss ich an eine Geschichte von Jaelle denken, die mir mal erzählte, wie sie sich einen ihrer vielen Freunde ausgesucht hat. Sie hatte sich mit drei Männern verabredet. Gleichzeitig um jeweils 20.00 Uhr! Am selben Ort! Das Gute war nur, dass die Männer

sich untereinander nicht kannten. Sie selbst kam aber erst um 22.00 Uhr. »Ich wusste, derjenige, der dann noch dastand, war der Richtige«, hatte Jaelle erzählt. Immerhin war sie mit ihm dann auch vier Jahre lang zusammen. Nur einmal kam sie zu früh. Da hatte sie ihn dann auch gleich mit einer anderen erwischt. Sie trennte sich von ihm, »nicht weil er eine andere hatte, sondern weil er es mir verheimlicht hat!« So ist Jaelle.

Ich aber weiß gar nicht, was ich in diesem Moment zu Leif sagen soll. »Tschuldigung«, stammele ich, obwohl ich gar nicht so recht weiß, wofür. »Ich habe mich mit Jaelle verquatscht.« Und erkläre ihm, wer Jaelle ist.

»Theater!«, zischt Leif und es klingt aus seinem Munde plötzlich wie eine ansteckende Krankheit. »Wozu machst du überhaupt Theater?«

»Es macht mir Spaß!«, antworte ich wahrheitsgemäß. So eine komische Frage.

»Spaß?«, lacht Leif und mir fällt ein Stein vom Herzen, dass er wieder lacht. »Den kannst du doch auch mit mir haben, oder nicht?«

Und dann umarmt er mich, zieht mich an sich heran, und ich spüre mit einem Mal wieder dieses Gefühl, das ich auch während der Fete gespürt habe. Dieser wunderbar feste Griff, der so erfahren und entschlossen wirkt. Ich lasse mein Fahrrad fallen, drücke Leif so fest ich kann und wir küssen uns mitten auf der Straße. Es ist einfach himmlisch.

Ein bisschen wundere ich mich über mich selbst, über welche akrobatischen Fähigkeiten ich verfüge. Es ist nämlich gar nicht so einfach, mit einer Hand sein Fahrrad zu schieben ohne mit der anderen die Umarmung mit dem Freund lösen zu müssen. Genau auf diese Art und Weise eiere ich mit Leif zu ihm nach Hause. Denn das

Praktische ist, dass seine Eltern beide in derselben Firma arbeiten und die heute eine wichtige Konferenz in den Abendstunden anberaumt hat. So haben wir bei Leif sturmfreie Bude, mindestens bis um zehn, aber dann muss ich ohnehin schon zu Hause sein. Meine Ma ist zwar immer noch drei Tage fort, aber jeden Abend um zehn ruft sie an um zu prüfen, ob ich schon da bin. Aber das macht mir nichts aus.

Seit meiner Fete schwebe ich einfach nur auf Wolken. So lange habe ich mir Gedanken darüber gemacht, wie es wohl ist, einen Freund zu haben, habe Strategien mit Katja ausgetauscht, erst mal einen zu finden. Gemeinsam haben wir den Jungs nachgeguckt und uns überlegt, wer wohl der Richtige wäre und wie es wohl sei, mit jemandem so richtig zusammen zu sein. Also nicht nur das bisschen Fetenknutscherei, das wir beide kennen, sondern so richtig einen festen Freund haben. Und dann war es viel unspektakulärer als erwartet. Ich habe es nicht einmal richtig mitbekommen. Zwei, drei Tänze mit Leif während meiner Fete und dann war klar: Wir sind jetzt zusammen. Einfach so. Als wäre das gar keine Frage und als hätte es nie etwas anderes gegeben, als dass Leif und ich ein Paar sind.

Natürlich hat Katja sofort nachgefragt, wie es denn nun ist mit Leif, aber ich konnte ihr gar nicht richtig darauf antworten. »Es ist toll!«, habe ich nur gesagt.

Katja hat dann nachgebohrt und wollte wissen, was genau denn nun so toll daran sei. »Irgendwie alles!«, habe ich gesagt und Katja hat ein enttäuschtes Gesicht gemacht. Ich weiß auch nicht, was man sonst dazu sagen soll. Plötzlich ist eben alles anders. Glaube ich jedenfalls, denn schließlich bin ich ja erst seit vorgestern mit ihm zusammen und gestern konnte ich Leif nicht sehen, weil er zum Geburtstag seiner Oma nach Hannover musste.

Der Fußweg vom Berner Bahnhof zu Leifs Wohnung dauert eine Viertelstunde. Sagt Leif. Aber plötzlich sind wir schon da und ich habe das Gefühl, wir sind gerade erst vor dreißig Sekunden losgegangen. Wir haben uns gar nichts erzählt. Nur geknutscht – zumindest so gut man knutschen kann, wenn man mit einer Hand noch ein Fahrrad schiebt.

Als ich Leifs Zimmer betrete, trifft mich der Schlag. So ein aufgeräumtes Zimmer habe ich noch nie gesehen. Noch nicht einmal bei meinen Großeltern. Nicht nur, dass jedes Teil an seinem Platz liegt, es scheint dort sogar mit Geodreieck und Wasserwaage auf den Millimeter genau plaziert worden zu sein. Auf seinem Schreibtisch zum Beispiel liegt eine Schreibunterlage aus Leder, die parallel zur Schreibtischkante ausgelegt ist. Darüber liegen drei Stifte genau parallel: Ein Kugelschreiber, ein Füller und ein Bleistift. Im Bücherregal sind alle Bücher nach Größe sortiert, der Velours-Teppich ist so fusselfrei wie die Fußböden in Krankenhäusern, ein leerer Tisch steht zwischen zwei Sesseln, die den Eindruck machen, es hätte noch nie jemand darin gesessen. Ich traue mich kaum das Zimmer zu betreten.

Aber Leif lockt mich mit seiner tiefen Stimme zu sich, zieht mich zu sich heran, umarmt mich und wir küssen uns leidenschaftlich. Nichts mehr um mich herum interessiert mich.

Ich will nur noch eines, mit Leif aufs Bett sinken und in seinen Armen liegen.

Leif aber hält mich fest, bevor ich mich aufs Bett fallen lassen und ihn mitreißen kann. »Warte!«, sagt er.

Ich warte und frage mich, worauf man jetzt noch warten soll. Leif aber räumt die Kissen beiseite und zieht die Überdecke ab. Ich wundere mich, was Leif vorhat, traue mich aber nicht, danach zu fragen.

Doch ich merke, wie neben meinem Gefühl der Leidenschaft auch ein kleines bisschen ein mulmiges Gefühl in mir aufsteigt. Will er etwa ...?

»Unsere Putzfrau motzt immer, wenn alles zerknautscht und unordentlich ist«, erklärt mir Leif und zieht mich nun hinunter zu sich aufs Bett.

Putzfrau? Erst jetzt fällt mir auf, dass alles in diesem Zimmer nicht nur enorm aufgeräumt aussieht, sondern auch enorm teuer. Ich muss an Monika denken, die sich doch immer so abrackert, um sich ein Millionärssöhnchen zu angeln. Vielleicht habe ich einen erwischt. Das wäre echt der größte Witz aller Zeiten. Denn schließlich habe ich Leif kennen gelernt, weil sie mir den armen Alex weggeschnappt hat. Und jetzt entpuppt sich mein neuer Lover als Sohn reicher Eltern! Ich muss lachen.

»Weshalb lachst du?«, fragt Leif entsetzt und springt auf, als hätte ich die Krätze.

»Nicht über dich«, beruhige ich ihn. »Mir ist nur gerade was durch den Kopf gegangen.«

»Was soll das heißen?«, bohrt Leif sofort nach. »Was ist dir durch den Kopf gegangen?«

»Ach, gar nichts«, versuche ich zu beschwichtigen. »Komm wieder her, okay?«

»Wieso nichts? Weshalb lachst du denn?«

Oh Mann, wieso kann er es nicht einfach mal so stehen lassen?

»Ich weiß auch nicht«, entschuldige ich mich. »Ich bin manchmal so. Verzeih mir. Ich werde nicht mehr lachen.«

Zögerlich setzt sich Leif wieder aufs Bett.

Ich habe keine Schwierigkeiten mein Versprechen zu halten. Mir ist wirklich nicht mehr nach Lachen zu Mute. Zum richtig Schmusen

44

allerdings auch nicht. Ich betrachte die ordentlich beiseite gelegten Kissen, Jaelles weiße Socken gehen mir durch den Kopf. »Hast du eine Zigarette?«, frage ich Leif.

Er schaut mich an, als ob ich völlig durchgeknallt wäre.

»Hier?«, fragt er entgeistert. »Bist du bescheuert? Was meinst du, was meine Alten mir erzählen, wenn die hier Rauch riechen! Dies ist eine Nichtraucherwohnung!«

Scheiße!

Aber diesmal lenkt Leif ein. Er gibt mir eine Zigarette aus einem silbernen Etui, das er aus einer abgeschlossenen Schreibtischschublade gezogen hat, und schickt mich auf den Balkon.

Ich zünde mir die Zigarette an und denke über die Liebe nach. Denn statt romantisch bei leiser Musik auf Leifs Bett mit ihm zu kuscheln, wie ich es mir für heute Abend ausgemalt habe, stehe ich plötzlich auf dem Balkon wie ein rausgescheuchter Hund und qualme eine Zigarette. Zu allem Überfluss fängt es auch noch an zu regnen wie in einem schlechten Film und ich weiß nicht einmal, wieso sich der Abend so blöde entwickelt hat.

Ich drehe mich um, will mit Leif reden. Doch der sitzt an seinem Schreibtisch und hat den Computer angeschaltet.

Liebe konkret!

Ich bin immer noch voll in Leif verschossen! Dass ich das überhaupt noch betonen muss. Das ist doch wohl klar! Leif ist zärtlich, sieht sehr gut aus, ist witzig und erfahren!

»Und will uns auseinander bringen!«, mosert Katja.

So ein Quatsch, echt! Dass Katja immer alles so sehr übertreiben muss. Natürlich habe ich ihr in der ersten Stunde alles erzählt, was gestern Abend zwischen Leif und mir abgelaufen ist, beziehungsweise, was alles nicht gelaufen ist. Aber wir sind hier ja nicht im Film. Ist doch klar, dass man mal einen schlechten Tag haben kann. Und gestern Abend hatten wir beide eben einen schlechten Tag – Leif, ich aber auch. Hätte ich mich nicht mit Jaelle verquatscht, wäre alles null Problem geworden.

»Glaubst du?«, fragt mich Katja und wickelt sich einen frischen Kaugummi aus dem Papier.

Nachdem ich Katja in der ersten Stunde – Arbeitslehre – alles erzählt hatte, war sonnenklar: Wir benötigten die zweite Stunde um uns darüber auszuquatschen. Ehrlich, wir beide mögen Sport eigentlich ganz gerne, aber wie soll man sich bitte schön beim Weitspringen in Ruhe unterhalten? Also haben wir per Beschluss beide unsere Tage bekommen, liegen jetzt neben der Hundert-Meter-Tartan-Bahn in der Sonne und schauen unbeteiligt hinüber auf die andere Seite des Fußballplatzes zur Sprunggrube. Wir sollten wenigstens in Sichtweite bleiben, lautete die Anweisung von Herrn Krüger, unserem Sportlehrer, nachdem er erst blöde nachgefragt hatte, seit wann Mädchen ihre Periode vierzehntägig bekämen.

»Seit dem Ozonloch!«, hat Katja schlagfertig gekontert und damit war der Käse gegessen. Was geht den Hirni an, wie oft wir unsere Tage haben?

»Hast du eigentlich was mit Pieper?«, frage ich.

»Wie kommst du jetzt darauf?«, staunt sie.

»Ach, ich dachte nur, weil ihr auf der Fete ganz schön rumgeflirtet habt.«

Katja schüttelt den Kopf und guckt, als ob ich gefragt hätte, ob sie von unserem Schulleiter ein Kind erwartet. »Wir haben getanzt!«, stellt Katja klar. »Ich kenne Pieper doch schon seit dem Kindergarten. Meinst du, ich kenne einen schon vierzehn Jahre und plötzlich macht es Ping und ich bin in ihn verliebt, oder wie?«

»Soll's alles geben!«, erwidere ich und habe die Gewissheit dessen, was ich wissen wollte: Katja ist immer noch solo und deshalb eifersüchtig. Deshalb macht sie Leif so schlecht. Woher will denn Katja wissen, wie das ist mit der echten Liebe? Da weiß sie doch auch nichts von. Da kann so ein Abend wie gestern doch durchaus mal passieren! Ich lasse mir meine Liebe jedenfalls nicht kaputtreden. Auch nicht von Katja.

»Was mich stutzig macht«, fängt sie wieder an, »warum hat er gestern Abend nicht noch mal angerufen. Ihr habt euch gezankt und er nimmt das offenbar ganz cool!«

»Nun hör doch auf!«, fordere ich Katja auf. »Was weißt du denn schon?«

Katja tut jetzt voll erschrocken. Fühlt sich wohl ertappt bei ihren dämlichen Eifersüchteleien.

»Vielleicht hat Leif ja Recht und ich hocke viel zu oft mit dir zusammen.«

»Ach!«, braust Katja sofort auf. »So weit hat er dich schon, ja? Machst du auch Männchen, wenn er dich besucht?«

»Solche Sprüche kannst du dir sparen!«, warne ich Katja. »Es soll immer alles nur nach deiner Nase gehen. Aber sorry. Wir leben unsere Liebe nun mal so, wie wir es für richtig halten. Du bist nicht meine Mutter, capito?«

»Hast du 'ne Meise?«, erwidert Katja.

»Nee, habe ich nicht! Aber wenn du alles besser weißt, dann such

dir doch selbst einen Freund, wenn du einen findest!« Ich springe auf, weil mir das Gespräch echt auf den Keks geht und will zur Turnhalle, um dort meine Sachen zu holen.

»Ich kenne genug Jungs, die mit mir gehen wollen. Ich werfe mich nur nicht gleich jedem Blockflötengesicht an den Hals, nur damit ich einen Freund habe. Blöde Zicke!«, ruft sie mir hinterher, aber ich drehe mich nicht mehr um. Ich bin nur noch wütend. Auf alle. Auf Leif, weil es gestern Abend so bescheuert war, auf Jaelle, die mir irgendwas von Socken erzählt, wenn ich ein echtes Problem habe und auf Katja, die schlicht eifersüchtig ist und es noch nicht einmal zugeben mag. Die können mich doch alle mal!

Und auf die Schule kann ich heute auch gut verzichten. Kein Bedürfnis, noch ein paar Stunden direkt neben Katja zu sitzen! Und auf die Deutschstunde, in der wir die langweiligste Liebesgeschichte der Welt durchkauen, kann ich ohnehin verzichten. Ich hab mit meiner echten Liebe genug zu tun.

Na also!

Kaum zu Hause angekommen, flimmert mir schon das rote Lämpchen des Anrufbeantworters hoffnungsvoll entgegen. Ich verwette Peters Gehalt gegen Mamis Pension, dass das ein Anruf von Leif ist!

»Hallo, hier ist Leif. Ich habe eine Nachricht
für Kathrin. Sie möchte mich bitte mal anrufen.
Vielen Dank. Tschüs.«

Ach, wie süß. Richtig brav hat er draufgesprochen. Dabei weiß er doch, dass meine Ma erst morgen wiederkommt. Hat sich trotzdem nicht getraut mich direkt anzusprechen. Niedlich!

Es ist erst zehn Uhr morgens. Entweder hat Leif in der großen

Pause aus einer Telefonzelle in der Nähe seiner Schule angerufen – oder er schwänzt auch! Das wäre natürlich erste Sahne.

Bei Telefonnummern bin ich unschlagbar. Erst zweimal habe ich Leifs Nummer gewählt, habe sie aber schon im Kopf. Und Bingo! Leif nimmt ab!

»Hallo!«, flöte ich in die Leitung. Ich bin wirklich dermaßen froh ihn zu sprechen. »Hier ist Kathrin.«

»Hast du Zeit?«, fragt er.

»Ja. Schule geht mir heute auf die Nerven. Und für dich habe ich sowieso immer Zeit.«

»Schön!«, sagt er. Und: »Ich würde dich gern sehen. Jetzt!«

Mein Bauch kribbelt. Ich bekomme schweißnasse Hände. Ich glaube, meine Lippen zittern ein wenig, vergangene Nacht habe ich kein Auge zugemacht und mir die Hälfte meiner Fingernägel abgekaut. Demnach ein schwerer Fall von Malaria. Oder anders ausgedrückt: Ich bin verliebt!

»Gern!«, krächze ich in den Hörer, räuspere mich ordentlich und wiederhole: »Gern!«

»Bist du allein?«

»Ja!«

»Bis gleich!«

Yiiiiiiiiiiiiiiiiiipiehhhhhhhhhhhhhhhhhhhhhhhhhhhhhhhhhh!

Ich springe durchs Zimmer, tanze, hopse, könnte die Welt umarmen. Musik. Ich brauche jetzt Musik. Stürme zur Anlage, krame in den CDs. *Rolling Stones, Bob Dylan, Pink Floyd, Yes, Led Zeppelin,* Himmel, was hört meine Mutter eigentlich für'n Schrott? *Muddy Waters.* Ich werd nicht wieder. Der sieht auf dem Cover schon aus wie hundert und die Aufnahmen darauf sind dreißig Jahre alt! *Doors.* Du kriegst die Tür nicht zu. Wer ist das denn? *Jimi Hendrix.*

Kenn ich nicht. Oder? Sollte das nicht der beste Gitarrist der Welt sein? Mal hören.

Wie spät? Gute zwanzig Minuten hab ich noch.

Von wegen: Bist du sicher, dass ihr euch liebt? Katja, dumme Schnepfe. Jetzt solltest du mal dabei sein. Nein, lieber nicht. Auch Jaelle würde staunen. Nix weiße Söckchen. Der Märchenprinz persönlich läutet hier gleich an der Tür.

Oh Gott. Apropos weiße Socken. Ob der ...? Und wenn ...? Wäre ich bereit? Ich weiß nicht. Geht alles so plötzlich auf einmal. Ich würde gern erst mal ruhig schmusen und dann mal schauen. Bisschen Petting vielleicht. Und dann? Und wenn? In der *Bravo* hören sie an dieser Stelle immer auf. *Lasst euch noch Zeit!*, raten die dann immer. Aber wie, das schreibt *Dr. Sommer* nie. Soll ich vielleicht den Wecker stellen? *Lasst euch noch Zeit.* Wie lange denn: zwei Jahre, einen Monat oder nur eine halbe Stunde? Die haben gut reden. Und wenn dann doch ...?

Kreisch! Was ist das denn für Musik? Ich denke, dieser Jimi Hendrix spielt Gitarre und nicht Kettensäge. Dann lieber doch eine Techno-Scheibe aus meiner grandiosen CD-Sammlung, die seit meinem Geburtstag immerhin auf sieben Exemplare angewachsen ist. Ah, das klingt schon besser. Und wo ist mein Kajal-Stift? Natürlich unauffindbar. So ein Dreck, immer wenn man das Ding braucht. Ob ich mich noch umziehe? Quatsch! Ich sehe doch gut genug aus. Schließlich renne ich auch in die Schule nicht irgendwie. Und die Unterhose? Ich hatte ja Sport. Da ziehe ich ohnehin immer die besten an. Also alles paletti. Andererseits ist Leif so penibel. Sein Zimmer sieht aus wie ein Ausstellungsraum. Bei seinen Klamotten stimmt jede Falte. Die Fingernägel akkurat geschnitten. Ach du Scheiße: meine Fingernägel! Die habe ich gestern Nacht vor Kummer völlig abgekaut.

Wo ist die Nagelfeile? Im Badschrank. Nein, die hat Ma natürlich mitgenommen. War ja klar. Ist ja auch wichtig, dass sie das Ding dabeihat. Und ich sitze hier mit Fingern wie Edward mit den Scherenhänden.

Also gut:

Gel im Haar? Sitzt.

Kajal? Fällt flach wegen ist nicht.

Oder? Ha, ich weiß! In der Federtasche. Wenn wir Sport haben, nehme ich den Kajal immer mit in die Schule.

Fingernägel? Pech gehabt.

Klamotten: Eins a.

Und pünktlich. Denn da klingelt's schon.

»Hi Leif!«

»Hi!«

»Na?«

»Na?«

»Komm doch rein!«

»Okay!«

»Willst du was trinken?«

»Hm!«

»Was denn?«

»Weiß nicht.«

»Tut mir Leid wegen gestern.«

»Okay!«

Ich werde das Gefühl nicht los, dass unser Gespräch irgendwie nicht in Gang kommt. Ich verstehe das nicht. Plötzlich bin ich total verkrampft. Ich weiß gar nicht, was ich sagen soll. Ob das normal ist, wenn man verliebt ist? Während der Fete war das doch ganz anders. Da haben wir gelacht und gescherzt, hatten uns tausend Dinge zu

erzählen. Na gut, nicht tausend, dafür haben wir viel zu lange geschmust.

Das machen wir auch jetzt. Ich habe noch das Glas O-Saft für ihn in der Hand, da hat Leif mich schon im Arm.

»Du riechst gut!«, sagt er.

»Schön, dass es dir gefällt«, flüstere ich ihm ins Ohr.

»Welches Parfum ist das?«

An alles hatte ich gedacht: Wet-Gel, Kajal, Nagelfeile – nur nicht an Parfum. Ich weiß nicht, was er an mir riecht. Ich habe gar kein Parfum aufgetragen. Was soll ich ihm sagen? Das ist *Sebamed Shampoo*, pH-neutral, seifenfrei und garantiert geruchsneutral?

»*Champagne*!«, schwindle ich. Das habe ich immerhin wirklich in meinem Zimmer zu stehen.

»Schön!«, haucht er, fügt dann aber leider an: »Chanel Nummer fünf ist besser!«

»Ach! Bei wem hast du das denn gerochen?«

»Im Laden. Ich habe es dir mitgebracht.«

Mit diesen Worten entlässt er mich aus seiner Umarmung, greift in seine Jackentasche und zieht tatsächlich ein kleines in Geschenkpapier gewickeltes Päckchen heraus. Es ist wirklich *Chanel No. 5*. Der ist doch verrückt. So etwas kostet mehr, als ich im Monat Taschengeld bekomme. Denn es ist kein Eau de Toilette. Es ist echtes Parfum. Ich bin hin und weg. So etwas kenne ich nur aus dem Film. Ich habe einen Freund, der mir *Chanel No. 5* schenkt!

»Trag es doch gleich auf«, schlägt er vor.

Das braucht er mir nicht zweimal zu sagen.

Er schnuppert an mir, fährt mir mit seiner schönen Hand durchs Haar.

»Ich liebe dich«, hauche ich und mir wird ganz schwummerig

52

dabei. Das habe ich noch nie zu jemandem gesagt. Es ist ein wahnsinniges Gefühl, wenn man das zu jemanden sagen kann. Ich genieße es und sage es gleich noch mal: »Ich liebe dich!«

»Schade, dass du keine langen Haare hast«, nuschelt er.

Wie bitte? Hat er mich nicht verstanden? Sind diese Worte für ihn so selbstverständlich? Wie viele Mädchen mögen das schon zu ihm gesagt haben?

»Weißt du ...«, beginne ich zögerlich. Ich möchte ihm klarmachen, was diese Worte für mich bedeuten. »Ich ...« Himmel ist das schwer zu bekennen, dass ich noch nicht so viele Erfahrungen habe, dass ich gewissermaßen noch überhaupt keine Erfahrungen habe. Andererseits habe ich mal gehört, manche Jungs mögen so etwas.

»Ich habe das noch nie zu einem Jungen gesagt«, gestehe ich mit pochendem Herzen.

»Was?«, fragt er.

Wieso *was*? Wovon reden wir denn hier die ganze Zeit? Bin ich so unverständlich?

»Ich liebe dich!«, wiederhole ich und befürchte im selben Moment, es hört sich etwas gereizter an, als ich es wollte.

»Ach so!«, sagt er. »Macht ja nichts! Einmal ist immer das erste Mal.«

Macht ja nichts?

»Ich wuschle so gern in langen Haaren«, sagt er. »Willst du dir nicht die Haare wachsen lassen?«

Ich löse mich aus der Umarmung, sehe ihm direkt in die Augen.

»Lass doch mal meine Haare. Ich habe gesagt, dass ich dich liebe!«

»Schön!«, antwortet er.

Mehr fällt ihm nicht dazu ein? Mache ich zu viel Zirkus darum, vielleicht, weil ich mich zum ersten Mal verliebt habe?

»Du gehörst zu mir, okay?«, fügt er noch an, streichelt mir über die Wange, lächelt mich an, ohne Grübchen, aber ungeheuer gut aussehend.

Grübchen? Verdammt, wie komme ich denn jetzt auf Grübchen?

»Komm mit!« Leif zieht mich mit sich bis zum Ledersofa, setzt sich und führt mich so, dass ich breitbeinig auf seinem Schoß Platz nehme.

»Du bist wunderschön!«, flüstert er mir zu. »Und mit langen Haaren wärst du eine echte Prinzessin!«

Ich will gerade antworten, dass es auch Prinzessinnen mit kurzen Haaren gibt, aber da drückt er mir schon einen Kuss auf. Und was für einen! Auf manchen Partys, beim Flaschendrehen oder auch einfach nur beim Engtanzen habe ich schon so manchen Jungen geküsst. Ich erinnere mich sogar noch an eine Klassenreise, wo wir glücklicherweise in der Jugendherberge auf eine andere Schulklasse gestoßen sind, in der es unglaublich süße Jungs gegeben hatte. In dieser einen Woche war es das Ziel einiger Mädchen, zu denen ich natürlich gehörte, am Ende der Reise eine Kette aus Knutschflecken rund um den Hals zu tragen. Katja und ich hatten unsere Kette als Erste voll. Allerdings haben wir sie uns – nur um zu gewinnen – heimlich im Wald gegenseitig vervollständigt. Die Jungs nämlich waren zwar unheimlich süß, küssten aber miserabel.

Aber Leif ist eine völlig andere Kategorie. Geschmeidig führt er seine Zunge in meinen Mund, umspielt meine Zungenspitze mit seiner, leckt sie an der Unterseite, fast so, als wollte er sie höflichst einladen, in seinen Mund zu kommen, umspielt sie dann wieder, ragt weiter in meinen Mund hinein, presst seine Lippen fester auf meine, ohne dass – wie bei den meisten Jungs – unsere Zähne gegeneinander knallen, entfernt sich wieder, benetzt meine Lippen ohne dass

ich sagen könnte, ob er es mit seiner Zunge oder mit seinen feuchten Lippen macht. Ich habe die Augen geschlossen, schmelze dahin wie Softeis im Gaumen, lasse mich entführen in diese wunderbare fantastische Welt seines Kusses.

Und zucke plötzlich zusammen. Aber nur ganz kurz. Eher eine Schreckmillisekunde. Denn mit einem Mal spüre ich eine warme Hand auf meinem nackten Bauch. Gleichzeitig kriecht seine zweite Hand meinen Rücken empor, schleicht sich unter mein Top, macht sich am Verschluss des BHs zu schaffen und hat ihn mit einem geschickten Griff schneller geöffnet, als ich es je mit zwei Händen vermag. In diesem Augenblick ist mir so klar wie ein Bergbach: Leif ist zwar mein erster Junge, aber ich auf keinen Fall sein erstes Mädchen.

Ich spüre förmlich jeden einzelnen Liter meines aufwallenden Blutes, das mir die Hitze in den Kopf treibt und mich schwerer atmen lässt. Leif schiebt mir BH und Top hoch. Meine Brüste sind nun frei vor ihm. Mit seiner erfahrenen Hand spielt er an meinen Nippeln, während sein küssender Mund meine Lippen verlässt und Hals abwärts wandert.

Lasst euch doch Zeit!, schießt mir *Dr. Sommer* durch den Kopf. Scherzkeks! Wie stellt der sich das vor? Soll ich jetzt aufspringen und sagen: Hey, Leif, alter Junge. War echt schön mit dir. Aber jetzt lassen wir uns mal Zeit, okay? Hat *Dr. Sommer* auch empfohlen!

Leifs Mund ist an meinen Brüsten angekommen. Mir wird klar, dass ich kurz vor meinem Ersten Mal stehe. Und ich bin noch nicht einmal sicher, ob ich es will. Noch immer habe ich die Augen geschlossen, den Kopf in den Nacken gelegt, will genießen, wie Leif meine Brüste leckt, denke aber daran, dass ich überhaupt noch nicht feucht bin zwischen den Beinen. Müsste ich da nicht schon längst

feucht geworden sein? Ich lecke mir die Lippen, die noch Leifs Geschmack tragen, und versuche mich darauf einzustellen, dass es gleich passieren wird: Mein Erstes Mal! Das viel beschriebene, magische Erste Mal! Soll es jetzt passieren? Einfach so? Ohne Vorankündigung? Ohne dass wir darüber gesprochen haben? Der Gürtel meiner Jeans ist schon offen. Langsam zieht Leif den Reißverschluss herunter. Und für einen Moment bin ich froh, dass ich heute keinen Rock trage. Jeans dauert länger. Zeit, die ich jetzt brauche. Mit einem Mal fühle ich mich so unvorbereitet.

Natürlich habe ich mir schon hundertfach das Erste Mal vorgestellt, in meiner Fantasie. In der Nacht nach meiner Fete sogar schon mit Leif. Ich habe mir mein spezielles Sofakissen genommen, von dem niemand weiß, dass es mein spezielles Kissen ist, es mir heimlich im Bett zwischen die nackten Beine geschoben, an Leif gedacht und meine Möse an dem Kissen gerieben, bis es mir gekommen ist.

Aber das hier ist viel realer, denn ich bin nicht allein. Die CD ist zu Ende. Gott sei Dank!

»Soll ich Musik machen?«, frage ich schnell.

»Wenn du willst«, antwortet Leif.

Ich atme tief durch, springe mit nackten Brüsten und offener Jeans zur Musikanlage und frage zu Leif hinüber ... gar nichts. Denn ich sehe, wie Leif sich seelenruhig auszieht. Es wirkt, als wollte er jetzt baden gehen, sich umziehen zum Fußball oder so. Es hat nichts Geheimnisvolles, nichts Erotisches, nicht einmal etwas Unanständiges. Er zieht sich aus, als ob er seit Jahren im Wohnzimmer meiner Mutter wohnen würde. Und dann steht er nackt vor mir. Nackt mit einem steifen Glied! Schnell drehe ich mich um, fummele idiotisch an irgendwelchen Knöpfen der Musikanlage herum, habe das Gefühl, mein Kopf hat das roteste Rot, das in der Farbenwelt je gesehen wurde.

»Komm!«, höre ich von hinten.

Ich schlucke.

»Was ...«, stottere ich. »... willst du denn hören?«

»Scheißegal. Dasselbe wie eben von mir aus!«, antwortet Leif.

Aber mir ist überhaupt nicht nach Techno in diesem Augenblick. In mein Zimmer zu laufen, um eine andere CD zu holen, wäre ja jetzt auch bekloppt. Und gar nichts auflegen, geht ebenso wenig, denn schließlich bin ich nur wegen der Musik aufgestanden. Denkt jedenfalls Leif.

Also muss eine der Steinzeit-CDs meiner Mutter dran glauben. Ich habe keine Ahnung, was ich nehmen soll, erinnere mich plötzlich aber zum Glück, dass mein Vater mir als kleines Kind irgendwann mal erzählt hat, ich wäre zur Musik von den Rolling Stones gezeugt worden. Meine Mutter behauptet zwar, das könne man so gar nicht sagen, aber im Moment ist das auch schnurz. Ich suche den Titel *Time on My Side* heraus, weil er meiner Hoffnung entspricht, obwohl ich gerade das gegenteilige Gefühl habe: Die Zeit arbeitet gegen mich! Ich lege die CD ein und drehe mich langsam um. Zum zweiten Male verschlägt es mir die Sprache.

Leif steht immer noch da. Sein Ding steht auch noch – und ist in Latex eingepackt! Er hat sich ein Kondom übergezogen. Das sieht vielleicht aus! Ein praller Stab in Frischhaltefolie, als ob man ihn einfrieren wollte und vorne mit einem Zipfel wie ein Gartenzwerg. Damit will der bei mir rein? Ich kann mir das in diesem Augenblick beim besten Willen nicht vorstellen! Im Gegenteil: es wirkt grotesk. Ich muss lachen.

»Was hast du denn?«, fragt Leif verdutzt.

»Nichts!«, antworte ich und kann das Lachen noch immer nicht unterdrücken.

»Wieso lachst du denn?«, bohrt Leif nach, während sein Gartenzwerg an Größe verliert, worauf die Zipfelmütze länger wird.

Ich halte mir die Hand vor den Mund und kichere in sie hinein.

»Sag endlich, was los ist!«, fordert Leif scharf.

Das ist der gleiche Ton, den er gestern Abend anschlug, als ich zu spät kam. Der Anfang von Ärger.

Mein Lachen bricht abrupt ab. Ich entschuldige mich bei ihm, obwohl ich nicht so genau weiß wofür. Aber ich will auf keinen Fall schon wieder Streit.

»Wirklich!«, füge ich hastig an. »Ich musste bloß gerade an was Blödes denken!«

Schnell gehe ich auf Leif zu, umarme ihn, um ihn nicht in die Augen sehen zu müssen. Ich will mich jetzt nicht mit ihm streiten. Mein Erstes Mal soll nicht mit einem Streit beginnen.

Leif lässt sich Gott sei Dank sofort wieder besänftigen. Schnell schiebt er mir wieder Bluse und BH hoch, die schon wieder heruntergerutscht waren, macht an meinen Brüsten herum, während ich versuche im Kopf abzuschalten. Jetzt ist es so weit. Gleich werde ich mein Erstes Mal haben.

Leif zieht mir das Top über den Kopf, entledigt mich meines BHs, legt mich auf das Sofa meiner Mutter und zieht mir die Jeans aus. Er legt sich halb neben, halb auf mich, streichelt mir über den Bauch, leckt wieder an meinen Brüsten, fährt mit der Hand abwärts hinein in mein Höschen. Ich bäume mich ein wenig auf, schließe die Augen, will die Berührung, die erste Berührung dieser Stelle durch einen Jungen genießen, überlege, wie ich es anstellen kann, dass ich diesen Moment für immer in meinen Kopf behalte. Mein Erstes Mal. Noch meine Enkel werden mich vermutlich einmal danach fragen, wie es war.

58

Und ich liege hier und denke über alles Mögliche nach, kann mich gar nicht auf Leifs fordernde Hand konzentrieren, öffne die Augen, entdecke zu allem Überfluss eine feuchte Stelle an der Zimmerdecke, ärgere mich darüber, dass mir dieser bescheuerte Fleck ausgerechnet jetzt auffällt, schließe schnell die Augen wieder, fühle, wie Leif mir das Höschen abstreift und sich ganz und gar auf mich legt. Er ist schwer, aber er stützt sich sofort auf dem Sofa ab. Ich spüre, wie sein Ding nach dem Eingang sucht. Ich lege meine Arme fester um Leif, will ihn so dicht an mich herandrücken, wie es nur geht. Er soll ganz nah bei mir sein. Jetzt wird es passieren. Doch Leif stützt sich noch immer ab wie bei einem Liegestütz. Er liegt ganz nah über mir, aber ich spüre seinen Oberkörper nicht, nicht sein Gesicht auf meinem, nicht seinen Mund, den ich gerne küssen möchte. Er ist so weit weg. Jetzt kommt er in mich. Es zwickt. Ich zucke zusammen. Er stößt zu. Ich drücke Leif so fest ich kann. Ich stöhne. Vor Lust? Vor Schmerz? Vor Schreck? Er beginnt mit rhythmischen Bewegungen. Ich weiß nicht recht, was ich jetzt tun soll. Einfach so daliegen? Mich entgegenstemmen? Ich tue am besten gar nichts. Leif hat schon Erfahrungen. Er wird das schon machen. Immer wieder stößt er in mich hinein. Es geht jetzt schon viel besser, irgendwie geschmeidiger. Das Zwicken ist verschwunden. Ein Glück. Ich spreize die Beine noch etwas mehr, will mich jetzt voll und ganz auf ihn einlassen, will es genießen, mein Erstes Mal, merke, wie ganz langsam Lust in mir aufsteigt.

»Ahh!«, stöhnt Leif, rollt sich zur Seite ab, legt sich neben mich und sagt: »Es war schön, Kathrin!«

Ich liege noch immer so da, rücklings, blicke auf den feuchten Fleck oben an der Decke und kann es nicht glauben: Das war es schon?

»War es für dich auch so toll?«, fragt Leif.

Toll? Es hat keine zwei Minuten gedauert. Kommt mir jedenfalls so vor. Natürlich habe ich nicht auf die Uhr geschaut.

»Hm!«, murmle ich aber. Was soll ich denn sonst sagen? Ich habe es mir besser vorgestellt? Ja, das habe ich. Aber ich habe keine Vergleiche. Zumindest verstehe ich nicht, weshalb alle Welt darum so ein Geschrei macht. Allerdings habe ich keinen Orgasmus gehabt. Normalerweise haben Frauen dabei doch auch einen Orgasmus, oder nicht? Oder nicht immer? Oder nur manchmal?

»Ich muss aufs Klo!«, sage ich zu Leif und das ist nicht einmal gelogen. Meine Blase ist knallvoll. Ich stehe auf, will nach meinem Höschen sehen ...

Ach du große Scheiße!

Auf dem Ledersofa meiner Mutter breitet sich in aller Seelenruhe ein großer Blutfleck aus. Ich sehe an mir herunter. Meine Möse ist blutig, etwas Blut tropft an meinen Beinen hinunter auf den Velours-Teppich.

»Scheiße!«, schreie ich und rase wie eine Bekloppte in die Küche, um heißes Wasser, Wischlappen, *Domestos, Mr. Proper,* Essigsäure, Lederpflege und alles, was ich sonst noch an Putzmitteln ergattern kann, herbeizuschleppen.

Leif sitzt da wie gelähmt, hilflos wie ein Kleinkind.

»Guck nicht so! Hilf mit, verdammt!«, schreie ich ihn an. »Morgen kommt meine Mutter zurück!«

»Mist!«, flucht Leif, schnappt sich einen der Lappen und beginnt auf dem Velours-Teppich herumzuwischen.

Das also war das magische Erste Mal, mein Erstes Mal: zwei Minuten Lust für ihn gekrönt von einem hektischen Putzeinsatz, um die Spuren meiner Liebe vom teuren Ledersofa meiner Mutter zu schrubben.

Jetzt bin ich mir sicher: Das werde ich auch nicht vergessen haben, wenn meine Enkel erst in siebzig Jahren mal danach fragen werden!

Ein tiefer Riss!

Ich hasse das! Ich kann einfach nicht zeichnen. Eigentlich wäre der Unterricht ja ganz nett: draußen gemütlich auf der Wiese zu sitzen, auf der sonst *Betreten verboten* ist, sich die Sonne auf den Pelz brennen zu lassen und mit der besten Freundin zu klönen. Wenn nur dieser blöde Zeichenblock auf dem Schoß nicht wäre. Freies Zeichnen heißt die Doppelstunde des Kunstunterrichts und seit fünfundvierzig Minuten versuche ich ganz frei den Goldfischteich abzuzeichnen, den ich vor mir sehe. Aber ich bringe das einfach nicht. Der Teich sah erst aus wie ein Kreis, dann wie ein Ei, das Schilf wie öde Striche und das Gras wie Krickelkrakel. Nichts, aber auch gar nichts erinnert auf meinem Bild an den Goldfischteich. Ich zerreiße das dritte Blatt Papier und fang von vorne an.

Katja, die unseren letzten Streit zum Glück ebenso vergessen hat wie ich, grinst mich an. Vielleicht ist mir mein Bild auch nur deshalb nicht gelungen, weil ich in der vergangenen Dreiviertelstunde Besseres zu tun gehabt hatte als Goldfischteiche genau zu betrachten: Ich habe Katja von meinem Ersten Mal erzählt! Natürlich nicht in aller Ausführlichkeit, aber doch schon ziemlich deutlich, dafür sorgten schon Katjas präzise Nachfragen. Zu präzise für meinen Geschmack.

Katjas Reaktion war eine Mischung aus Bestürzung und Belustigung, als ich ihr das Desaster geschildert habe, aus Neugier und Angst, wenn sie daran denkt, was ihr bevorsteht, wenn es bei ihr so weit ist.

Es versteht sich von selbst, dass wir so nahe aneinander gerückt sind, als zeichneten wir beide am selben Bild.

»Wieso flüstert ihr denn so?«, hat Pieper zwischendurch mal rübergerufen. »In diesem Unterricht dürfen wir doch quatschen!«

»Mach den Kopf dicht, dies ist ein Mädchengespräch!«, hat Katja ihn mundtot gemacht.

Pieper hat die Augenbrauen hochgezogen und viel sagend zu *Monikas Schätzchen* hinübergeblickt, der zwei Meter weiter saß. Schon die ganze Zeit blickt der mich so komisch an. Ich habe mir einfach eingeredet, dass er etwas zeichnet, das hinter mir liegt, obwohl sich dort nur das Verwaltungsgebäude befindet. Aber was geht mich das an, was dieser Möchtegern-Schnösel zeichnet. Ich habe seit der Fete kein Wort mehr mit ihm gewechselt und das wird bis zu meinem Rentenalter wohl auch so bleiben.

»Und?«, fragt Katja nach einer längeren Pause und ich weiß mal wieder gar nicht, was sie meint.

»Wie ist dein Verhältnis zu Leif – nach dem Ersten Mal? Nach diesem Ersten Mal? Hat das einiges zwischen euch kaputtgemacht? Meinst du, du hättest noch warten sollen?«

Ich stoße einen tiefen Seufzer aus. Manchmal besitzt Katja die unangenehme Eigenschaft, Nägel auf ihre Köpfe zu treffen. Genau diese Fragen sind mir auch schon durch den Kopf gegangen. Vergangene Nacht. Immer wieder. Ja, wir hätten noch warten sollen. Da bin ich mir sicher. Aber ich weiß nach wie vor nicht, wie ich das hätte machen sollen?

»Wenigstens habe ich jetzt die Erfahrung«, antworte ich Katja.
»Außerdem: Wenn man immer vorher wüsste, wie es ausgeht ...«
Katja lacht. »Da hast du Recht.«

»Aber trotzdem ...«, setze ich fort.

Katja unterbricht sofort ihr Lachen und spitzt stattdessen die Ohren.

»Irgendetwas ist jetzt anders zwischen uns«, gestehe ich mehr mir selbst ein, als dass ich es Katja beichte. »Er will mich heute von der Schule abholen. Aber bei mir kribbelt nichts im Bauch, ich habe keine Schweißausbrüche und wenn er nicht kommen würde, ich weiß nicht, ich würde es gar nicht so schlimm finden.«

»Echt?«, fragt Katja und ich weiß nicht recht, ob es Entsetzen oder Freude ausdrücken soll. Katja hatte Leif von Anfang an nicht gemocht.

Gerade wollte ich noch sagen, ob ich mich nicht vielleicht sogar von Leif trennen sollte, dass mir dabei aber komisch zu Mute ist, weil wir doch erst seit fünf Tagen zusammen sind, aber ich komme nicht mehr dazu.

»So, also ich bin fertig!«, ruft Pieper über die Wiese. »Können wir eigentlich gehen, wenn wir fertig sind?«

»Was sollen wir denn sonst machen?«, fragt *Monikas Schätzchen.*

»Warte, ich bin auch gleich so weit!«

Das kann ich mir denken! Vermutlich hat der neue Möchtegern-Yuppie schon wieder Sehnsucht nach seiner Hanseaten-Tussi bekommen. Wo steckt die eigentlich? Ich hätte mein Taschengeld darauf verwettet, dass die beiden sich gemeinsam irgendwohin verdrücken. Stattdessen hockt *Monikas Schätzchen* hier bei Pieper und Monika ist ihrer Wege gegangen.

»Ich glaube, die malt unten an der Sporthalle«, vermutet Katja

63

und wundert sich ebenfalls drüber. »Wahrscheinlich hat sie ihn schon kalt abserviert!«

Natürlich hat Alex' Abgang von der Fete in der Klasse die Runde gemacht. Es war ja ohnehin fast die halbe Klasse dabei und der Rest weiß nun natürlich auch, dass Alex mit Monika früher abgehauen ist.

Pieper packt seinen Kram zusammen und fragt: »Wo sollen wir denn das Bild abgeben? Einfach in den Kunstraum legen?«

Alex zuckt mit den Schultern: »Ich gebe meines hier ab!« Dann grinst er, rollt das Papier zusammen, schnürt ein Gummiband drum herum und geht direkt auf mich zu.

»Was soll das?«, raunze ich ihn an. »Kannst du dein Bild nicht selbst abgeben? Ich bin doch nicht dein Dienstmädchen!«

»Dein Problem ist«, antwortet er mir, »dass du immer alle Gesten falsch verstehst ... Eine kleine Entschädigung für unseren blöden Streit am Samstag!«

Mit diesen Worten drückt er mir die Rolle in die Hand, dreht sich um, ohne ein weiteres Wort zu sagen, schnappt sich seinen Stuhl und seine Zeichenstifte und ruft Pieper zu: »Wollen wir zum Kiosk?«

Pieper nickt. »Ja, ich brauche noch zwei Brötchen und 'ne Cola. Meine Eltern hatten es mal wieder eilig und haben mir statt Schulbrot nur zehn Mark in die Hand gedrückt.«

Alex lacht und antwortet: »Ich wünschte, das hätten meine Eltern auch getan. Ich habe wieder Vollkornbrot, Gurke und Paprika dabei. Total gesund – aber unglaublich öde!«

Ich sitze noch immer da wie angewurzelt, halte die Papierrolle in der Hand und muss ein wenig schmunzeln: Alex' Eltern müssen bei demselben Ernährungsberater der Volkshochschule gewesen sein wie meine Ma. Ich habe oft das gleiche Menü wie er in der Tasche.

Katja wird das Warten zu lang. »Ich würde mir das Bild ja mal angucken!«, drängelt sie.

Ich zögere. Vielleicht ist es eine Verarschung? Die Krönung unseres Streites statt die Versöhnung. Wahrscheinlich sogar. Vermutlich steckt sie dahinter, dieses Teufelsweib. Am besten, ich zerreiße die Rolle ungesehen und durchkreuze damit die fiesen Pläne dieses Yuppie-Pärchens.

Katja schaut mich weiterhin erwartungsvoll an.

Na gut, selbst wenn es eine Falle ist, dann würde nur Katja es mitbekommen. Da kann ich es ja wagen und hätte zugleich eine zuverlässige Zeugin für Alex' Gemeinheiten. Ich rolle also das Papier aus und kann erst gar nichts darauf erkennen.

»Andersherum!«, stellt Katja fest.

Ich drehe das Bild und werd nicht wieder.

»Das bist ja du!«, ruft Katja.

Allerdings! Ein Bild von mir. Und was für eines! Ich muss gestehen, so schön habe ich mich selbst noch nie im Spiegel gesehen. Charmanterweise hat Alex meine Pickel weggelassen, meinen Mund geschlossen, damit man meine Klammer nicht sieht, aber dennoch mit einem verschmitzten Lächeln, das sogar ein wenig verführerisch wirkt, finde ich; die Haare so in Szene gesetzt, wie ich es mir immer wünsche, es aber in zwei Stunden mühseliger Wet-Gel-Prozedur nicht hinbekomme. Woher weiß der, wie ich meine Haare am liebsten mag?

»Sieh mal!«, Katja zeigt auf die Widmung, die unten rechts hineingeschrieben ist.

Lächelnd bist du noch schöner als wütend!

»Ein echter Charmeur!«, lautet Katjas Urteil.

Mir hat es die Sprache verschlagen. Ich bin überwältigt von diesem Geschenk, bekomme sofort ein schlechtes Gewissen, weil ich Alex so angeraunzt habe, wundere mich über sein großes Zeichentalent und bin völlig verwirrt, weil für mich bis eben noch feststand, dass Alex mit Monika zusammen ist.

»Verstehst du das?«, frage ich Katja, aber die schüttelt nur mit dem Kopf. »Ehrlich gesagt: Wenn ich so ein Geschenk bekäme, würde ich auch nicht versuchen, es zu verstehen, sondern mich einfach nur freuen. Du kannst einen echt neidisch machen!«

Ich zucke mit den Schultern. Was soll ich dazu sagen? Ich habe ja weiß Gott nichts dazu getan. Eher im Gegenteil.

»Vielleicht sollte ich die Jungs in Zukunft auch mehr anschreien«, überlegt Katja, worauf wir beide in ein lautes Gelächter ausbrechen, unsere Sachen zusammenpacken und in die Pause gehen.

»Weißt du was?«, schlage ich Katja vor. »Ich gehe jetzt zu Alex, entschuldige und bedanke mich. Ich finde, das ist das Mindeste. Kommst du mit? Bitte!«

Katja lächelt mich an. Sie ahnt, dass im Ernstfall sie sowohl die Entschuldigung als auch das Dankeschön für mich aussprechen muss!

Am Schultor wartet allerdings schon die nächste Überraschung auf mich.

»Sag mal, es ist doch erst zehn Uhr, oder nicht?«, vergewissere ich mich bei Katja.

Die stimmt mir überrascht zu, weil sie noch nicht gesehen hat, was ich entdeckt habe. Auf der anderen Straßenseite des Schultores wartet Leif auf mich.

»Oh Mist!«, zische ich, laut genug für Katjas Ohren.

»Wie große Liebe klingt das wirklich nicht mehr«, kommentiert sie ungefragt. »Und jetzt?«

»Ich weiß nicht!«, stammle ich. Ich weiß es wirklich nicht. Meine Schritte verlangsamen sich zusehends. Ich hatte schon Horror vor der Mittagsbegegnung gehabt, wollte Übelkeit oder so etwas vortäuschen. Ich wollte allein sein und darüber nachdenken, wie es mit uns weitergehen soll, um dann vorbereitet und mit gut durchdachter Entscheidung abends zu Leif zu gehen, um alles mit ihm zu besprechen. Und jetzt steht er schon um zehn Uhr morgens auf der Matte. Warum trifft mich mit diesem Jungen immer alles so unvorbereitet und überraschend? Mich überkommt in diesem Augenblick das starke Gefühl, dass Leif ein ausgeprägtes, angeborenes Talent dafür besitzt, alles, was er macht, im falschen Moment zu tun!

Ich nähere mich gegen meinen Willen dem Schultor. Leif hat mich nun auch entdeckt und winkt mir heftig und freudestrahlend zu und – oh Gott, nicht auch noch das: Er hat eine Rose in der Hand! Eine einzelne dunkelrote, ellenlange Rose!

Ich hole tief Luft. Was soll ich jetzt bloß machen? Wie soll man mit einem Jungen Probleme klären, der einem gerade eine rote Rose schenkt? Klar, das ist total kitschig und albern, andererseits aber unheimlich süß und mutig. Welcher fünfzehnjährige Junge traut sich schon, sich mit einer roten Rose vor eine fremde Schule zu stellen und seine Geliebte abzuholen? Eben, niemand! Nur Leif. Und genau diesem Leif soll ich sagen, dass wir uns – vielleicht! – besser trennen sollten? Unmöglich!

»Hi!«, strahlt er mir entgegen und überreicht mir die Rose. »Ich wollte dich sehen!«

Ich lächle schwach. »Aber ich habe noch Schule«, gebe ich zu bedenken.

Leif macht eine wegwerfende Handbewegung. »Ach, ich eigentlich auch. Was soll's? Ich fand es netter, zu dir zu kommen!«

Was soll man darauf sagen? Das ist doch ein tolles Kompliment, oder?

»Was ist, kommst du mit?«, drängelt Leif.

Ich drehe mich Hilfe suchend zu Katja um.

»Was soll das?«, hakt Leif sofort gereizt nach. »Ist sie dein Anstandswauwau, den du erst fragen musst, oder was?«

»Quatsch!«

Jetzt hat Katja endlich geschnallt, dass sie einspringen muss. »Wir schreiben gleich eine Mathearbeit. Unser Mathelehrer hat uns eben schon gesehen. Wenn Kathrin jetzt schwänzt, bekommt sie höllischen Ärger!«

Ich nicke eifrig, aber Leif lässt sich nicht beeindrucken. »Erzählt doch nichts. Die Lehrer sind immer groß in ihren Drohgebärden. Aber was können sie letztendlich denn schon machen? Sagst einfach, dir sei schlecht geworden. Also? Kommst du?«

Ich zucke mit den Schultern. Was soll ich machen? Er hat extra die Schule geschwänzt um mich zu sehen und sich sogar mit einer Rose vor die Schule gestellt. Soll ich jetzt sagen: Ich habe gerade keinen Bock auf dich? Das bringe ich nicht. Zumal wir natürlich nicht wirklich eine Mathearbeit schreiben, sondern lediglich noch zwei Stunden Deutsch haben, wo wir ein Buch lesen, das mich ohnehin nicht interessiert. *Ben liebt Anna.* Herrjeh! Ich habe genug damit zu tun, herauszubekommen, ob ich, Kathrin, Leif liebe.

»Okay!«, stimme ich zu, drehe mich noch einmal zu Katja. »Sagst du in Mathe Bescheid?«

Katja nickt stumm. Wir verabschieden uns, Leif legt seinen Arm um mich und wir schlendern zum Bahnhof.

»Heute ist so ein geiles Wetter!«, beginnt Leif und ich bin froh, dass er etwas sagt, so dass ich schweigen kann. »Was hältst du von einer kleinen Bootstour?«

»Au ja!«, stimme ich sofort begeistert zu. Mit dem Kanu durch die Hamburger Alsterläufe zu schippern habe ich schon immer gerne gemocht. Es beruhigt und ist romantisch, auch spannend, wenn man will, oder lustig. Eine Kanutour jedenfalls hat schon immer dazu beigetragen, mir die schlechte Laune zu vertreiben. »Ich liebe Kanu fahren!«, gestehe ich Leif.

»Kanu?« Leif spricht dieses Wort aus, als hätte ich vorgeschlagen, gemeinsam durch Entengrütze zu schwimmen. »Wer redet hier von Kanu?«

»Ich!«, betone ich.

Leif winkt ab. »Ich spreche vom Segelboot! Meine Alten haben an der Alster ein Segelboot zu liegen!«

Dabei schaut er, als ob ich ihm jetzt um den Hals fallen sollte, weil er mich von den niederen Vergnügungen des Kanupaddelns befreien und in die höheren Weihen des Segelns einführen wird. Aber schließlich bin ich noch nie gesegelt. Vielleicht macht es ja wirklich so viel Spaß, wie viele Leute behaupten.

»Prima!«, sage ich also. »Wird bestimmt spannend!«

Wir benötigen eine Dreiviertelstunde, ehe wir endlich am Bootssteg sind, den Leifs Eltern mitbenutzen. Eine weitere halbe Stunde muss ich warten, bis Leif das Boot klargemacht hat. Und dann geht es endlich los.

»Hier!«, ruft Leif mir zu, »pack deine Sachen hier hinein«, und zeigt auf eine kleine im Bootsinneren festgeschraubte Kiste. Ich reiche Leif meinen Rucksack und das Bild, das ich immer noch zusammengerollt in der Hand gehalten hatte.

»*Dein* großes Kunstwerk?«, lacht Leif, nachdem er die gesamte Fahrt über das Bild gar nicht bemerkt hatte. »Darf ich mal sehen?« Erst in diesem Augenblick schießt es mir wie ein Elektroschock durch den Kopf: Was wird er sagen, wenn er erfährt, wer die Zeichnung gemacht hat?

»Ist nichts Besonderes!«, versuche ich schnell ihn davon abzuhalten, das Bild zu öffnen, doch es ist bereits zu spät.

Leif hält es schon ausgerollt in den Händen. »Das bist ja du!«, ruft er erstaunt, »Ich wusste gar nicht, dass du so gut zeichnen kannst?«

»Wieso ich?«, frage ich spontan nach.

»Ist das kein Selbstporträt?«

»Nein!«, sage ich blöde Kuh und merke erst jetzt, welche Chance ich verspielt habe. Leif selbst liefert mir die Idee des Jahrhunderts, einer Menge weiterer dämlicher Fragen aus dem Weg zu gehen, doch ich dumme Nuss vermassle alles.

»Sondern?«, hakt Leif schon nach.

Soll ich lügen und behaupten, Katja hätte das Bild gemalt? Das bekommt er doch blitzschnell heraus. Wie ich Leif mittlerweile einschätze, fragt er bei Katja nach – möglicherweise noch, bevor ich mich mit ihr absprechen kann.

»Sag ich doch, es ist nichts Besonderes«, wiegele ich ab, obwohl mir dieses Bild mehr bedeutet als alle Geburtstagsgeschenke zusammengenommen, die ich während der Fete erhalten habe.

»Wer hat es denn gemacht?«, will Leif wissen.

»Alex!«, beichte ich.

Leif lässt das Bild sinken und schaut mich mit einem versteinerten Blick an.

»Wieso Alex?«, bohrt Leif weiter. »Wieso zeichnet der Arsch dich?«

»Ich weiß es nicht!«, antworte ich wahrheitsgemäß.

»Du weißt es nicht?«, brüllt Leif. »Was soll das heißen, du weißt es nicht? Der Typ sitzt stundenlang vor dir, gafft dich an um dich abzumalen und du weißt es nicht? Willst du mich verarschen?«

Ich habe es geahnt! Geduldig bemühe ich mich Leif zu erklären, wie das Bild zu Stande gekommen ist. Doch mit jedem Wort spüre ich, wie sinnlos es ist. Leif ist rasend vor Eifersucht. Sein Blick durchbohrt mich, seine Lippen sind zusammengekniffen, als könne er kaum noch die Gemeinheiten zurückhalten. Sein Kiefer mahlt unentwegt, als ob seine Zähne mich schon langsam zermalmen würden.

Ich schließe meinen Bericht mit einem letzten verzweifelten Versuch: »Ich habe dir doch schon gesagt, das Bild ist bedeutungslos.«

»Schön!«, kontert Leif, wobei seine Miene alles andere als *schön* ausdrückt. »Dann wird es dir ja auch nichts ausmachen, wenn wir uns von diesem bedeutungslosen Kunstwerk trennen!«

Noch bevor ich begreife, was Leif damit meint, höre ich ein Ratschen, das mir durch Mark und Bein fährt, mein Verstand weigert sich meinen Augen zu trauen. Leif steht vor mir, zerreißt das Bild in vier Teile und holt aus um sie über Bord zu werfen.

»Nein!«, schreie ich. Das kann er doch nicht machen! Es ist *mein* Bild! Ich springe auf, will retten, was noch zu retten ist, wenigstens verhindern, dass es im Wasser landet. Das erste Stück platscht schon in die schmierige Alster!

»Hör auf!«, schreie ich Leif an.

»Ich denke, es bedeutet dir nichts!«, giftet er zurück und wirft den zweiten Teil hinterher.

»Das geht dich einen Dreck an!«, brülle ich, will nach den restlichen zwei Teilen greifen, springe auf Leif zu, der sich mit einer schnellen Drehung meinem Angriff entzieht. Ich greife ins Leere, komme ins Straucheln, finde keinen Halt, wackle auf diesem Scheiß-

boot, greife eine Leine, die aber nirgends festgemacht ist, rudere mit den Armen – und kippe über Bord.

Alles, was ich spüre, ist ein eisiger Schock. Es schäumt, ich sehe nichts als braune, trübe Brühe, doch ich sinke. Meine Klamotten saugen sich in Sekundenschnelle voll mit diesem Siff. Schwer ziehen sie mich nach unten, ich will die Richtung ändern, will nach oben, habe aber die Orientierung verloren, strampele hilflos mit Armen und Beinen. Wo bin ich? Wo ist die Oberfläche? Ich bekomme Angst, zwinge mich zur Ruhe, aber es gelingt mir nicht. Ich kann nur mühsam der Versuchung widerstehen den Mund zu öffnen um zu schreien. Hilfe! Leif! Hilf mir! Ich saufe ab!

Endlich verschwindet der Schaum, der Sog nach unten ist beendet, ich sehe nur noch Brühe, erblicke jedoch Licht über mir, gewinne die Orientierung, mache eine Schwimmbewegung. Es funktioniert, ich bekomme Auftrieb trotz der Kleidung, die mich nach unten zieht. Ich gelange mit dem Kopf über Wasser, presche aus dem Wasser hoch fast bis zur Brust, reiße den Kopf nach oben, sperre den Mund auf und hole Luft; tief, tief Luft!

Über mir lehnt sich Leif über die Bordkante und – lacht! Er lacht! Ich stürze voll bekleidet in diese eiskalte, dreckige Kloake und der Mistkerl steht da oben und lacht!

»Hör auf zu lachen!«, schreie ich ihn an.

»Wer mich betrügen will, geht eben baden!«, triumphiert der Idiot und reicht mir seine Hand. »Du tätest besser daran, mir treu zu bleiben!«

»Ich war dir nicht untreu!«, schreie ich und schlage wütend seine Hand aus, ziehe mich an den Bootspollern entlang nach hinten ans Heck, an dem es eine Trittleiter gibt. Ich klettere die Leiter hoch und tropfe wie eine Wasserleiche.

»Komm!«, grinst Leif und hält mir ein Handtuch entgegen.

»Fass mich nicht an!«, warne ich ihn. Lieber verrecke ich an Ort und Stelle an Lungenentzündung, bevor ich mich jetzt von diesem Arschgesicht anpacken lasse!

»Ich habe die Schnauze voll!«, brülle ich ihm ins Gesicht ... Endlich habe ich die nötige Wut ihm das zu sagen, was mir schon die ganze Zeit auf dem Herzen liegt. Denn in der trüben Brühe ist mir glasklar geworden, dass ich mich von diesem aufgeblasenen Spinner trennen muss ... »Ich will dich nie mehr sehen!«

»Hör auf mit dem Quatsch!«, fordert Leif, der offenbar den Ernst der Lage noch immer nicht begriffen hat und mir das Handtuch um den Körper legen will.

Ich reiße ihm das dämliche Handtuch aus der Hand, schmeiße es ihm an den Kopf und kreische: »Verpiss dich!«

»Also doch Alex!«, vermutet Leif und läuft knallrot an vor Wut.

Mein Gott, ist der dämlich!

»Nein, nicht Alex!«, schleudere ich ihm entgegen. »DU, ganz allein du bist schuld. Du hängst mir zum Hals raus. Mit deiner Scheiß-Eifersucht auf alles und jeden.«

»Erst mit mir ins Bett gehen und mich dann abservieren!«, zischt Leif. »So was läuft nicht bei mir!«

»Ins Bett gehen!«, lache ich boshaft. »Meinst du deine erbärmlichen Turnübungen, mit denen du nicht die geringste Rücksicht auf mich genommen hast?«

Ich habe es nicht kommen sehen. Ich habe überhaupt nichts gesehen. Plötzlich aber brennt meine Wange wie Feuer. Leif hat mir eine geknallt! Und wie! Ich habe das Gefühl, mein ganzes Gesicht schwillt schlagartig an. Das kann doch wohl nicht sein!

»Mach das nicht noch mal!«, zische ich ihn an und muss alle Kraft

aufbieten, nicht vor seinen Augen loszuheulen. Alles, aber nicht vor ihm weinen!

Ich grapsche mir meinen Rucksack aus der Bootskiste, stampfe zur Reling und springe hinüber auf den Bootssteg. Er aber kommt hinterher und hält mich am Arm fest. Ich reiße mich los.

»Bleib hier!«, befiehlt er.

»Du kannst mich mal!«, gebe ich zurück.

Und wieder. Diesmal brennt meine andere Wange. So blitzschnell kommen seine Schläge, dass ich nicht einmal die Hand sehe, die mir die Schmerzen zufügt. Jetzt packt er mich am Kragen, will mich zurück an Bord ziehen. Ich sperre mich störrisch wie ein Esel dagegen. Er ist kräftiger, erreicht, dass ich meinen Halt verliere und ihm einen Schritt entgegenstolpere.

»Na also!«, freut er sich und ist in diesem Moment unachtsam. Meine Chance. Diesmal verpasse ich sie nicht. Ich nehme Maß und trete ansatzlos zu. Getroffen!

Leif quiekt entsetzlich auf, hält sich die Hände zwischen die Beine und sackt zusammen. »Komm mir nie wieder unter die Augen!«, warne ich ihn und nehme die Beine in die Hand.

Nass wie ein Fischotter platsche ich am Alsterufer entlang, renne zur nächsten Fußgängerampel, wo mich einige Jogger angucken, als hätte ich nicht alle Tassen im Oberstübchen. Mir egal. Bloß weg hier. Grün! Ich renne über die Straße, die kleine Straße hoch, die direkt am Haupteingang des berühmten und noblen *Atlantic*-Hotels vorbeiführt. Ich achte nicht darauf, bis ich den Pförtner sehe, der angezogen wie ein Zirkusdirektor in einem schlechten Film vor dem Eingang steht und darauf wartet, irgendwelchen Weltstars ein Taxi rufen zu dürfen. Ich halte an, gehe auf den dickleibigen, lustig aussehenden, aber streng dreinblickenden Pförtner zu. Doch sein Blick trügt.

»Na, du kleine Meerjungfrau. Du machst hier ja alles nass!«, amüsiert er sich.

»Deshalb komme ich ja zu Ihnen«, sage ich, wofür ich meinen gesamten Mut benötige. »Fragen Sie bitte nicht weshalb, aber ich bin in der Alster gelandet. Haben Sie nicht wenigstens ein Handtuch oder so etwas für mich?«

Plötzlich überzieht sich das speckige Gesicht des Mannes mit einem breiten Lächeln. »Es tut mir Leid, junge Frau, dass du mit diesem Unglück nicht einmal Premiere feiern kannst. Ich stehe hier schon seit zwanzig Jahren vor der Tür. Und du bist die Fünfte, die aus diesem Grunde zu mir kommt. Aber immerhin bist du wenigstens noch eine Seltenheit. Komm mit!«

»Wer waren denn die anderen vier?«, frage ich.

Der Portier lacht schallend auf. »Wenn ich dir das verraten würde, wäre ich hier bald meinen Job los. Portiers wissen alles und verraten niemals etwas, merk dir das!«

Der Portier gefällt mir. Ich schenke ihm ein Lächeln und schreite in eines der vornehmsten Hotels Europas. Das wollte ich immer schon einmal machen. Allerdings hatte ich mir die Umstände, unter denen ich dies tue, immer etwas anders vorgestellt.

Auf der Flucht

Ich bin mit den Nerven ziemlich runter und weiß wirklich nicht mehr, was ich machen soll. Denn Leif lässt mir keine Ruhe. Ständig ruft dieser Kerl mich an. Ich gehe schon gar nicht mehr ans Telefon.

Aber irgendwann geht man ja doch ran. Schließlich ruft mich auch Katja hin und wieder an. Gestern habe ich mit ihr ein geheimes Klingelzeichen vereinbart. Sie lässt es zweimal klingeln, legt dann auf. Dann wartet sie exakt 90 Sekunden und ruft dann wieder an. Das hat ganz gut geklappt. Ich hatte Leif nur einmal an der Strippe. »Du kannst dich nicht verstecken!«, hat er gedroht. »Ich kriege dich!«

Ja, aber wozu, habe ich gefragt. Der bildet sich doch nicht ernsthaft ein, dass ich mich in so eine Plage verliebe. Was will er denn mit mir machen, wenn er mich bekommt? Ich dachte, selbst dem Dämlichsten müsste klar sein, dass sich Liebe nicht erzwingen lässt, dann aber hat mich seine Antwort total geschockt.

»Du kannst mich nicht einfach so abblitzen lassen!«, hatte Leif gesagt. »Und solange du nicht zu mir zurückkommst, werde ich dafür sorgen, dass dich auch kein anderer bekommt!«

Ich habe dagestanden mit dem Hörer in der Hand wie versteinert, unfähig einen Satz über die Lippen zu bringen. Er betrachtet mich als sein Eigentum! Das darf doch nicht wahr sein! Wieso lässt er mich nicht zufrieden? Was soll die Scheiße? Dann endlich war ich in der Lage den Hörer auf die Gabel zu knallen, zum Glück rechtzeitig, bevor ich angefangen habe zu heulen.

Obwohl meine Ma gerade aus ihrem Kurzurlaub gekommen war, bin ich zu Katja geflüchtet und habe auch bei ihr übernachtet.

Das war total erholsam. Wir haben die halbe Nacht gequatscht und ich brauchte keine Angst mehr zu haben, dass Leif anruft. Alles ging total easy, bis jetzt. Jetzt steht er nämlich vor der Schule.

Ich habe ihn sofort gesehen! Klar, ich sehe den ja ohnehin schon überall, selbst wenn er gar nicht da ist. Ich vermute ihn hinter jeder Hausecke, kann schon gar nicht mehr klar denken, weil dieser

Wahnsinnige überall und nirgends sein könnte. Abrupt bleibe ich stehen. Katja kapiert sofort, denn jetzt hat sie ihn auch erspäht.

»Ob er uns schon gesehen hat?«, fragt Katja sich laut.

»Keine Ahnung!«, antworte ich. »Auf jeden Fall verlasse ich die Schule nicht durch diesen Ausgang!« Das steht so fest wie Beton.

Wir drehen uns also um und gehen in die entgegengesetzte Richtung. Schließlich hat diese Schule noch zwei weitere Ausgänge: einen über den Lehrerparkplatz und einen am Sportplatz, zwischen unserer Turnhalle und der kleinen Schwimmhalle der Nachbarschule.

Dieses ist wieder so eine Situation, in der man sich ärgert, dass die Natur dem Menschen nur vorne Augen verpasst hat. Steht Leif immer noch am Schultor oder nicht? Sich umzudrehen, wäre möglicherweise zu auffällig. Vielleicht machen wir ihn erst dadurch auf uns aufmerksam. Vielleicht hat er uns ja noch gar nicht bemerkt.

Katja hockt sich hin und tut so, als würde sie den Schnürsenkel ihres Turnschuhs zubinden. Ich bleibe stehen, mit dem Rücken zum Schultor. Aus den Augenwinkeln schielt Katja zum Schultor hinüber.

»Scheiße!«, schreit sie plötzlich auf. »Er hat uns entdeckt und kommt auf uns zu!«

»Bloß weg!«, rufe ich und wage es jetzt doch, mich umzudrehen.

Katja springt auf. Gemeinsam legen wir einen Zahn zu. Ich schaue mich noch einmal um und erkenne, dass auch Leif seinen Gang beschleunigt.

»Schneller!«, gebe ich das Tempo an. Wir fangen an zu laufen.

Auch Leif beginnt zu rennen.

Mir ist sofort klar, dass er uns einholen wird, denn ich bin wahrhaftig nicht die Schnellste.

Als wir den Lehrerparkplatz erreicht haben, entscheidet Katja blitzartig: »Da lang!«

77

Wir machen eine scharfe Rechtskurve, laufen nicht zum Ausgang des Lehrerparkplatzes, sondern zur Turnhalle.

Das gibt uns einen kleinen Vorsprung, denn der Weg zur Turnhalle ist so dicht mit Büschen bepflanzt, dass Leif uns für einen Moment nicht sehen kann. Gleich aber wird er um die Ecke geschossen kommen und dann wird er mich gestellt haben, lange bevor wir zwischen Turn- und Schwimmhalle den Ausgang erreicht haben. Und selbst wenn, das würde uns auch nichts nützen. Spätestens auf der Straße hätte Leif uns eingeholt. Deshalb schlagen wir noch mal einen Haken. Nicht links zur Turnhalle, sondern rechts herum am Musikraum vorbei zum Eingang in den sogenannten Fachraumtrakt, ein langer quadratischer Pavillon, von dessen gläsernem Flur alle Fachräume abgehen: zunächst die Pausenhalle, dann die Biologie-, Physik- und Chemieräume. An der Kopfseite, gegenüber der Pausenhalle, die Kunsträume. Genau dort will Katja hin, wie sie mir zuruft.

»Bete, dass nicht abgeschlossen ist!«, hechelt Katja und ich gebe innerlich schon auf. In dieser Schule gibt es alles, aber mit Sicherheit keine Tür, die nicht verschlossen ist. Doch mein nicht abgelegtes Gebet wird erhört.

Die Tür ist offen, was vermutlich daran liegt, dass jetzt nur kleine und nicht große Pause ist. Da müssen viele Schüler schnell von ihrem Klassenraum in einen der Fachräume wechseln, weshalb die Türen geöffnet sind.

»Astrein!«, freut sich Katja. Wir schlüpfen durch die Tür hindurch und brechen beide unseren Sprintrekord. Da nämlich auch die Tür aus Glas ist, kann Leif uns sehen, solange wir geradeaus laufen. Wir müssen die nächste Ecke erreichen, bevor Leif erscheint, dann befinden wir uns im Schutz eines Physikraumes.

Katja und ich fliegen förmlich um die Ecke. Und dann fliege ich

wirklich, denn auf dem glatten Linoleum-Boden, der gerade von einigen Putzfrauen gebohnert wird, rutsche ich aus, knalle auf den Rücken und pralle an die gegenüberliegende Glaswand. Aber ich bin außer Sichtweite.

»Ja, was ist denn hier los?«, brüllt schon eine Reinemachefrau aus mindestens zwanzig Metern durch den Flur. »Wir sind hier doch nicht auf dem Rummelplatz!«

»Dann schreien Sie doch auch nicht so, als wäre hier einer!«, kontert Katja.

Ich müsste lachen, wenn nicht gerade mein Rücken so schmerzen und ich ängstlich um die Ecke lugen würde, ob Leif uns entdeckt hat. Ich robbe ein wenig vor und sehe gerade noch, wie Leif wie ein Berserker an dem Fachraumtrakt vorbei zur Turnhalle wetzt.

»Er ist drauf reingefallen!«, informiere ich Katja, springe auf und schon rasen wir weiter den Gang entlang zu den Kunsträumen.

»Verdammte Gören!«, brüllt uns die Putzfrau nach, aber wir lassen sie schreien. Uns beiden ist klar, dass es auf jede Sekunde ankommt, denn mittlerweile weiß ich, was Katja vorhat: Durch die Fenster der Kunsträume erreicht man einen kleinen Streifen Rasen. Hier ist die Schule zu Ende. Der Zaun aber ist gerade mal 1,20 Meter hoch. Höchstens. Spielend leicht kann man den überklettern. Von dort erreicht man die benachbarten Plätze des Post-Sportvereins, über die man zum Neusurenland gelangt, eine Straße, die man mit unserer Schule gar nicht mehr in Verbindung bringt. Nie und nimmer wird Leif uns hier finden. Es kommt jetzt nur darauf an, dass wir den richtigen Zeitpunkt abpassen. Spät genug, damit die Kunsträume für die armen Teufel schon aufgeschlossen sind, die in der 6. und 7. Stunde noch Kunst haben. Aber früh genug, bevor der Unterricht begonnen hat, damit wir noch durchs Fenster huschen können. Denn

natürlich ist es verboten, irgendeinen Raum der Schule durchs Fenster zu verlassen.

Es klappt alles wie am Schnürchen. Völlig außer Atem lassen wir uns auf die Wiese außerhalb der Schule plumpsen, nachdem wir über den Zaun gestiegen sind.

»Den haben wir schön ins Leere laufen lassen!«, freut sich Katja nach Luft japsend und ich stimme ihr zu. Gleichzeitig ist mir aber klar, dass das auf Dauer nicht so weitergehen kann. Ich kann schließlich nicht täglich eine abenteuerliche Flucht aus der Schule inszenieren, nur um diesem Verrückten nicht in die Arme zu laufen.

Deshalb will ich jetzt direkt im Anschluss auch zu Jaelle, um sie um Rat zu fragen. Der Weg, den ich jetzt zu gehen habe, ist zwar ein riesiger Umweg zum Bahnhof, wo sich das Haus der Jugend befindet, aber was soll's. Besser als Leif in die Arme zu laufen.

An der Bushaltestelle verabschieden Katja und ich uns, weil sie in die andere Richtung fahren muss. Der Bus fährt direkt zum Bahnhof. Von dort aus sind es nur noch drei Minuten bis zum Haus der Jugend. Hoffentlich ist Jaelle überhaupt da. Aber ab Mittag ist sie meistens im HdJ anzutreffen.

Da heute Donnerstag ist, decke ich mich am Bahnhofskiosk noch schnell mit der neuesten Ausgabe der *Bravo* ein, packe die Zeitschrift in meinen Rucksack und will gerade weitergehen, da kriege ich fast eine Herzattacke. Am Bahnhofsausgang steht – LEIF!

Verfluchte Scheiße, wo kommt der denn her? Der ist ja schlimmer als ein Geist. Woher weiß der, dass ich hier bin? Schon von weitem erkenne ich sein dämliches Grinsen, das mir signalisieren soll: Ich habe doch gesagt, ich kriege dich! Mein Puls rast, mein Kopf wird heiß, ich atme schwer. Verflucht, wo soll ich hin? Es sind nur wenige Schritte bis zum HdJ, bloß: Leif steht genau zwischen mir und

dem Haus der Jugend. Ich habe nur eine Möglichkeit, ihn mir vom Leib zu halten: nach links hinauf auf den Bahnsteig, auf die andere Seite – das heißt auch auf die andere Straßenseite – wieder hinunter, durch den anderen Ausgang, durchs Einkaufszentrum, in der Hoffnung, er wird mich im Einkaufsgewühl verlieren.

Leif kommt auf mich zu. Ich zeige ihm den ausgestreckten Mittelfinger und düse im Eiltempo nach links, die Rolltreppe hoch, scharfe Linkskurve und will gerade zum ungeheuren Spurt zum anderen Eingang ansetzen, als ich bemerke, dass gerade eine U-Bahn dasteht. Ein Geschenk des Himmels! Ich laufe zwei Waggons vor, höre den Befehl »Zurückbleiben bitte!«, welcher für mich das Signal zum Einsteigen ist. Ich springe in den Waggon, die Türen schließen sich.

Abfahrt.

Jetzt kann das Arschgesicht grübeln, ob ich auf der anderen Seite den Bahnhof wieder runtergelaufen oder mit der U-Bahn gefahren bin. Und wenn er auf den Gedanken kommt, ich bin mit der U-Bahn gefahren, dann ist es für ihn zum Einsteigen zu spät. Ich klebe mit der Nase an der Scheibe, versuche noch etwas von ihm zu entdecken, aber aus einer U-Bahn heraus kann man einfach nicht nach hinten schauen. Ich kann Leif nicht mehr sehen, doch ich bin mir sicher ihm entwischt zu sein.

Das einzige Problem ist: Ich wollte gar nicht U-Bahn fahren, sondern ins HdJ. Ich kann nur hoffen, dass wenn ich an der nächsten Station mit der nächsten oder besser übernächsten Bahn wieder zurückfahre, das Arschgesicht dann verschwunden ist.

»Hallo Kathrin!«, höre ich von der Seite. Ich zucke zusammen, drehe mich um und sehe Alex auf der anderen Seite am Fenster sitzen.

»Wo kommst du denn her?«, wundere ich mich ehrlich, denn Alex

hat schon drei Tage in der Schule gefehlt. »Ich dachte, du wärst krank?«

»Bin ich auch!«, gesteht Alex. »Irgendwie. Es geht aber schon wieder einigermaßen.«

Ich setze mich zu ihm. »Was heißt irgendwie, was hast du denn?« Vermutlich hat er Liebeskummer mit Monika, die ihn hat abblitzen lassen. Geschieht ihm recht.

»Ach! Kann ich nicht erzählen!«, wiegelt Alex ab.

Siehste! Aber ich sage lieber nichts. Auch Alex schweigt. So sitzen wir uns stumm gegenüber, was ich ziemlich furchtbar finde. Um diese peinliche Stille zu beenden, sage ich: »In der Schule hast du nichts versäumt!«

Alex lächelt schwach. »Ich weiß. Hat mir Monika schon erzählt!«

Monika? Ist der also immer noch mit ihr zusammen? Aber was hat er denn für eine Krankheit? Ich platze vor Neugier, wage es aber nicht, nachzufragen. »Aha« ist alles, was ich herausbringe.

Alex aber beugt sich vor und gesteht mir leise: »Wir sind nicht zusammen, falls du das denkst. Aber im Gegensatz zu euren Vorurteilen ist sie eine, auf die man sich verlassen kann.«

»So«, presse ich mir durch die Lippen. Soll ich mir jetzt noch eine Lobeshymne auf die dumpfe Seegurke anhören, oder was?

Ich blicke aus dem Fenster. Nicht mehr lange bis zur Station *Trabrennbahn*. »Ich muss jetzt raus«, kündige ich schon mal an.

»Warum bist du immer beleidigt, wenn ich von Monika spreche?«, fragt Alex mich.

Mein Gott, wie kann man nur so direkt sein! Was soll ich ihm denn sagen? Weil ich kurze Zeit mal dachte, ich wäre in dich verliebt? Gott bewahre! Eher soll mir meine Zunge verglühen. Außerdem, was kann ich dafür, wenn Monika so arrogant ist wie eine Diva?

»Man muss ja nicht jeden mögen, oder?«, stelle ich nur fest.

»Nein«, murmelt Alex. »Muss man nicht. Aber wenn alle einen nicht mögen, ist das ziemlich ätzend.«

Ich schweige. Mag sein. Aber ich bin auch nicht der Heilige Messias, der sich nun aus Mitleid mit Monika einlässt, dieser Schnepfe, nur weil sie es sich mit ihrer Art mit allen verdorben hat.

»Sie war übrigens die Einzige, die mich besucht hat – außer Roland«, berichtet Alex.

Warum erzählt er mir das? Was kann ich dafür, wenn er keine Freunde in der Klasse hat. Er ist doch auch noch ganz neu. Wieso jammert er mir hier die Ohren voll?

Zum Glück haben wir den Bahnhof erreicht. »Ich muss jetzt raus!«, erkläre ich und stehe auf.

»Ciao!«, verabschiedet Alex mich.

Ich öffne die Tür, mache einen Schritt nach vorne, schaue zuerst nach links hinten, als ich aus der Bahn aussteige und – NEIN! Sofort zucke ich zurück, knalle die Tür zu. LEIF! Da guckte tatsächlich Leif aus dem hinteren Waggon heraus. Jetzt weiß er, dass ich hier drinnen bin. Scheiße, Scheiße, Scheiße!

Schon geht die Fahrt weiter. *Trabrennbahn* ist ein kleiner Bahnhof, wo kaum Leute ein- oder aussteigen. Zum Glück geht es hier immer sehr schnell. Zu kurz für Leif, vom hinteren Waggon nach vorne zu mir zu laufen. Aber an der nächsten Station wird er mich haben!

»Was ist?«, fragt Alex von hinten.

»Nichts!«, rufe ich ihm zu.

Aber Alex lässt sich nichts vormachen.

»Du hast ja Angst!«, behauptet er.

»Quatsch!«, lüge ich. Und ob ich Angst habe! Schweißtreibende Panikangst habe ich!

In zwei Minuten haben wir Bahnhof *Wandsbek-Gartenstadt* erreicht. Dann wird Leif mich erwischen. Was wird er mit mir machen? Gefährlich werden kann er mir ja nicht, in aller Öffentlichkeit. Andererseits ... Ich sehe auf ein Plakat des Hamburger Verkehrsverbundes:

An dieser Stelle wurde vor zwei Tagen
ein Mädchen von sieben Männern zusammengeschlagen.
Sechs davon haben Zeitung gelesen.
Wer wegschaut, macht mit!

Das Plakat ist eine Reaktion auf mehrere Vorfälle in der U-Bahn, bei denen Menschen überfallen, beraubt oder sogar vergewaltigt wurden. Am helllichten Tag, in gut gefüllten U-Bahn-Waggons. Niemand hatte geholfen!

Das bedeutet: Leif kann mit mir eigentlich machen, was er will. Niemand würde mir helfen!

»Kann ich dir helfen?«, fragt Alex.

Ich schaue ihn an. Soll ich es ihm sagen? Eine andere Chance habe ich jetzt gar nicht, wenn ich Leif nicht allein gegenüberstehen will.

»Mein Ex-Freund verfolgt mich!«, vertraue ich Alex an und erzähle ihm in knappen Worten, worum es geht.

Alex schaut mich ernst an. »Was will er von dir?«, fragt er nach.

»Wenn ich das wüsste!«, gebe ich ehrlich zu. Ich habe ja wirklich keine Ahnung. »Auf jeden Fall nichts Gutes«, füge ich noch an.

»Und wo willst du hin?«, fragt Alex.

Ich berichte ihm, weshalb ich überhaupt in der U-Bahn sitze und ins HdJ wollte.

Nur noch eine halbe Minute bis zum Bahnhof.

Alex fragt nicht weiter. Entschlossen fordert er mich auf, zur vorderen Ausgangstür zu gehen, weil er sicher ist, dass Leif, der ja von hinten kommt, zunächst durch die hintere Tür kommen wird. »Du wartest, bis Leif zur Tür hereinkommt, gibst mir ein Zeichen, weil ich gar nicht weiß, wie er aussieht, und dann gehst du sofort ans andere Gleis und steigst in die U 2, okay?«

Ich nicke, obwohl ich Alex' Plan nicht verstehe. Trotzdem vertraue ich ihm, auch wenn ich nicht so recht weiß, weshalb. Vielleicht nur, weil ich in meiner Panik so schnell keine bessere Idee habe. »Und dann?«, frage ich nach.

»Du steigst *Dehnhaide* aus, gehst hinunter. Denn dort fährt ein Bus zurück nach Farmsen.«

»Genial!«, finde ich. »Das heißt, wenn es gut geht!«

»Es wird!«, ist sich Alex sicher. Und in dem Moment fährt die U-Bahn auch schon in den Bahnhof ein. Ich beeile mich zur vorderen Tür zu kommen, drängle mich vor, so dass ich direkt an der Tür stehe und sehe hinüber zur hinteren Tür, an der Alex jetzt ist. Hoffentlich geht alles gut.

Kaum steht der Wagen, sehe ich schon Leif heranstürmen. Er kann allerdings nicht hereinkommen, weil die Leute ja erst aussteigen wollen, an der Spitze Alex, dem ich schnell zunicke.

»Was ist jetzt?«, pöbelt mich ein speckiger Fettwanst von hinten an. »Willst du nun raus oder nicht?«

Ich ignoriere die geifernde Fleischwurst und schaue hinüber zu Alex, der mir zunickt. Jetzt kann ich aussteigen. So schnell ich kann, laufe ich hinüber zur bereitstehenden U 2, springe in den Wagen, der mir am nächsten steht, bleibe innen an der Tür stehen und linse vorsichtig zu Alex und Leif hinüber.

Ich sehe, wie Leif versucht, Alex wegzustoßen, während er sich

suchend nach mir umsieht. Schnell ziehe ich den Kopf zurück. Trotzdem hat Leif mich entdeckt, will schon zu mir lossprinten, aber Alex hält ihn fest.

Mit wutentbranntem Gesicht fährt Leif herum, schlägt mit der rechten Hand nach Alex, der sich blitzartig zurückzieht, dabei sein Bein aber vorschnellen lässt. Leif verhakt sich an Alex' Fuß, kommt ins Stolpern, was Alex wiederum ausnutzt, seinen Körper wieder vorschnellen lässt und Leif einen kräftigen Stoß gibt, so dass dieser der Länge nach aufs Pflaster schlägt.

»Du Arschloch!«, schreit Leif fast schon hysterisch, während ein lautes unverständliches »Zurückbleiben bitte!«, aus dem Lautsprecher krächzt.

Leif rappelt sich schnell wieder auf, taumelt allerdings noch ein wenig in gebückter Haltung. Gekonnt springt Alex um ihn herum, so dass er jetzt hinter ihm steht, verpasst Leif einen kräftigen Tritt in den Hintern und schiebt gleichzeitig mit den Händen nach. Leif fällt in den U-Bahn-Waggon hinein, in dem ich eben noch mit Alex gestanden habe.

»Zurückbleiben, verdammt noch mal!«, schreit es aus den Lautsprechern.

Alex weicht einen Schritt zurück.

Die Türen der U 1 schließen sich, der Zug setzt sich in Bewegung, während Leif sich von innen die Nase an dem Fenster platt drückt. Ich verabschiede ihn mit ausgestrecktem Mittelfinger, er grüßt mit geballter Faust zurück und Alex sprintet zu mir in den Waggon. Gemeinsam setzen wir uns Richtung *Dehnhaide* in Bewegung, während Leif unfreiwillig zum *Alten Teichweg* fahren muss.

»Das war eine Meisterleistung!«, bedanke ich mich bei Alex. »Ich wusste gar nicht, dass du Kampfsport machst!«

»Kampfsport?«, grinst Alex. »Ich mache doch keinen Kampfsport! Ich spiele Fußball! Was meinst du, was im Strafraum bei einem Eckball los ist? Wir trainieren regelmäßig, wie man sich einen Gegenspieler vom Leibe hält. Das eben war nicht mal ein Elfmeter. Jedenfalls nicht bei einem schlechten Schiedsrichter!«

Meine ganze Angst und Anspannung verliert sich in einem herzhaften Lachen! Noch nie in meinem ganzen Leben fand ich Fußball so toll wie in diesem Augenblick!

Küss mich, Künstler!

Ich war froh, als Alex mir nach diesem Vorfall anbot, statt zum Arzt zu fahren, mich im Bus zurück nach Farmsen zu begleiten. Vom Kopf her war ich zwar sicher, dass wir Leif jetzt endgültig abgehängt hatten, aber mein Bauch traute dieser Gewissheit noch lange nicht. Es hätte mich jedenfalls nicht gewundert, wenn Leif im Bus plötzlich wieder aufgetaucht wäre. Mit Alex an meiner Seite aber hatte ich gar keine Zeit, darüber nachzudenken. Ich hatte ihm nämlich erzählt, was Leif mit dem Porträt gemacht hatte, und kaum saßen wir im Bus, da kramte Alex Papier und Bleistift hervor und begann mich erneut zu zeichnen. In aller Öffentlichkeit. Da kannte der nichts! Zuerst war mir das ja echt peinlich, so dazusitzen vor allen Leuten und mich zeichnen zu lassen, aber Alex machte aus alledem überhaupt keine Show. Er benahm sich nicht wie einer, der jetzt den großen Künstler mimte nach dem Motto: *Schaut mal alle her, ich bin erst fünfzehn und kann schon spitzenmäßige Porträts zeichnen!*

Ich bin mir sicher, so hätte Leif das gemacht. Nein, Alex saß da, still und leise in seine Arbeit versunken, so als ob er gerade noch seine Hausaufgaben erledigen musste und von nichts und niemandem dabei gestört werden durfte! Und das alles in einem Tempo, in dem ich nicht einmal einen Einkaufszettel hätte schreiben können.

Das Bild war unheimlich toll. Sicher, es war nicht ausgereift und detailverliebt wie das erste Bild, das er von mir gezeichnet hatte, als er im Unterricht fast zwei Stunden Zeit gehabt hatte, aber dafür hatte dieses für mich eine viel größere Bedeutung. Alex, den ich auf meiner Fete hochkantig hinausgeworfen hatte, hatte mir gegen Leif aus der Patsche geholfen. Einfach so. Ohne Grund, ohne dass er einen Vorteil davon gehabt hätte. Einfach nur, weil er mich zufällig getroffen und mich in Not gesehen hatte. Es ist ohnehin klar, dass ich ihm das nie vergessen werde. Aber viel wichtiger als das ist, was es mir über Alex gezeigt hat, nämlich, dass er ein hochanständiger, mutiger Typ ist, auf den man sich verlassen kann.

So hatte mich mein spontanes Gefühl, als ich Alex zum ersten Mal gesehen hatte, doch nicht getäuscht: Alex ist ein Pfundskerl. Nur leider habe ich dieses erste Gefühl verdrängt, weil er ein Auge auf Monika geworfen hatte, weil ich eifersüchtig war, schlimmer, weil ich nahezu blind war vor Eifersucht und mich in meiner Blindheit dem ersten schönen Jungen an den Hals geworfen hatte, den ich kriegen konnte, nur um mich über die Enttäuschung mit Alex hinwegzutrösten. Ein netter Flirt wäre ja auch in Ordnung gewesen, aber dass ich mich gleich Hals über Kopf in den verlieben musste! Ich habe sogar die Freundschaft mit Katja aufs Spiel gesetzt, nur weil sie eher als ich erkannt hatte, dass mit Leif etwas nicht in Ordnung war. Aber auch davon wollte ich nichts wissen. Nichts, was mir sonst

wichtig gewesen war, hätte mir plötzlich noch etwas bedeutet: mein Theaterspiel hätte ich für Leif vernachlässigt, meine Freundschaft mit Katja aufgegeben, Alex auf immer verdammt – wenn, ja, wenn Leif nicht übertrieben hätte in seiner brutalen Art mich zu beherrschen. Sonst wären mir die Augen womöglich erst viel später aufgegangen.

»Die Sache mit Leif hat dich ganz schön mitgenommen, nicht wahr?«, fragt Alex mich plötzlich.

Ich nicke unwillkürlich, aber woher weiß Alex das?

»Man kann es in deinem Gesicht lesen!«, behauptet er.

Ich kann das nicht fassen. Man kann mir meine verkorkste Liebe im Gesicht ansehen? Oder kann nur Alex das, mit seiner besonderen Gabe der Beobachtung?

Leif hatte mich betrachtet und war zu dem Schluss gekommen, meine Haare seien zu kurz, weil er lange Haare lieber mochte! Als ob es nicht *mein* Kopf wäre!

Alex schaut mich an und erkennt meine Sorgen!

Drei Tage war Alex nicht in der Schule und ich hatte ihn nicht vermisst. Aber jetzt spüre ich, wie schön es ist, dass er da ist. Wenn er morgen immer noch zu Hause bleibt, wird er mir fehlen.

Wir haben den Farmsener Bahnhof fast erreicht. Gleich werden wir aussteigen und dann trennen sich unsere Wege.

»Wann kommst du wieder zur Schule?«, frage ich. Gleichzeitig überkommt mich ein bisschen die Befürchtung, dass die Frage zu direkt war, zu aufdringlich, dass Alex sie missverstehen könnte. Andererseits: Was soll's? Es war eine einfache Frage. Alex kennt ja meine ganzen Gedanken dazu nicht! Gott sei Dank!

»Morgen!«, antwortet Alex spontan.

»Morgen?«, hake ich nach. Kein Mensch auf diesem Planeten geht

am Freitag wieder zur Schule, wenn er schon die ganze Woche gefehlt hat! Man nimmt das Wochenende mit und kommt frühestens am Montag wieder. Aber Alex, der Verrückte, besteht darauf, morgen – am Freitag! – wieder zur Schule zu kommen. Selbst als ich ihn warne, dass wir morgen eine Spanisch-Arbeit schreiben! Er meint, wenn er morgen fehlt, muss er die Arbeit vielleicht nachschreiben und das sei noch schlimmer! Also gut, er muss es wissen!

Und dann kommt mir mit einem Mal eine Idee, die mir auf Anhieb supergut gefällt. »Ich muss sowieso auch noch für die Arbeit üben. Komm mit zu mir. Dann lernen wir zusammen!«, kommt es mir über die Lippen, als ob das gar nichts wäre. Ich habe soeben einen Jungen zu mir nach Hause eingeladen! Ich kann mir auch ehrlich gesagt überhaupt nicht vorstellen, dass ich heute auch nur einen einzigen vagen Blick in ein Spanisch-Buch werfe. Nach den Erlebnissen heute Nachmittag, wer kann da noch in Ruhe für eine Arbeit lernen?

Niemand! Auch wenn in der Schule da wieder kein Schwein nach fragt. Für die Lehrer sind Schüler kleine Maschinen, die immer zu funktionieren haben! Heute setzen sie einen Termin an, übermorgen hat man dann die Arbeit abzuliefern. Ping und fertig. Als ob wir nur existieren würden um Nahrung aufzunehmen und für Klausuren zu pauken. Traurigkeit? Zählt nicht! Liebeskummer? Lachhaft! Ärger mit den Freunden? Gibt's nicht! Halt's Maul und schreib die Arbeit! Packst du es nicht, kassierst du eine Fünf, bei manchen verkalkten Schrumpfköpfen sogar eine Sechs! Und davon hängt dann möglicherweise sogar das nächste Zeugnis und vielleicht sogar deine ganze Versetzung ab! Wie die Lehrer drauf sind, da fragt kein Aas nach! Wenn die im Alter von achtundzwanzig einmal ihre Prüfung bestanden haben, können die Mist bauen bis sie sechzig sind.

Aber es bleibt dabei: Heute bekommen mich keine zehn Pferde

mehr dazu, Spanisch zu büffeln. Und doch habe ich Alex zum gemeinsamen Lernen eingeladen. Eigentlich nur weil ich will, dass er da ist. Es ist mir viel zu früh, mich jetzt schon zu verabschieden. Auch den Termin mit Jaelle lasse ich sausen. Am Wochenende kann ich mich immer noch mit ihr ausquatschen. Ich will jetzt einfach nicht, dass Alex geht. Und ich habe Glück: Alex sagt zu! Ich mache innerlich einen Luftsprung, lasse mir das aber nicht anmerken. Hoffe ich jedenfalls. Alex merkt ja immer alles sofort.

Alex sieht sich in meinem Zimmer um, als stünde er in einem Museum und würde Dinge entdecken, die er zum ersten Mal in seinem Leben sieht.

Besonders wundert er sich über das *Titanic*-Film-Plakat, das noch immer an meiner Wand hängt. »Solange es keinen besseren Film gibt, kommt da auch kein anderes Poster hin«, informiere ich ihn. Und dann überlege ich, ob ich Alex erzählen soll, dass es noch einen Grund gibt, weshalb das Poster dort hängt. Ob es ihn interessieren wird? Oder wird er mich auslachen? Ach was! Ich habe noch nie gesehen, dass Alex jemanden auslacht. Ich zeige es ihm einfach. Ich sage nichts weiter, sondern hebe nur den Zeigefinger, damit er weiß, dass jetzt was Besonderes kommt.

Dann krame ich den Hut aus meiner Theaterkiste hervor. Es hat mich unendliche Mühe gekostet, dieses Ding aufzutreiben. Nirgends war ein passender Hut zu finden – bis er mich plötzlich auf dem Flohmarkt im Farmsener Einkaufszentrum anstrahlte. Fünfundsiebzig Mark hat er noch immer gekostet. Da er aber für meinen Theaterauftritt gedacht ist, haben meine Ma und Peter einen gehörigen Teil gesponsert. Ich setze den Hut also auf, hole auch vorsichtig das frisch gebügelte Kleid hervor, das meine Oma mir passend dazu

genäht hat, und halte es an meinen Körper. So präsentiere ich mich Alex und erkläre ihm:»Und außerdem spielen wir – nachdem wir Jaelle, unsere Leiterin, drei Monate bearbeitet haben – das Stück mit unserer Theatergruppe. Schon in einem halben Jahr soll die Premiere sein und ich spiele die Rose!«

»Toll!«, lautet Alex' Reaktion.

Er hat wirklich »toll« gesagt! Nicht: *Titanic* im Theater? Wie soll das denn gehen? Mit all dem Wasser? Das war Peter als Erstes eingefallen! Auch nicht: Und wer spielt Jack? Das war natürlich Katjas erste Frage gewesen! Und Leif habe ich es erst gar nicht erzählt! Vermutlich hätte ihm das Kleid nicht gefallen oder so. Aber Alex sagt spontan:»Toll!«

Und dann erzählt er noch, dass er niemals Schauspieler werden könnte, weil er sich nicht vorstellen kann, so viel Text auswendig zu lernen und schon gar nicht dabei auch noch zu spielen. Er berichtet, welch große Hochachtung er vor Schauspielern hat und dass er sich immer darüber wundert, dass die Mimik der Schauspieler selbst in Großaufnahme und in Zeitlupe absolut echt wirkt. Man hätte dann immer wirklich den Eindruck, die Schauspieler würden weinen oder herzhaft lachen oder erschrocken sein.

»Na ja, so gut bin ich noch lange nicht«, räume ich ein. Jaelle hat von unserem letzten Stück mal eine Videoaufnahme gemacht. Mir hat auch auf Video unser Auftritt total gut gefallen, aber so wie man es aus dem Kino kennt, war es natürlich nicht. Aber darauf kommt es ja auch nicht an.

»Nur schlechte Schauspieler halten sich für wirklich gut«, will Alex mir Mut machen.

Ist er nicht süß? »Du bist ein ganz schöner Schmeichler«, antworte ich ihm. Aber auch er darf sich geschmeichelt fühlen, denn: »Du

bist übrigens der erste Junge, dem ich dieses Kostüm zeige. Meine Oma hat es für mich genäht«, eröffne ich ihm.

Alex schaut mich skeptisch an. Zumindest der Hauptdarsteller müsste es doch schon gesehen haben, glaubt er. »Der, der den Leonardo di Caprio spielt!«

Ich muss lachen. So ist das mit berühmten Schauspielern. Jetzt glauben die Leute schon, die Figur des Films heißt Leonardo di Caprio! »Den Leonardo spielt gar keiner«, korrigiere ich ihn, »weil die Hauptfigur Jack heißt. Leonardo ist ja selbst nur der Schauspieler.«

Alex winkt ab. Das scheint ihm schnuppe zu sein. »Das meinte ich ja«, behauptet er. Darin ist Alex nun wieder ein echter Junge. Bloß niemals Fehler zugeben! »Also, wer ist der Glückliche?«

Der Glückliche? Hat er tatsächlich *der Glückliche* gesagt? Er hält es für das Glück eines Jungen, meinen Liebhaber spielen zu dürfen? Oder wollte er mir nur mal wieder Honig ums Maul schmieren? »Letzten Samstag fandst du mich noch hässlich«, erinnere ich ihn. »Jedenfalls hässlicher als Monika.«

»Mensch Kathrin, das war doch im Eifer des Gefechts gesagt und nicht so gemeint«, verteidigt sich Alex. »Ich fand es nur gemein, wie ihr alle auf Monika herumhackt.«

»Schon gut«, winke ich ab. Ich habe jetzt wirklich keinen Bock noch mal über Monika zu diskutieren. Es gibt viel Wichtigeres zu besprechen. Denn wir haben noch keinen Hauptdarsteller für die *Titanic*-Aufführung. In unserer Theatergruppe gibt es ohnehin nur zwei Jungs. Der eine ist erst zwölf und der andere ein blöder Angeber, der garantiert noch nie geküsst hat, aber immer die großen Töne spuckt. Mit keinem von beiden kann ich mir vorstellen ein Liebespaar zu spielen. Das habe ich auch Jaelle gesagt.

»Kannst du dir vorstellen, dass ein Junge eine überzeugende Lie-

besszene darstellen kann, der noch nie geküsst hat?«, frage ich Alex, nachdem ich ihm von dem Dilemma erzählt habe.

»Nun ja«, antwortet Alex zögerlich. »Ich meine, Tom Cruise macht das ja auch!«

Das ist typisch Alex! Man spricht ganz ernsthaft über etwas und dann macht er einen Spruch zum Wegschreien. Ich muss lauthals loslachen.

Auch weil Alex damit den Nagel auf den Kopf getroffen hat. Ich mag nämlich Tom Cruise überhaupt nicht! Diese ewig gleich guckende Schmalzbacke! Ob der traurig, wütend oder lustig sein will, der schaut immer gleich dämlich aus der Wäsche. Und für die Küsse benutzt er bestimmt ein Double. Das habe ich mir immer schon gedacht. Welche Schauspielerin würde den schon küssen?

Als ich mich wieder etwas beruhigt habe, weiß ich, mit wem ich gerne das Liebespaar auf der Bühne spielen würde. »Du wärst eigentlich die Idealbesetzung«, starte ich einen Testballon um mal zu sehen, wie er darauf reagiert. »Schließlich bist du ein guter Zeichner, genau wie Jack.«

»Ich soll die Hauptrolle spielen?«, posaunt Alex sofort los. »Ich kann dir zwar eine Reihe von Werbesprüchen aus dem Fernsehen aufsagen, aber ab einem vierzeiligem Gedicht wird es kritisch.«

Das ist mal wieder klar, dass Alex den Wink mit dem Gartenzaun nicht verstanden hat. Jetzt erzählt er mir tatsächlich was von der Schauspielerei. Entscheidend aber ist, ob er sich vorstellen könnte, mit mir ein Liebespaar zu spielen. Oder gar zu sein?

»Das dachte ich auch zuerst«, gehe ich brav auf Alex' Antwort ein. Wenn man von einer Sache begeistert ist, geht das ganz leicht. Wirst sehen!«

Das ist übrigens nicht nur beim Theater so, sondern auch in der

Liebe, mein Bester. Aber im Moment ist es recht schwer, dich auf den richtigen Pfad zu bringen.

»Okay!«, stimmt Alex zu.

Lieber noch mal nachfragen: »Okay?«

»Wir können die Szene ja mal proben!«, schlägt Alex vor. Mein Gott, er hat's kapiert! Er will mich küssen! Ich kann meinen Jubel kaum verbergen. Ich glaube, ich bin aus Versehen sogar ein bisschen hochgehüpft. Peinlich! Aber egal. Komm, Alex, nun mach wenigstens jetzt den ersten Schritt.

»Wenn du dich aufs Zeichnen berufst, dann nehmen wir doch die Szene kurz vor dem Unfall, in der Jack Rose zeichnet.«

Was? Er will mich zeichnen? Das dritte Mal? Mann, Junge, du bist aber auch von der langsamen Sorte! Okay, in Gottes Namen. Wenn es denn der Annäherung dient.

»Okay!«, stimme ich zu und lege mich auf meinem Sofa in Position, während Alex auf dem Sessel gegenüber Platz nimmt – so unendlich weit von mir entfernt! »Fang an! Brauchst du Papier und Bleistift?«, frage ich.

»Habe ich!«, antwortet er und ich bin erleichtert. Wenigstens vergeuden wir jetzt nicht noch Zeit mit Material-Suche.

»Aber ich meine die Szene, in der er Rose mit dem Diamanten zeichnet«, ergänzt Alex.

Soll er doch.

Doch Alex wartet auf etwas.

Moment mal. Was hat er gesagt? Die Szene, in der Rose mit dem Diamanten ...? Das ist doch ... In der Szene liegt ...

Alex grinst mich an.

Tatsächlich. Er meint die Szene. Er meint genau die Szene. Dieser Halunke. In dieser Szene liegt Rose nackt vor Jack. NACKT! Darauf

will Alex hinaus! Genau wie Leif, dieser Schurke. Keinen Deut besser! Immer sofort ausziehen und rummachen. Ich springe auf, bin wütend, will Alex die Meinung geigen, schaue ihm kurz in die Augen. Er aber sitzt da wie das Unschuldslamm persönlich. Oder will er gar nicht ...? Nein! Im Gegenteil! Er hofft, so aus der Situation herauszukommen! Jetzt erst schnalle ich, was er vorhat. Er will nicht, dass ich mich ausziehe! Er will das Gegenteil! Er hofft, ich hätte Schiss mich vor ihm auszuziehen und die ganze Szene, uns als Liebepaar auszuprobieren, wäre hinfällig. Das ist sein Plan!

»Du bist ein Schlitzohr!«, sage ich und aus Alex' Reaktion merke ich, dass meine Vermutung stimmt.

»Du wolltest proben!«, fügt er an und untermauert damit meinen Verdacht. Das passt auch wieder zu Alex. Der sagt nicht: *Huch, ich schäme mich.* Er verstrickt mich in eine Situation, die es mir unmöglich macht, meinem Ziel näher zu kommen. Aber nicht mit mir, mein Junge! Jetzt sollst du mich kennen lernen und dann wollen wir mal sehen, wie viel Mumm du hast!

»In Ordnung!«, sage ich in Alex' verdutztes Gesicht. Er ist völlig verstört. Man sieht richtig, wie sein Plan in seinem Kopf zusammenfällt wie ein marodes Haus. Jetzt habe ich wieder die Trümpfe in der Hand.

»Wenn die Rolle es erfordert, mein Lieber ...«, koste ich genüsslich aus. »Ich bin eine gewissenhafte Schauspielerin. Ich gebe mich meiner Rolle voll und ganz hin. Ich hoffe, du auch?«

»Kathrin!«, kreischt er, wobei die zweite Silbe ungefähr sieben Oktaven höher klingt als die erste. Der Gute ist völlig durcheinander und sein Stimmbruch hat ihn wieder.

»Leonardo im Stimmbruch. Auch nett!«, sage ich. Gut, das war

jetzt vielleicht etwas zu gehässig. Aber diese Machtprobe habe ich auf der ganzen Linie gewonnen! Und das darf man ja wohl mal für einen Moment auskosten, oder?

Lässig lasse ich die Jeans hinuntergleiten, ziehe mein T-Shirt aus und stehe nur noch in Unterwäsche vor ihm. Ich ziehe mich aus und Alex ist entblößt! Das macht es mir leicht, bis zum Äußersten zu gehen.

»Es ...«, kiekst Alex, höher als die Note C-Strich. »Es reicht ja«. Das kam fast wieder als Bass rüber. Der Junge ist nervös bis zum Gehtnichtmehr.

»Lampenfieber?«, frage ich ganz cool.

Vor den großen Augen, den roten Ohren und dem offenen Mund von Alex entledige ich mich auch noch des BHs und des Höschens und bin nun völlig nackt. Ganz so leicht, wie ich es mir vorgestellt habe, ist das doch nicht. Im Augenblick hätte ich gern wenigstens meine Unterwäsche wieder. Aber einmal angefangen, muss ich das Spielchen jetzt durchziehen.

»Gut so, großer Meister?«, frage ich zum krönenden Abschluss und hoffe innig, dass er nicht merkt, wie ich innerlich zittere, wie unsicher ich mich fühle. Jetzt bist du dran Alex!

Alex sagt nichts.

Aber es kann nicht so weitergehen, dass ich hier nackt herumstehe und er mich bloß anstarrt.

»Zufrieden?«, setze ich nach, während ich mich auf die Couch lege.

»Der ...«, piepst es aus Alex heraus. Er räuspert sich. Ich bin gespannt, was ihm jetzt einfällt.

»Der Diamant fehlt«, sagt er.

»Du bist unglaublich!«, prescht es aus mir heraus. Dieser Alex!

Selbst jetzt fällt ihm noch ein lustiger Spruch ein. Ich mache einen Striptease vor ihm, liege nackt und schmachtend vor diesem Typen und was fällt ihm ein? *Der Diamant fehlt!*

Ich kann nicht mehr; ich kichere und lache und gackere und falle fast vom Sofa. Ich halte es nicht aus. Ich liebe ihn! Ich liebe ihn für seine lustige Art. Für seinen trockenen Humor. Für seine sanfte Naivität. Für sein ... alles!

Ich schaue zu ihm hinüber.

Und er?

Er beginnt zu zeichnen! Das kann doch wohl nicht sein!

»Nein!«, brülle ich zu ihm hinüber. »Das kannst du doch nicht wirklich machen!«

»Wieso nicht?«, fragt er allen Ernstes.

Ach, Alex!

»Du hast dich doch nackt vor mich hingelegt.«

»Ja«, gebe ich schnell zu. »Aber stell dir vor, meine Ma oder noch schlimmer – ihr Lover findet das Bild!« Das wäre wirklich das Letzte!

»Und was soll ich mit einem Bild, das ich immer verstecken muss?«

»Also lassen wir es, okay?«, gibt Alex sofort auf.

Ich muss ihn wirklich erst auf den Trichter bringen. »Ich wollte dir nur beweisen, wie ernst es mir mit diesem Theaterstück ist.« Und dass ich mich auch auf der Bühne nicht von jedem Trottel küssen lasse.

Laut sage ich wieder: »Ich fände es wirklich nett, wenn du die Rolle spielen würdest.«

»Wirklich?«, fragt Alex ganz überrascht. Hat der wirklich die ganze Zeit nichts gemerkt?

»Aber Schauspielerei ist wirklich nichts für mich. Ich bin eher ein Zeichner«, fängt er wieder an völlig Belangloses zu reden.

Ich habe die Gelegenheit genutzt, schnell wieder Höschen und BH

anzuziehen. Mehr aber nicht. Denn wenn Alex nun unbedingt zeichnen will, dann soll er es auch tun. Und zwar etwas, das ich mir schon immer gewünscht habe.

Ich hole die *Bravo* der vergangenen Woche hervor, in der die richtige Seite noch aufgeschlagen ist: Ornamente auf der Haut! Der neueste Schrei! Ich bin echt keine Mode-Tussi, aber diese pechschwarzen malerischen Verzierungen, die erstmalig Madonna bei *Wetten dass ...?* vorgestellt hat, finde ich oberscharf! Ich zeige sie Alex und frage:»Kannst du das?«

Alex hält es für möglich, gibt aber zu bedenken, dass er noch nie auf Haut gemalt hat. Das ist mir schnuppe. So etwas machen zu lassen, kostet vermutlich ein Vermögen. Ich bin ja nicht Madonna! Und sich diese Verzierungen als Abziehbilder auf den Körper zu kleben, wie die *Bravo* es vorschlägt, steht für mich außerhalb jeder Debatte. Es muss richtig gemalt sein. Und Alex kann das! Ich bin mir sicher!

»Würdest du es probieren?«, dränge ich ihn.

Komm schon, Alex. Zu küssen traust du dich schon nicht, dann male mir wenigstens die Ornamente.

»Wohin?«, fragt Alex.

Na also!

»Hier!«, zeige ich ihm sofort. Als Gürtel um meine Taille!

Alex stimmt zu. Zwar muss er noch mal betonen, dass er keine Verantwortung für das Resultat übernimmt, aber das ist ja überflüssig zu erwähnen. Ich mache ihm Mut, indem ich ihm übers Gesicht streichle. Er fühlt sich gut an. Ein ebenes Gesicht mit weicher Haut und festen Zügen.

»Du wird es schön machen«, bin ich überzeugt. Auch küssen könnte er gut. Daran habe ich keine Zweifel. Ich weiß nur nicht, wie ich ihn dazu kriegen soll.

Ich drehe mich um, hole Pinsel und spezielle Farbe aus dem Schreibtisch, die ich für alle Fälle schon mal gekauft hatte. Wir hatten mal überlegt, dass Katja mir die Ornamente aufmalt. Nachdem ich ihre Probezeichnungen auf einem Blatt Papier gesehen hatte, haben wir allerdings schnell einvernehmlich davon Abstand genommen.

Alex, der liebe, denkt wirklich an alles. Sorgfältig legt er den Fußboden vor meinem Sofa mit alten Zeitungen aus, bevor er das Farbfläschchen öffnet. Ich lege mich so wie ich bin – mit Höschen und BH – auf die Zeitungen. Alex beginnt mit dem Malen.

Es kitzelt furchtbar, als er meinen Bauch mit dem Pinsel berührt, und ich zucke kichernd zusammen.

Alex meckert sofort rum, weil er Angst hat alles zu verwackeln. Aber selbst Meckern tut er unheimlich nett.

»Ich werde mir Mühe geben, aber Reflex ist Reflex«, entschuldige ich mich.

Alex reagiert mal wieder richtig und drückt mit dem Pinsel fester auf. Jetzt kann ich das Kribbeln wunderbar aushalten. Es ist erstaunlich, wie feinfühlig er ist. Manchmal denke ich, er spürt meine Empfindungen oder kann meine Gedanken lesen. Manchmal genügt nur ein Stichwort oder ein Hinweis, ein Blick oder eine Bewegung und Alex hat begriffen, was ich meine, wie ich fühle oder welche Handlung ich mir ersehne. Nur beim Küssen klappt das nicht so. Trotzdem ist er mir so nah und vertraut, als wären wir seit Jahren die dicksten Freunde. Es gibt eine seltsame stumme Übereinstimmung unserer Ansichten und Gefühle.

Behutsam, mit ruhiger, sicherer Hand, sanft und doch mit genügender Festigkeit, zart, aber bestimmt, malt er mir die Ornamente auf die Haut und ich genieße seine Berührungen, folge mit meinem

Atem seinem Rhythmus, schaue ihn an, betrachte sein entschlossenes, ebenes, hübsches Gesicht, das mir so vertraut erscheint, mir so
viel Wärme gibt. Ich fühle mich zu ihm hingezogen. Ich freue mich,
dass er noch mit zu mir gekommen ist, dass er jetzt so nah bei mir
ist. Es hat nichts Anzügliches, nichts Beängstigendes, dass ich halb
nackt vor ihm liege und mich so offenbare. Ich erinnere mich, wie
ich drei Meter von Leif entfernt, vollständig angezogen an der
Musikanlage meiner Ma stand und mir trotzdem entblößt und nackt,
schutzlos und überrumpelt vorkam. Bei Leif spürte ich Bedrohung.
Bei Alex Geborgenheit. Das wird mir in diesem Moment klar.

»Es ist ein schönes Gefühl, wenn du so zart meinen Bauch berührst«, sage ich ihm leise, weil meine Gefühle irgendwie hinaus
müssen. »Es kitzelt komischerweise gar nicht, sondern fühlt sich angenehm an.«

Alex lächelt still und malt weiter. Zwei himmlische Stunden lang.
Und ich hätte noch weitere drei oder vier Stunden so vor ihm liegen
können. In mir fühlte ich etwas, das ich noch nie gefühlt habe. Es
war keine Geilheit, obwohl ich Lust gehabt hätte, mit Alex rumzu-
machen. Es war keine Aufregung, obwohl ich vor Spannung zitterte.
Es war ... ja, es war wohl das, was man gemeinhin als Erotik bezeich-
nen würde, als erotisches Gefühl. Ich glaube jedenfalls, dass ich zum
ersten Mal in meinem Leben ahnte, was Erotik ist im Unterschied
zum Sex.

Nach mehr als zwei Stunden darf ich mich endlich im Spiegel betrachten. Es sieht Erste-Sahne-affenscharf-saumäßig-supergeil aus!

»Alex, das hast du toll gemacht!« Und dieses Lob ist weit, weit
untertrieben. Es reicht nicht. Ich muss mich mehr bei ihm bedanken.
Nicht nur für das Malen, auch für das Gefühl, das ich dabei hatte,
für den ganzen Nachmittag, für ... Scheiße, ich tu es jetzt einfach!

Ich laufe auf Alex zu, umarme ihn, bedanke mich noch mal schnell und dann endlich, endlich, endlich K Ü S S E I C H A L E X !

Alex erwidert meinen Kuss! Meine Vermutung bestätigt sich: Alex kann küssen! Und wie! So wie er die Gefühle aus meinem Gesicht abliest, seine Berührungen auf das Zittern meines Bauches einstellt, so empfindet er jede kleinste Bewegung meiner Zunge, begrüßt sie, nimmt sie auf in sein eigenes Zungenspiel, macht dann selbst einen Vorschlag. Alex küsst nicht, Alex kommuniziert! Mit seiner spielenden Zunge fragt er meine Gefühle ab, akzeptiert sie, begreift sie, stellt sich darauf ein, befriedigt sie und gibt ihnen neue Impulse sich weiter zu entfalten.

Langsam gleiten seine Hände über meinen Rücken und mich durchzuckt ein wohliger Schauer. Der Bann ist gebrochen. Alex traut sich endlich und ich weiß, dass ich genau das gewollt habe, schon als ich ihn das erste Mal sah. Seine Hand streichelt meinen Po. Alex streichelt wie er zeichnet: aufmerksam, behutsam und doch entschieden und bestimmt. Er nimmt meine gesamte Persönlichkeit in sich auf und gibt mir sein Einverständnis in Form von zärtlichen Berührungen zurück. Ich will ihn spüren, seine nackte Haut fühlen, so wie ich fast nackt in seinem Arm liege. Ich weiß, dass Alex und ich uns einig sind, dass wir uns stumm, küssend und keuchend verstehen.

Ich zerre ihm sein T-Shirt aus der Hose, während er bemüht ist, meinen BH zu öffnen. Er weiß nicht, wie es geht – und auch dafür mag ich ihn. Leif hatte in Nullkommanix meinen BH offen. Ein Handgriff, der einstudiert saß, so sicher, wie er bei einem Mofa die Zündkerze auswechselt oder beim Computer die Reset-Taste betätigt. Ohne nachzudenken. Reine Routine. Alex aber fummelt an dem Verschluss herum. Etwas unbeholfen, und dennoch bemüht durch die-

ses kleine technische Hindernis nicht die Stimmung zu zerstören. Unsicher, aber nicht hilflos. Forsch, aber nicht fordernd.

Jetzt bin ich an der Reihe seinen Wunsch zu verstehen und ihm den Weg zu weisen. Ich wandere mit einer Hand von Alex' Rücken nach vorn zu seiner glatten, durchtrainierten Brust. Mit der anderen streichle ich ihm den Nacken. So kann er es auch machen, wenn er meine Anregung versteht.

Alex versteht.

Seine rechte Hand wagt sich nach vorn, schiebt sanft und zitternd meinen BH hoch und liebkost meine nackten Brüste.

Ich habe Lust! Lust auf mehr! Lust auf Alex! Ich weiß, dass es mit Alex wunderschön sein wird. Ich vertraue ihm. Ich spüre, dass er mir vertraut. Nichts ist peinlich, alles ist in Ordnung, so wie es ist. Ich weiß, dass jetzt nichts passieren muss – so wie bei Leif – aber alles passieren kann. Es ist ein befreiendes Gefühl. Ein Gefühl, das mich geil macht.

Ich öffne Alex' Reißverschluss, nehme kurz ein Zucken seines Körpers wahr, merke aber, dass es ihm gefällt. Ich fummle mich in seine Hose hinein und stelle fest, dass es auch Jungs-Unterhosen ohne Eingriff gibt. Ich nehme den Umweg seitlich durch eine Beinöffnung und spüre – seinen Pimmel in meiner Hand!

Zum ersten Mal.

Mit Leif habe ich sogar geschlafen, aber ich habe ihn nicht angefasst. Alles ging so schnell und so mechanisch, dass ich gar nichts vom ihm mitbekommen habe. Von Alex bekomme ich alles mit.

Wie sich der anfühlt! Das kann man gar nicht sagen, weil der sich die ganze Zeit verändert. Zuerst weich, fast wabbelig wie so'n Marshmellow, aber nur ganz kurz. Jetzt schon eher wie ein Finger, aber fleischiger und ohne Knochen. Und doch fester werdend und

warm. Und größer wird er. Von Sekunde zu Sekunde. Er bekommt einen Steifen. Gurkenähnlich, nur innen fest und hart, so fühlt es sich an, außen immer noch fleischig und warm. Irgendwie lustig, aber auch aufregend. Komisches Ding! Für einen Moment muss ich innerlich schmunzeln.

Ich will mit ihm ins Bett! Jetzt! Sofort!

»Komm!«, sage ich. Es ist das erste Wort seit einer Ewigkeit. Vorsichtig löse ich mich aus unserer Umarmung, ziehe mir den BH aus, lege mich aufs Bett und bitte ihn noch einmal: »Komm!«

Einen Augenblick steht er ratlos da, in offenen Jeans, herausgerupftem T-Shirt, verwuselten Haaren wie ein Liebhaber, den man in einem Kleiderschrank entdeckt hat. Dann zieht er sich bis auf die Unterhose aus und kommt langsam auf mich zu. Ich bin verschossen in seine Schüchternheit.

Ich will aber nicht länger warten und bevor er wieder nicht so recht weiß, was er tun soll, ziehe ich ihn zu mir herunter.

Jetzt wird auch Alex mutiger. Eine Hand flutscht mir vorne ins Höschen. Er findet sich sofort zurecht, berührt auf wunderbare Weise meine Schamlippen, lässt seinen Mittelfinger dazwischen verschwinden, ohne zu fest zu drücken, zart, himmlisch zart, zum Verrücktwerden zart, berührt mit der Handfläche meinen Kitzler, dass ich durchdrehen könnte und beginnt sanft seine Hand auf und ab zu bewegen. Ich stöhne, stemme mich ein wenig empor vor lauter Lust.

Da klingelt das Telefon nebenan im Wohnzimmer! Das darf nicht wahr sein. Von Hundert auf Null in 0,5 Sekunden flüchtet meine Geilheit ins Nirwana, während Alex mich weiterstreichelt und sich auf dem Anrufbeantworter in einer nervenden Lautstärke eine wohl bekannte Stimme meldet:

»HUHUUUUUU, HIER IST O-MI-LEEEEEEE!«

»Meine Oma!«

Alex schaut mich verdutzt an.

»Mach dir nichts draus!«, sage ich entschuldigend.

Alex ist willig meinen Rat zu befolgen, aber ich habe meine Ohren weiter am Anrufbeantworter:

»ICH HOFFE, ES GEHT EUCH GUUUUHUUUT!«

Ich muss lachen. Wenn die wüsste, wie gut es mir in diesem Augenblick geht! Zum Glück gibt es noch keine Bildtelefone!

»WAS TREIBT IHR DENN SO?«, fragt Oma.

Ach Omi, ich glaube nicht, dass ich dir das erzählen möchte, was ich in diesem Moment treibe! Ich kann mir das Kichern nicht verkneifen!

»Was ist denn?«, fragt Alex.

»ICH WOLLTE MICH NUR MAL MELDEN UND FRAGEN, WANN IHR ENDLICH MAL KOMMT?«, ruft Omi aus dem Anrufbeantworter.

»So bestimmt nie!«, schreie ich los und bekomme einen Lachkrampf.

»ALSO, ICH WOLLTE AUCH NICHT LÄNGER STÖREN!«, beendet Oma ihre Störung, von der sie nie erfahren wird, wie sehr und vor allem wobei sie gestört hat!

»DANN MACHT ES MAL SCHÖN!«, ruft sie noch. Und ich kann mich nicht mehr halten. Omas Anruf klang, als ob sie unser Petting im Radio moderieren würde. Jedes Wort passte.

»Das ist doch urkomisch«, pruste ich los, während Alex mich verstört anschaut. »Wenn man gerade heftig rummacht und dann kommt die Stimme der eigenen Oma und kommentiert das Ganze! *Wann kommt ihr endlich mal?* Ich halt's nicht aus! Wenn die wüsste!«

Ich gickere und kichere, lache Tränen und hoffe, Alex nimmt es mir nicht krumm. Doch auch Alex hat nun die Situationskomik begriffen und schmunzelt.

»Deshalb wollte sie wohl auch nicht länger stören«, sagt Alex grinsend. »Damit wir bald mal kommen!«

Ich kreische vor Freude. Jetzt hat es Alex auch so richtig erwischt. Er kichert nun ebenso albern wie ich, wobei er auch noch so ähnlich lacht wie eine Ziege meckert.

Alex und ich fallen uns in die Arme, kugeln gemeinsam durchs Zimmer, bleiben kurz liegen und rufen uns immer wieder gegenseitig zu: »Nun kommt doch endlich mal!«, was jedes Mal in einem erneuten Lacher untergeht, bis wir wieder weiterrollen wie ein ins Zimmer geworfener Lachsack und wiederholen das alles mehrere Male.

In diesem Moment weiß ich so sicher wie nichts auf der Welt: »ALEX, ICH LIEBE DICH!«

Mit einem Schlag verstummt Alex' Lachen.

»Was?«, fragt er heiser.

Auch mein Lachen verstummt. Ich fühle, wie aus diesem albernen Herumgegacker mit einem Mal ein ernster und wirklich wichtiger Moment geworden ist. Ich schaue Alex tief in die Augen, streichle seine Wange wie ganz am Anfang zu Beginn des Zeichnens und wiederhole das, was ich in diesem Moment so zum Zerreißen deutlich spüre: »Ich liebe dich!«

»Wirklich?«, fragt Alex nach, als könnte er gar nicht glauben, dass überhaupt irgendjemand auf der Welt ihn lieben würde.

»Ja!«, versichere ich ihm.

»Seit ...«, stottert er, aber diesmal ohne Stimmbruch. »Seit wann?«

Ist das so wichtig, frage ich mich. Eigentlich schon vom ersten

Moment an, denke ich. Aber ich sage – weil ich mir da ganz sicher bin: »Seit jetzt!«

Alex nimmt mich in seine Arme, drückt mich fest an sich und sagt die schönsten vier Worte, die je jemand zu mir gesagt hat: »Ich liebe dich auch!«

Der Schock!

Das Wochenende war das schönste meines Lebens! Ich schwebte auf Wolken, fühlte mich im Siebten Himmel, auf Rosenblüten gebettet, wie die Hauptfigur einer Soap-Opera, ach ich weiß nicht, einfach nur überschwänglich glücklich. Kaum hatte sich Alex am Donnerstagabend verabschiedet, hab ich ihn schon wieder vermisst. Meine Sehnsucht konnte ich aber für drei Stunden verdrängen, in denen ich mit Katja telefoniert und ihr alles haarklein berichtet habe. Zwar werden mir jetzt fünf Mark Telefonkosten-Beitrag vom Taschengeld abgezogen, weil meine Ma natürlich mal wieder nicht verstanden hat, wie wichtig das Gespräch war, aber dafür konnte ich mir alles von der Seele reden. Wo kann man das sonst schon für fünf Mark?

Unser Wochenende begann nämlich schon am Freitagmorgen. Pünktlich wie immer ging ich zwar aus dem Haus. Aber nicht zur Schule, wie sonst. Sondern nachdem Alex und ich aus verständlichen Gründen nicht mehr dazu gekommen waren, Spanisch zu üben, hatten wir beschlossen, dass am Freitag die Schule ganz gut auch ohne uns beide auskommen würde.

So trafen Alex und ich uns morgens um acht am Bahnhof und

fuhren in die City. Zwar ist dort morgens um halb neun noch der Hund begraben, aber das spielt doch keine Rolle. Wir trieben uns ein bisschen herum, guckten uns die Schaufenster an, und als die ersten Läden öffneten, haben wir uns erst mal einen dicken, fetten Eisbecher reingezogen.

Später dann wollte Alex mit mir an die Alster. Aber von der Außenalster habe ich fürs Erste den Kanal voll. Alex schlug dann vor Kanu zu fahren. Begeistert habe ich natürlich sofort zugesagt. Irgendwo in Eppendorf mieteten wir uns ein Boot und schipperten los. Das heißt, Alex schipperte, ich schmiegte mich vor seinen Füßen an ihn und ließ mich sanft durch die Kanäle chauffieren. Was für ein Gefühl! Von wegen Venedig! Was die Verliebten in aller Welt für die höchste Romanze halten, ist doch eine dröhnende Nepperfahrt durch eine stinkende Kloake. Sich von seinem Freund mit dem Kanu durch die ruhigen, grün bewachsenen Alsterläufe gleiten zu lassen, das nenne ich Romantik!

Von den Kanälen aus kann man auch in die Gärten der riesigen Hamburger Villen in Alsternähe schauen. Manche haben ganze Schwimmhallen auf ihren Grundstücken, alle haben Bootsanleger und Alex und ich träumten eine Zeit lang, was wir wohl täten, wenn wir jeder ein Milliönchen im Lotto gewinnen würden.

Ich würde mir auch so eine Villa kaufen mit einem riesigen Partyraum, einem eigenen Bootsanleger und im Keller ein eigenes kleines Theater.

Alex würde sich ein Atelier zum Malen einrichten, aber ansonsten alles so lassen wie es ist, hat er gesagt.

Wir beide kamen zu dem Entschluss, dass wir weiter zur Schule gehen würden, weil ein Privatlehrer ohne Mitschüler echt öde sein muss, und dass wir beide weiter unseren Hobbies nachgehen wür-

den. So viel also würde sich in unserem Leben gar nicht ändern mit einer Million.

Ich habe das auch mal Jaelle gefragt, was sie machen würde, was sie sofort in ihrem Leben ändern würde. Die Antwort war wieder typisch Jaelle: »Wenn ich mein Leben abrupt ändern würde, nur weil ich plötzlich eine Million Mark hätte, dann wäre es Zeit mein Leben zu ändern– auch ohne Million!«

Ich habe das nicht so recht verstanden und wie immer hat Jaelle behauptet, eines Tages würde ich es verstehen.

Als ich da in dem Kanu lag, angeschmiegt an Alex, und wir uns überlegten, was wir mit einer Million Mark tun würden, hatte ich mit einem Mal das Gefühl begriffen zu haben, was Jaelle meinte: Es kam darauf an, die richtigen Entscheidungen für sein Leben zu treffen – ob Million oder nicht. Ich hatte eine getroffen, nämlich die mich von Leif zu trennen und mit Alex zusammen zu sein. Für diese Entscheidung brauchte ich keine Million, sondern Mut. Und ich spürte an diesem Vormittag, wie richtig diese Entscheidung gewesen war.

Selbst der Samstagmorgen war klasse. Dabei ist der sonst immer total öde. Denn am Samstagmorgen muss ich immer mit Ma zum Einkaufen. Erst stiefeln wir dann wie die Besengten auf einen völlig überfüllten Wochenmarkt – weil da, laut Ma, alles viel frischer ist – statt sich alles, was man braucht, gleich im Supermarkt zu kaufen. Aber nein, in den Supermarkt hechten wir immer erst anschließend, wenn wir vom Markt schon platte Füße haben, und dort müssen wir uns dann an die Kasse anstellen, wenn alle anderen Bewohner dieses Planeten auch an der Kasse stehen. Grundsätzlich fällt meiner Ma kurz bevor wir dran sind ein, was sie noch vergessen hat. Klar, dass ich dann wie ein Rennpferd durch den ganzen Markt galoppieren muss, um noch in Windeseile eine Tüte Mehl, einen Liter Milch

oder sonst was aus den Regalen zu zerren und dann im Vollsprint zurückzubückeln, bevor die Kassiererin alle hundertneunundachtzig Teile unseres Wagens eingebongt hat. Ich glaube, der einzige Grund, dass ich immer mit zum Einkaufen zu gehen habe, ist der, dass ich es schaffe, in diesen Hundertstelsekunden die vergessenen Teile aus den Regalen zu suchen. Ich könnte mit dieser Fähigkeit mittlerweile glatt in einer Fernsehshow auftreten.

Aber diesmal war es etwas Besonderes: Ich hetzte gerade durch die Molkereiabteilung auf der Suche nach Erdbeer-Jogurt fettarm, als mich von hinten jemand anstieß. Gerade wollte ich in geübter Weise meinen linken Ellenbogen hervorschnellen lassen, als mich eine bekannte Stimme warm-wohlig erzittern ließ: Es war Alex!

»Weißt du, wo die Schlagsahne steht?«, fragte er mich.

»Alex!«, schrie ich fast durchs Haus, so überrascht war ich, und hab mich natürlich gleichzeitig riesig gefreut. »Es ist doch scheißegal, wo die Schlagsahne steht! Küss mich lieber!«

Alex stutzte etwas.

»Hier?«, fragte er ängstlich.

»Nee!«, antwortete ich. »Wir können auch erst in die Kühltruhe springen!«

Jungs stellen manchmal die unmöglichsten Fragen. Bevor noch eine folgen konnte, habe ich Alex umarmt und ihm leidenschaftlich einen Kuss aufgedrückt.

Alex erwiderte den Kuss, aber nur kurz.

»Meine Alten sind hier!«, gab er entschuldigend zu bedenken.

»Na und?«

Alex druckste etwas herum. »Ist mir peinlich.«

Das war ihm peinlich? Mit mir zusammen zu sein? Ich muss schon sagen, dass hat mich etwas getroffen.

Doch Alex erklärte sogleich: »Quatsch, nicht wegen dir! Wegen überhaupt. Dann geht es zu Hause wieder los: Hast du schon eine Freundin? War das deine kleine Freundin? Wie heißt sie denn? Dürfen wir die auch mal kennen lernen?«

Ich musste laut durch den Supermarkt lachen.

»Ehrlich, das geht mir auf den Zeiger. Ich glaube, bei der Einwanderungsbehörde muss man weniger Fragen beantworten als bei den eigenen Eltern, wenn man vierzehn ist«, meinte Alex und ich konnte ihm da nur zustimmen.

Da reden immer alle vom Fragealter der Kinder, das so ab drei Jahren beginnt, aber hat man je etwas vom Fragealter der Eltern gehört? Dabei hacken die einem mit ihren Fragen förmlich Löcher in den Bauch: Wie war's in der Schule? Hast du Ärger? Wer war das am Telefon? Wo gehst du heute Abend hin? Wann bist du wieder zu Hause? Mit wem triffst du dich? Hast du schon einen Freund? Habt ihr noch Hausaufgaben auf? Kurz: Es nervt!

»Meine Eltern stehen an der Kasse und warten, dass ich mit der Schlagsahne komme«, drängelte Alex. »Sie sind gleich dran!«

Ich grinste ihn an. »Du bist also auch der Familien-Turbo für vergessene Dinge?«, stellte ich mehr fest, als dass ich fragte.

Alex lachte und nickte. Er wusste, wovon ich sprach.

Einen Moment lang überlegten wir uns, wie es wohl wäre, unsere Eltern hängen zu lassen, kamen aber schnell gemeinsam zu dem Schluss, dass das mehr Ärger als Spaß einbringen würde. So schnappte Alex sich die Schlagsahne, ich den Erdbeer-Jogurt fettarm und wir beide sprinteten zu den Kassen; Alex an Nummer 5, ich an Nummer 14. Wir warfen unsere apportierten Gegenstände in die bereits halb leeren Einkaufswagen, verabschiedeten uns blitzartig von unseren Herrchen oder Frauchen, die ja mit offenen Port-

monnees in der Hand und den gestressten Kassiererinnen vor sich nicht viel fragen konnten, und schon trafen Alex und ich uns hinten im ersten Stock des Farmsener Einkaufszentrums im Eiscafé. Von diesem Moment an blieben wir den ganzen Samstag zusammen. Bis auf die zwei Stunden, die ich zur Theaterprobe musste. Aber im Gegensatz zu Leif hatte Alex deswegen überhaupt keinen Zirkus gemacht. Im Gegenteil, er war froh sich das Heimspiel seiner Fußballmannschaft in Eimsbüttel ansehen zu können, an dem er nicht teilnehmen durfte, weil er beim Training gefehlt hatte.

Und pünktlich zum Ende der Probe stand Alex wieder auf der Matte und holte mich ab. Jaelle verabschiedete uns grinsend und wir verbrachten den Rest des Abends bei der HdJ-Disco, die an diesem Wochenende stattfand. Wir tanzten und unterhielten uns und tanzten und lachten und am Ende hätte ich gar nicht sagen können, ob außer uns noch jemand in der Disco gewesen war.

Am Sonntag setzte sich die himmlische Zeit fort. Alex begann, mich ein drittes Mal zu malen. Aber diesmal kein Porträt, sondern er malte für unsere Theatergruppe das Plakat für die *Titanic*-Premiere, mit mir als Hauptdarstellerin! Es wird das schönste, tollste, wertvollste Bild, das ich je besitzen werde. Denn nachdem es gedruckt sein wird, darf ich das Original behalten! Ich freue mich so riesig, dass Alex nicht so ein Arsch ist wie Leif, der mir das Theaterspielen nicht gönnt.

Sonntagabend sind wir dann ins Kino gegangen. Zu viert. Alex' Idee!

»Katja ist doch deine beste Freundin«, hat er gesagt. »Dann kann die doch mitkommen. Und ich frage Roland. Der ist erstens seit neuestem mein bester Freund und zweitens, glaube ich, mag der Katja ganz gerne!«

Natürlich wäre ich auch am Sonntagabend gern allein mit Alex geblieben. Aber eigentlich hatte er Recht. Man kann ja auch nicht ständig schmusen. Zwischen all dem, was am Wochenende passiert war, haben wir uns natürlich immer wieder in eine Ecke verzogen und uns geküsst wie die Verrückten. Zwischenzeitlich hatte ich schon die Befürchtung, ich hätte Blasen am Mund.

Und nachdem ich das mit Leif hinter mir hatte, war ich umso erleichterter, dass auch für Alex unsere Freunde noch eine Rolle spielen, auch wenn wir jetzt ein Liebespaar sind. Und siehe da: An dem Kinoabend hatten sich sogar Pieper, den ich ab jetzt auch nur noch Roland nenne, und Katja sogar mal kurz in den Armen gelegen. Vielleicht bahnt sich da ja doch noch etwas an.

An Leif habe ich eigentlich überhaupt nicht mehr gedacht, mich nur gefreut, dass ich ihn los bin. Ich hatte von ihm nichts mehr gesehen oder gehört und ich war mir schon fast sicher: Jetzt hat er geschnallt, dass es aus ist mit uns.

Eben gerade vor dem Schultor habe ich noch kurz gedacht, ich hätte ihn gesehen. Aber das war wohl eine optische Täuschung oder noch die Nachwirkungen des Horrors der vergangenen Woche. Ich habe mich noch mal genau umgesehen, aber ein Leif war nirgends zu entdecken. Zum Glück!

Fröhlich schlendere ich also in unseren Klassenraum, freue mich gleich Alex wieder zu treffen, ihn zu küssen und einfach in seiner Nähe zu sein.

»Hi!«, begrüßt mich Katja. »Seid ihr gut nach Hause gekommen gestern Abend?«

Ich nicke und frage sie dasselbe.

Katja grinst, winkt mich zu sich heran und beichtet mir ins Ohr.

»Ja, aber es hat noch eine Zeit lang gedauert. Roland ...«

Plötzlich sagt sie auch Roland. Sieh mal an!

»... Roland und ich haben auf dem Nachhauseweg noch ziemlich heftig rumgeknutscht!«

»So«, schmunzle ich. »Ich dachte, den kennst du schon viel zu lange um mit ihm etwas zu haben.«

»Ach!«, winkt Katja ab. »Du musst nicht immer jedes Wort auf die Goldwaage legen. Das Leben ist eben voller Überraschungen!«

»Allerdings!«, stimme ich ihr zu. »Und? Seid ihr jetzt zusammen?«

Katja zuckt mit den Schultern. Sie weiß es noch nicht so genau. Ihr Blick schweift hinüber zu Roland, der gerade mit Marvin irgendwelche Zeitschriften tauscht. »Weißt ja«, seufzt sie. »Jungs!«

»Ja, ich weiß«, sage ich und sehe mich nach Alex um. Er ist nirgends zu sehen. Dabei ist es schon zwei Minuten vor acht.

»Wo steckt denn dein Geliebter?«, fragt Katja.

»Das würde mich auch interessieren«, gebe ich zu.

In dem Moment geht die Tür auf, aber herein kommt nicht – wie erhofft – Alex, sondern die Saalmeise.

»Guten Morgen!«, trällert sie, als sei sie soeben flügge geworden, flattert nach vorne zur Tafel, donnert ein schweres Schlüsselbund auf das Pult, zuckt das bekannte orangerote Buch aus ihrer Tasche und ich weiß, was ich vergessen habe: Ich habe *Ben liebt Anna* nicht zu Ende gelesen.

»Wer will uns denn mal zusammenfassen, wie das Buch endet?«, tiriliert die Saalmeise durchs Klassenzimmer und prompt trifft es mich.

So ein Mist!

Ich könnte alles Mögliche erzählen: dass ich Alex liebe und Alex mich, Katja nun doch in Roland verknallt ist, Roland aber noch nicht weiß, wie sehr er Katja liebt, dass Leif dorthin verduften soll, wo der

114

Pfeffer wächst, und Monika einen Freund in München hat, wie mir Alex erzählt hat. Nur eines weiß ich nicht: was aus Ben und Anna geworden ist!

»Nun?«, piept mir die Saalmeise entgegen.

»Ben ist total scharf auf Anna«, antworte ich. »Und Anna auch auf Ben. Die beiden verkrümeln sich und wenn sie nicht gestorben sind, dann küssen sie noch heute!«

Riesengelächter in der Klasse.

Wie soll so eine Liebesgeschichte sonst schon enden? So enden die doch immer.

»Falsch!«, krächzt die Saalmeise. »Du hast es wohl nicht gelesen?«

»Ich hatte keine Zeit!«, antworte ich wahrheitsgemäß, denn Kathrin liebt Alex. Das ist eine Milliarde mal wichtiger als irgend so ein ausgedachter Kinderkram.

Aber die Saalmeise zeigt wenig Verständnis für meine Liebe und trägt meine Fehlleistung genussvoll mit ihrem blöden roten Stift in ihren noch blöderen dicken Lehrerkalender ein, womit für mich bewiesen ist: »Meisen vögeln nicht! Kannst mir erzählen, was du willst!«, flüstere ich Katja ins Ohr, die sich fast nass macht vor Kichern.

In dem Augenblick öffnet sich die Tür zum Klassenraum und Alex kommt herein. Meine strahlende Freude ist schlagartig vorüber.

Alex hat ein dickes geschwollenes Auge, eine aufgeplatzte Lippe, aus der das Blut tröpfelt, eine blutende Nase, er humpelt und hält sich den Arm.

»Alex!«, schreie ich vor Entsetzen.

Auch die Saalmeise ist ganz verstört. »Mein Gott, was ist dir denn passiert?«, fragt sie nach, stürmt auf Alex zu und fummelt gleich in seinem Gesicht herum.

»Aua!«, sagt Alex, aber sonst nichts.

»Du gehst sofort zum Arzt!«, entscheidet die Saalmeise, schaut durch die Klasse und fragt laut:»Wer begleitet ihn?«

Mein Arm schnellt katapultartig hervor.

Auch Roland und Katja melden sich, ebenso Pauli und Marvin und – Monika! Die hat vielleicht Nerven!

»Danke, danke, das sind viel zu viele!«, freut sich die Saalmeise, die natürlich keinen Schnall hat, wer hier mit wem wie dick befreundet ist, was sie offenbar auch sogleich beweisen will. »Gut: Johann Sebastian und Marvin. Das genügt!«

Super, wieder voll danebengegriffen. Die Frau hat doch echt einen Vogel.

»Nein!«, äußert sich Alex zum Glück. »Lieber Kathrin und Roland!«

Die Saalmeise stutzt, braucht eine halbe Million Jahre bis zur Entscheidung, bis sie endlich sagt:»Einverstanden!«

Ich springe auf, rase auf Alex zu, stütze ihn unterm Arm und auch Roland kommt sofort angerannt. Gemeinsam verlassen wir den Klassenraum, als Katja mir hinterherruft.

Ich drehe mich um, Katja schmeißt mir meinen Rucksack zu.

»Nur für den Fall, dass es länger dauert!«, ruft sie laut und zwinkert mir zu. Ich verstehe ihren Hinweis: An eurer Stelle würde ich heute nicht mehr in die Schule zurückkehren!

Ich zwinkere zurück. Katja ist eben doch die Beste!

Draußen erzählt Alex mir, was vorgefallen ist: Leif hat ihm aufgelauert. Er kam überraschend von hinten und hat sofort zugeschlagen. Ehe Alex wusste, was los war, hatte er schon mehrere Schläge und Tritte ins Gesicht und an den Körper abbekommen, sackte vor Leif zusammen, der immer weiter auf Alex einprügelte und forderte, dass Alex die Finger von mir lassen sollte. Als ob ich sein Besitz wäre!

Ich habe das Gefühl, ich muss kotzen. Mir schwindelt es im Kopf. Dieses obermiese Mistdreck-Arschloch gibt noch immer keine Ruhe. Mir schießen die Tränen in die Augen. Was soll ich denn machen? Ich kann doch nicht zu dem zurückgehen, nur damit er meinen Freund nicht halb tot schlägt? Irgendetwas muss geschehen, aber ich hab nicht die geringste Ahnung, was.

Ausgerechnet Monika!

Beim Arzt bestätigen sich unsere Befürchtungen. Alex' blaues Auge und seine aufgeschlagene Lippe sehen nur schlimm aus, sind aber harmlos, soweit man bei so einer Sache überhaupt von harmlos reden kann. Alex meint, beim Fußball gäbe es auch schon mal solche Verletzungen. Also je mehr ich von ihm über Fußball erfahre, desto mehr entpuppt sich das als ein Sport für Lebensmüde oder so. Das ist ja fast brutaler als Boxen! Der Arzt schickt Alex sofort zum Röntgen. Und dort stellt sich dann heraus: Der Arm ist gebrochen. Und damit kann Alex auch nicht an den letzten beiden Aufstiegsspielen für irgendeine Leistungsklasse teilnehmen, die ihm wohl so viel bedeuten wie einem Bundesligaprofi die Meisterschaft oder so.

Das tut mir richtig Leid für ihn. Und alles nur wegen dieses Mistkerls von Leif! Irgendwie muss ich das Problem aus der Welt schaffen, aber wie? Alex hat plötzlich eine ganz einfache Lösung parat, durch die wir erstmalig beinahe in Streit geraten. Kaum hat er nämlich seinen Arm in Gips, lädt er mich und Roland zu einem Eis ein. Natürlich kommen wir sofort ins Gespräch über Leif, unsere Lage

und was wir jetzt tun sollen. Und was hat Alex da allen Ernstes für eine Idee?

»Ein Gipsarm kann ja auch eine Waffe sein«, sagt er plötzlich.

Ich denke, ich höre nicht richtig.

Aber Alex meint es ernst: »Wenn der mich noch mal angreift, ziehe ich dem meinen Gipsarm über den Dummschädel, das schwöre ich dir!«

Ich denke echt, jetzt hat der sie nicht mehr alle. So kurzsichtig kann man doch nun wirklich nicht sein. Wie stellt er sich das vor? Erst prügelt der eine mit den Fäusten, dann kommt der andere mit dem Gipsarm, worauf der Erste vermutlich den Baseballschläger rausholt. Typisch Jungs, finde ich, und sage das auch. »Nach einer Woche duelliert ihr euch mit Pistolen oder wie?«, frage ich nach. »Das ist doch keine Lösung!«

»Was soll ich denn sonst machen?«, verteidigt Alex sich. »Es ist schließlich dein Ex-Freund, der hier durchdreht, und wenn du ihn nicht zur Ruhe kriegst, braucht er eben so lange was aufs Maul, bis er die Kurve kratzt.«

»Toll!«, springe ich darauf an. »Jetzt bin ich schon wieder mit so einem Vorstadt-Rambo zusammen?!«

Ehrlich. Ich bin total wütend. Kaum habe ich mich von Leif getrennt, fängt Alex schon genauso an.

»Immer alles nur mit Gewalt lösen! Was anderes habt ihr nicht im Kopf!«, setze ich nach. Oh Mann! Warum sind Jungs so? Mädchen regeln doch auch nicht immer alles mit den Fäusten.

Jetzt wird auch Alex richtig wütend.

»Und du?«, schreit er mich an. »Was hast du denn für eine Idee? Du kannst ihn ja anrufen und ihm sagen, dass er mich nicht hauen darf. So was Beklopptes!«

Das langt mir jetzt aber.

»Ach ja«, gebe ich wild zurück. »Bekloppt bin ich jetzt, weil dieser Wahnsinnige mir keine Ruhe lässt, ja? Was meinst du, wie es mir dabei geht?«

Ja, da sagen die beiden natürlich nichts mehr! Mich hat Leif schließlich auf dem Kieker, mich will er wiederhaben, bei mir ruft er ständig an, mir lauert er überall auf. Daran denkt mal wieder keiner. Wenn Alex sich verpieseln würde, hätte ich Leif immer noch am Hals.

Eine ganze Zeit herrscht Schweigen, bis Roland sich räuspert.

»Also Kathrin«, beginnt er und da ist mir schon klar, auf wessen Seite er steht. »Auf der Fete hast du ja die Besoffenen aus der Neunten auch verkloppt.«

Jetzt fängt der damit an, der Hohlkopf! Das war ja wohl etwas völlig anderes!

»Was hat sie?«, fragt Alex sofort nach.

»Nichts habe ich!«, mache ich schnell klar, bevor sie anfangen sich über olle Kamellen das Maul zu zerreißen. Das ist hier überhaupt nicht das Thema!

Natürlich ist mir auch klar, dass Roland – kaum dass die beiden unter sich sind, Alex brühwarm alles erzählen wird.

»Aber das hier ist ernster«, wende ich deshalb schon mal ein. »Es wird eskalieren, wenn es uns nicht gelingt, das irgendwie abzustellen.«

Das sehen Alex und Roland offenbar ein, aber sie wissen auch nicht, was wir tun sollen.

»Warten wir erst mal ab«, lautet dann schließlich Alex' Lösung. Er bezahlt die Rechnung und wir gehen nach Hause, jeder für sich.

Alex' Devise, erst einmal abzuwarten, erweist sich dann aber auch schon nach kurzer Zeit als naiver Trugschluss. Schon am frühen Abend

nämlich klingelt das Telefon und ich gehe auch noch ganz unbedarft ran, weil ich denke, es sei Ma, die sich verspätet hat oder so.

»Hier ist Leif!«, droht es vom anderen Ende.

Abrupt habe ich das Gefühl, mir bleibt das Herz stehen.

»Und?«, frage ich.

»Das frage ich dich«, antwortet er.

»Was soll das? Bildest du dir ernsthaft ein, weil du meinen Freund bedrohst und zusammenschlägst, verliebe ich mich wieder in dich oder wie? Was geht eigentlich in deinem Hirn vor? Mit uns ist es aus, verstehst du? Finito! Absolutes Ende! Vorbei! Schluss!«

Ich weiß wirklich nicht, wie ich es noch deutlicher sagen soll.

Leif aber antwortet nur mit einem Satz: »Du hast es so gewollt!«

»Du spinnst doch!«, schreie ich förmlich in den Hörer. Aber wie soll man jemanden erreichen, der mit seinen Hirngespinsten in einer völlig fremden Welt lebt?«

»Das heute war nur ein Vorgeschmack!«, droht Leif weiter. »Sag ihm, er soll die Finger von dir lassen. Du gehörst mir!«

»Ein Dreck gehört dir, du Psychopath!«, brülle ich. »Ich kratz dir die Augen aus, du dummes Schwein!«

Gut, dass meine Ma noch nicht zu Hause ist. Ich könnte ihn zermalmen, ihn zertreten wie eine Kakerlake, so wütend bin ich. Vielleicht hat Alex doch Recht. Vielleicht hilft gegen so ein Kaliber wie Leif nur rohe Gewalt. Eine andere Sprache versteht der offenbar nicht. So wie auf dem Segelboot. Nie wäre ich dort heil heruntergekommen, wenn ich ihm nicht kräftig in die Eier getreten hätte. Vermutlich braucht Leif solche Behandlung in regelmäßigen Abständen, bis er entweder zur Vernunft kommt – oder keine Eier mehr hat.

Doch Leif lacht nur und legt auf.

Ich denke echt, ich werd nicht wieder. Das ist doch der helle

Wahnsinn! Der begreift es einfach nicht! Völlig meschugge. Total plemplem. Durchgeknallt.

Natürlich rufe ich sofort Alex an. Aber etwas Neues fällt uns auch nicht ein. Resigniert lege ich irgendwann auf und grübele noch weiter darüber nach.

Zwei Stunden liege ich einfach nur auf meinem Plastiksofa, höre meine Lieblingsmusik, betrachte das Bild, das Alex von mir gemalt hat, und frage mich, wie wir unsere Liebe vor diesem Wahnsinnigen retten sollen.

»Kathrin!«, ruft mich meine Ma plötzlich. »Telefon für dich!«

»Wer ist es?«, frage ich nach. Mein Puls rast, mein Herz klopft. Bitte, nicht schon wieder Leif!

»Eine Monika!«, flüstert Ma mir zu. »Kenne ich gar nicht. Hast du eine neue Freundin?«

»Mit Sicherheit nicht!«, beteuere ich. Die alte Spinatwachtel hat mir gerade noch gefehlt. Was will die denn von mir?

Widerwillig latsche ich zum Telefon, weil wir zu Hause natürlich immer noch so ein vorsintflutliches Teil mit Schnur haben. Aber ehe meine Ma mal was von technischen Erfindungen mitbekommt! Es ist manchmal ein Wunder, dass wir unsere Einkaufszettel nicht mehr in Stein meißeln. Jedenfalls führt Mas Weltfremdheit dazu, dass ich meine Privatgespräche immer im Flur führen muss.

»Hallo!«, heuchle ich also halbwegs freundlich in die Muschel.

»Hi! Hier ist Monika!«, sagt Miss Barbiepüppchen.

»Ich weiß!«, kürze ich die Einleitung ab. »Was willst du?«

»Ich habe das Gefühl, dass ich euch helfen kann. Dir und Alex«, behauptet die Schnepfe.

»Dann trügt dich dein Gefühl. Soll vorkommen«, stelle ich klar. »Sonst noch was?«

»Ich habe mit Alex gesprochen ...«, berichtet sie mir.

»Das kann ich ihm nicht verbieten«, und das will ich auch nicht, wenngleich ich nach wie vor nicht verstehe, was er an Monika findet.

» ... Und nachgedacht!«

Das Gespräch fängt an mich zu nerven.

»Herzlichen Glückwunsch!«, betone ich gönnerhaft.

»Nun sei doch nicht so zickig!«, herrscht Monika mich plötzlich an.

Das ist ja wohl eine Frechheit!

»Du weißt so gut wie ich, dass Alex und Leif sich noch etliche Male prügeln werden und du vor Leif auch keine Ruhe haben wirst, wenn uns nicht etwas einfällt!«

»Uns?«, frage ich gereizt. Was hat die Schnepfe damit zu tun?

»Ja, uns!«, wiederholt sie. »Darum geht es ja gerade, wenn du mal zuhören würdest. Oder ist dir schon etwas eingefallen?«

Nein, mir ist noch nichts eingefallen, verdammt. Aber was geht es die Schnepfe an? Trotzdem kann man ja mal nachfragen.

»Was ist dir denn eingefallen?«

»Gegenfrage«, antwortet sie. »Hast du Angst, allein durch einen dunklen Wald zu gehen?«

»Was soll das Gequake?«, raunze ich sie an.

»Hast du oder nicht?«, will sie ernsthaft wissen.

»Ja, manchmal«, gebe ich genervt zurück.

»Und wenn du mit fünf anderen gemeinsam durch den Wald gehst?«, fragt sie jetzt.

Oh Mann, die Tante geht mir auf den Zwirn, aber gewaltig.

»Dann natürlich nicht – oder zumindest nicht so große. Ist doch wohl klar!«, muffel ich sie an. »Was soll denn der Quatsch?«

Monika lacht kurz auf. »Nun«, sagt sie. »Meine Idee ist, wir betrachten Leif mal als Wald!«

»Hä?«

»Also hör zu«, sagt Monika und dann erzählt sie mir in aller Ausführlichkeit, wie ihr Plan aussieht. Ich stehe im Flur und komme aus dem Staunen nicht mehr heraus.

Denn Monika ist am Nachmittag nicht untätig gewesen.

Sie hat ihre ganze Freundesliste von Blankenese durchtelefoniert. Ich wusste gar nicht, dass die überhaupt so viele Freunde hat. Jedenfalls haben eine Reihe von diesen Schnöseln recht einflussreiche Eltern.

Und siehe da: ein paar von denen kennen sogar Leifs Vater, ein angesehener Architekt in Hamburg.

Ich habe natürlich erst überhaupt nicht begriffen, was das alles mit mir und Alex und Leifs Tollwut zu tun hat, aber Monika hat mich förmlich beschworen: »Ihr müsst den Spieß umdrehen! Er will über dein Leben bestimmen, bedroht dich, verfolgt dich, aber das alles klappt nur, wenn alles im Verborgenen bleibt. Wenn wir es gemeinsam an die große Glocke hängen, wird er es sich überlegen.«

»Wir?«, frage ich.

»Ja, du und Alex und alle eure Freunde: Katja, Pauli, Pieper, Marvin und – ähem – auch ich«, sagt Monika und so ganz allmählich dämmert mir, was sie meint.

»Auch Leif lebt nicht irgendwo als Einsiedler auf dem Rachefeldzug. Auch er ist irgendwo eingebunden, was ihm wichtig ist. Das ist unsere Waffe!«, glaubt Monika.

Mehr und mehr bin ich von Monikas Plan überzeugt.

Noch am selben Abend unternehmen wir einen Telefon-Rundruf: Ich rede mit Katja und Roland, Roland mit Marvin und Pauli.

Nur Alex ist nicht zu erreichen. Immer besetzt bis spät in die Nacht. Offenbar wieder eine Telefon-Orgie seiner Mutter mit einer

ihrer Freundinnen. So etwas kommt häufiger vor, hat mir Alex schon mal erzählt.

Es wäre zu schön, wenn Monika Recht behielte und wir uns auf diese Weise Leif vom Hals halten könnten. Vor Aufregung und aus Angst, was am nächsten Tag alles passieren könnte, kann ich kaum einschlafen.

Am nächsten Morgen dann haben wir alle schon ab zwanzig vor acht unsere Posten bezogen. So, wie Leif gestern drauf war, rechne ich fest damit, dass er hier heute auftauchen wird. Vermutlich wieder vor Schulbeginn, wie das letzte Mal.

Katja hat den Posten an der Turnhalle. Wenn sie Alex begegnet, wird sie ihm vorschlagen, vorne durch den Haupteingang zu kommen. Denn dort stehe ich und in Sichtweite auch Monika, Marvin, Pauli und Roland.

Um zehn vor acht sehe ich dann auch Alex – allerdings ohne Katja. Sie muss ihn verpasst haben. Ich schaue über den Schulhof, aber auch da ist Katja nicht zu sehen.

Alex hatte offenbar von selbst die Idee, vorne herumzugehen. Vielleicht ist ihm der Weg an der Turnhalle zu unheimlich, seit Leif ihm dort aufgelauert hat.

Alex hat mich jetzt entdeckt. Er winkt mir zu. Ich winke ihm fröhlich zurück. Der wird staunen, wenn er von unserem Plan hört. Aber dazu kommt es gar nicht. Denn mit einem Mal sehe ich auch Leif! Scheiße, wo kommt der denn her? Schnell winke ich Monika zu, die auf dem Schulhof bereitsteht.

Dann will ich Alex warnen. Zu spät. Jetzt haben die beiden sich schon gesehen. Sie stehen sich gegenüber. Ein rascher Blick zu Monika. Sie ist fort, will den Jungs Bescheid geben. Hoffentlich beeilt die sich.

124

Mir stockt der Atem. Erst jetzt sehe ich, dass Leif einen Baseballschläger in der Hand hält. Der ist ja richtig gemeingefährlich!
Jetzt stehen die beiden sich gegenüber. Sie reden miteinander.
Immerhin. Solange sie reden, prügeln sie nicht, aber wer weiß, wie
lange das noch gut geht?

Verdammt, wo bleibt denn nur Katja mit den Jungs?

Na, endlich, da sind sie ja.

»Wo bleibt ihr denn?«, schreie ich ihnen entgegen, als sie noch
dreißig Meter entfernt sind. »Leif ist schon da!«

Monika und die Jungs fangen an zu laufen, ich sprinte auch
schon los, zu Alex und Leif, die gut fünfzig Meter vor dem Schultor
stehen. Alex will an Leif vorbeigehen, doch der stellt sich in den
Weg.

Noch reden sie, aber Leif hebt schon bedrohlich den Schläger.
Noch zwanzig Meter. Er hat mich noch nicht gesehen.

Noch zehn.

Der wird doch mit dem Ding nicht zuschlagen wollen! Noch fünf.

Er schlägt zu, mein Gott!

Alex duckt sich weg, tritt zu. Leif schwankt, flucht, holt erneut
aus mit dem Schläger. Ich greife zu, habe den Schläger gepackt.

»Hört auf!«, schreie ich, so laut ich kann, und verpasse Leif einen
tritt ins Kreuz, so fest ich kann.

Leif sackt zusammen.

Alex atmet schwer, Leif wimmert. Ich habe den Baseballschläger
erobert. Monika und die Jungs sind jetzt auch da.

Schnell bilden wir einen Kreis um Leif. Jetzt muss sich Monikas
Plan beweisen. Bei einer Prügelei hat Leif jetzt keine Chance mehr.
Wir sind zu viele und haben seine Waffe.

»Was soll die Scheiße?«, brülle ich Leif an und alle Wut aus mir

125

heraus. »Was willst du von mir? Kapierst du nicht, dass ich nichts von dir will?«

Leif schlägt wütend um sich.

»Das wirst du noch bereuen!«, droht er noch immer. Es ist doch wirklich nicht zu fassen!

Marvin kommt mir zu Hilfe.

»Nichts wird sie bereuen, Leif«, sagt er und ich wundere mich, wie Marvin dabei so ruhig bleiben kann. Hält der noch im Geheimen zu ihm, weil sie zusammen im Judo-Verein sind? »Wenn du Kathrin und Alex nicht in Ruhe lässt, werde ich noch heute mit unserem Trainer reden. Du weißt, dass du wegen solcher Angriffe wie eben sofort aus dem Verein fliegst.«

Leif tötet ihn mit seinem Blick.

Roland macht weiter in unserem Plan: »Wir kennen deine Schule. Es würde deine Lehrer sicher interessieren, weshalb du immer fehlst, weil du nämlich hier Terror machst. Ich denke, ein Schulverweis wäre dir sicher.«

Leif schaut ihn an und ich glaube, ein verschmitztes Grinsen gesehen zu haben. Ein Schulverweis interessiert ihn offenbar nicht die Bohne. Monikas Plan scheint schief zu gehen. Mist, was machen wir, wenn das alles nicht klappt?

Jetzt kommt Pauli: »Eine kleine Plakataktion an deiner Haustür mit Steckbrief, dass du ein gemeiner Schläger bist, würde deine Eltern bestimmt nicht so sehr erfreuen, oder? Ich meine, was sollen die Nachbarn sagen?«

Das hat gewirkt! Beim Stichwort *Eltern* springt Leif an, wie ich es mir gedacht hatte. Auch Monika hatte das ja schon vermutet, als ich ihr von Leifs peniblem Zuhause berichtet hatte. In einem Haushalt, in dem die Brieföffner mit der Wasserwaage auf den Schreibtisch

gelegt werden, ist es den Eltern nicht egal, wie sie in der Öffentlichkeit dastehen. Eine solche Familie will keinen Skandal und Leif hängt in dieser Schiene drin, hat mir Monika versichert. Sie kennt das von einigen Bengels in Blankenese.

Wenn das stimmt, kommt jetzt der Gnadenstoß.

»Und in deinem Segelclub erst mal«, setze ich an. »Da sind doch sonst alles so feine Leute. Und dann mit einem Schläger in ihren Reihen. Nicht auszudenken!«

Leif dreht sich von einem zum anderen. Er taumelt wie ein angezählter Boxer. Allmählich schwant ihm, wie seine Alten ihm die Hölle heiß machen werden, wenn sie erfahren, was ihr wohlerzogenes Söhnchen hier treibt. Der Architekten-Sohn mit einem Baseball-Schläger in der Hand wie ein Hooligan, wie der letzte Proll aus dem Problemstadtteil!

Monika hat richtig vorausgesehen, dass das Leif das Genick brechen wird. Und sie selbst ist es, die Leif das klarmacht: »Weißt du, ich habe ein paar gute Kontakte in Blankenese. Manche kennen sogar deinen Vater. Jedenfalls wissen wir, dass er ein recht anerkannter Architekt in Hamburger Kaufmannskreisen ist. Was meinst du, was die sagen, wenn sie herausbekommen, was er für einen missratenen Sohn hat?«

Leif zittert, wischt sich mit dem Handrücken über den Mund und schaut verunsichert.

Jetzt hat er begriffen, dass er gerade dabei ist, sich sein ganzes Umfeld zum Feind zu machen: die Eltern, seine Freunde in der Schule, den Segelclub, den Judo-Verein, einfach sein ganzes Leben, indem wir allen vor Augen führen, dass sie es mit einem Tollwütigen zu tun haben, von dem man sich fern halten sollte.

Jetzt ist es Zeit, ihm den Ausweg zu ebnen.

»Lass uns in Ruhe, dann lassen wir dich in Ruhe. In Ordnung?«, stelle ich ihn vor die Wahl.

Er schaut mir in die Augen.

Tief in die Augen und lange.

Ich halte seinem Blick stand.

Es ist aus, Leif. Begreif es endlich!

Schweigend dreht er sich plötzlich weg – und geht.

Gut so.

Wir alle sehen ihm nach.

Und ich weiß, dass wir gewonnen haben!

Mein Herz hüpft vor Freude, noch aber beherrsche ich mich, bis Leif ganz, ganz weit weg ist.

Dann halte ich es nicht mehr aus.

Alex bedankt sich bei uns allen und ich falle ihm um den Hals.

Niemals in meinem Leben war ich so erleichtert.

Und ich weiß auch, wem ich das zu verdanken habe – einer Freundin, einer sehr guten Freundin, die ich immer für meine Feindin gehalten habe.

Sie lächelt mir zu.

Und sie weiß, dass auch sie in diesem Augenblick eine neue Freundin gewonnen hat.

Natürlich will Alex wissen, wodurch unser plötzliches Bündnis mit Monika zu Stande kam, aber »das, mein Lieber, erzähle ich dir nachher ganz, ganz ausführlich!«, verspreche ich.

Und ich weiß seit diesem Moment, dass im Leben nichts wichtiger ist als gute Freunde – nicht einmal die Liebe.

Ohne ein Wort zu sagen, dreht Leif sich um und geht.

Niemand von uns macht den Versuch ihn zurückzuhalten, um ihm ein Versprechen oder gar eine Entschuldigung abzuringen.

Ich bin mir in diesem Moment sicher, dass wir nie wieder etwas von ihm hören werden.

Schweigend sehen wir ihm hinterher, warten, bis er fast außer Sichtweite ist.

Erst dann traue ich mich, die Stille mit einem von Herzen ausgesprochenen Dank zu durchbrechen.

Kathrin fällt mir um den Hals und drückt mich innig.

Pauli, Marvin und Roland grinsen.

Monika lächelt mir zu.

Ich brauche meine Frage nicht zu stellen. Alle wissen, was ich wissen will: Woher kommt plötzlich dieses seltsame Bündnis mit Monika?

Ungefragt lacht Kathrin mir zu: »Das, mein Lieber, erzähle ich dir nachher ganz, ganz ausführlich!«

Und ich weiß seit diesem Moment, dass im Leben nichts wichtiger ist als gute Freunde – nicht einmal die Liebe.